W0305377

AGATHA CHRISTIE

Les vacances d'Hercule Poirot

AGATHA CHRISTIE

Les vacances d'Hercule Poirot

Hachette Collections

Titre original :

EVIL UNDER THE SUN

©Agatha Christie Mallowan, 1940, 1941.
©Librairie des Champs-Élysées, 1994
(Traduction nouvelle de Laure Terilli).
© 2004, Hachette Collections pour la présente édition.

À John,
En souvenir de notre dernière
campagne en Syrie.

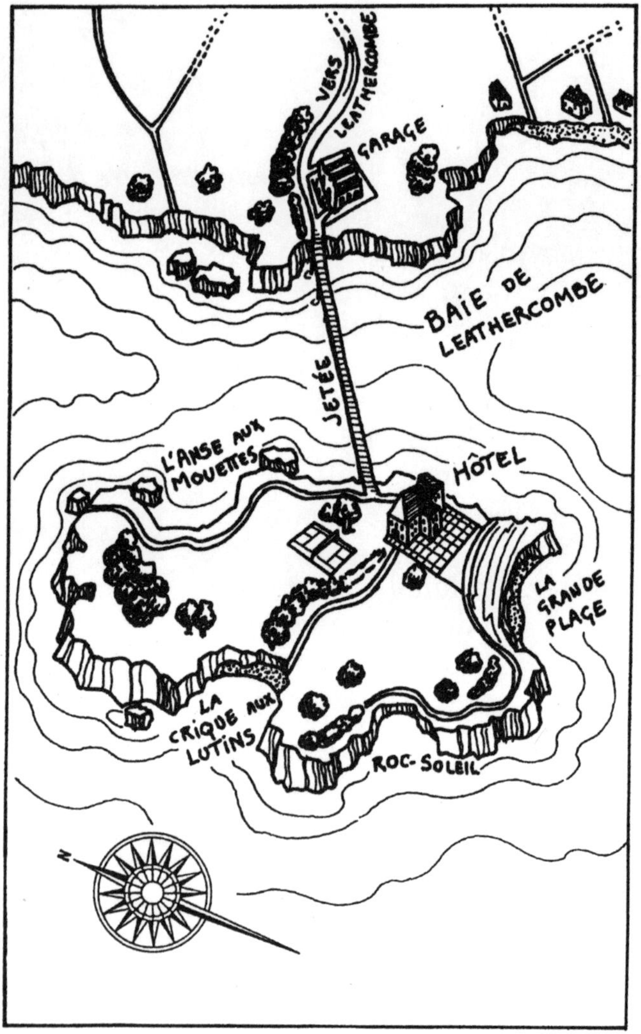
VERS LEATHERCOMBE
GARAGE
BAIE DE LEATHERCOMBE
JETÉE
L'ANSE AUX MOUETTES
HÔTEL
LA GRANDE PLAGE
LA CRIQUE AUX LUTINS
ROC-SOLEIL
N

1

Lorsqu'en l'an 1782 le capitaine Roger Angmering se fit construire une maison sur une île située au large de la baie de Leathercombe, on cria au comble de l'excentricité. Un manoir cossu au cœur d'un vaste domaine tout en prairies et en gras pâturages, agrémenté – autant que faire se pouvait – d'un cours d'eau, voilà ce qui aurait convenu à un homme de sa condition.

Mais le capitaine n'avait qu'un seul amour : la mer. Il éleva donc sa maison – une solide bâtisse ainsi que l'exigeait le site – au sommet d'un promontoire battu par les vents, hanté par les mouettes et coupé de la terre ferme à marée haute.

Il ne se maria pas : la mer fut son unique compagne. À sa mort, maison et île allèrent à un cousin éloigné que cet héritage incongru laissa indifférent. C'est avec le même manque d'enthousiasme que ses descendants en héritèrent à leur tour. Leurs terres s'étaient réduites comme une peau de chagrin et ce n'était pas ce bout de rocher qui les sortirait de leur débâcle financière.

En 1922, quand le pays tout entier fut converti au culte des Vacances à la Mer et que la chaleur estivale de la côte du Devon et de Cornouailles devint officiellement tolérable, Arthur Angmering s'aperçut que sa belle mais inconfortable demeure fin XVIIIe était invendable. En revanche, il obtint un bon prix de l'insolite propriété léguée par le capitaine de marine Roger Angmering.

La bâtisse fut agrandie et embellie. On truffa l'île de « sentiers pédestres » et d'« aires de repos », et une jetée de béton la relia à la terre ferme. Deux courts de tennis furent aménagés, ainsi que des terrasses pour prendre le soleil, qui s'étageaient depuis une vaste plage agrémentée de radeaux et de plongeoirs.

L'hôtel du *Jolly Roger* – autrement dit du *Pavillon Noir* –, sur l'île des Contrebandiers, dans la baie de Leathercombe, fit une entrée triomphale sur la scène touristique. De juin à septembre – plus une courte saison à Pâques –, il était en général bondé. En 1934, de nouveaux agrandissements furent apportés à l'établissement qui s'enrichit d'un bar, d'une salle à manger de plus vastes proportions et de plusieurs salles de bains supplémentaires. Les prix grimpèrent.

– Vous ne connaissez pas la baie de Leathercombe ? entendait-on dans les dîners en ville. Il y a là un hôtel épatant, sur une espèce d'île. Tout le confort, pas de campeurs ni de cars de tourisme. Bonne cuisine et tout ce qui s'ensuit. Vous devriez y aller.

Et les gens y allaient.

*

Au *Jolly Roger* séjournait une personnalité de tout premier plan, du moins était-ce là l'opinion de l'intéressé. Étendu sur un transatlantique ultra-perfectionné, resplendissant dans un costume d'un blanc crème immaculé, un panama rabattu sur les yeux, les moustaches retroussées avec panache, Hercule Poirot embrassait la baie du regard. La plage était jonchée de matelas pneumatiques, de bouées, de canoës et de kayaks, de jouets en caoutchouc et de ballons. Il y avait un superbe tremplin et, à des distances stratégiques, trois pontons.

Parmi les « baigneurs », les uns se baignaient bel et bien, les autres lézardaient au soleil, d'aucuns encore s'enduisaient d'huile à bronzer.

Installés sur la première terrasse au-dessus de la plage, les « non-baigneurs » devisaient de tout et de rien : le temps, le spectacle qui se déroulait sous leurs yeux, la une des journaux du matin.

À la gauche d'Hercule Poirot, Mrs Gardener laissait échapper de ses lèvres, doux et monotone, un flot incessant de banalités tandis que cliquetaient ses aiguilles à tricoter maniées avec vigueur. À ses côtés, son mari, Odell C. Gardener, affalé sur un transat, le chapeau rabattu sur le nez, émettait de temps à autre le bref acquiescement que son épouse attendait de lui.

À la droite de Poirot, miss Brewster, créature d'allure sportive, cheveu grisonnant et visage hâlé par le grand air, lançait des réflexions bougonnes. Le tout n'était pas sans évoquer les aboiements d'un molosse interrompant les jappements d'un loulou de Poméranie.

Mrs Gardener pérorait :

– Et alors j'ai dit à Mr Gardener, je lui ai dit, écoute, le tourisme, c'est bien beau et quand on visite un pays, je trouve qu'il faut le faire à fond. Mais après tout, je lui ai dit, nous avons déjà fait l'Angleterre comme il faut et ce dont j'ai envie maintenant, c'est d'un petit coin tranquille en bord de mer rien que pour se détendre. C'est ce que je t'ai dit, n'est-ce pas, Odell ? Rien que de la *détente*. J'ai besoin de me détendre, je lui ai dit. Je t'ai bien dit ça, n'est-ce pas, Odell ?

– Oui, chérie, murmura Mr Gardener sous son chapeau.

Mrs Gardener continua sur sa lancée :

– Et alors j'en ai parlé à Mr Kelso, chez Cook – c'est lui qui a établi notre itinéraire, il nous a été d'un grand secours, je ne sais pas ce que nous aurions fait sans lui ! – et donc, comme je disais, quand j'en ai parlé à Mr Kelso, il m'a dit que nous ne pouvions pas trouver mieux que la baie de Leathercombe. Un endroit des plus pittoresques, m'a-t-il dit, loin de tout mais en même temps très confortable et très, très bien fréquenté. Là, bien sûr, Mr Gardener est intervenu pour demander ce qu'il en était des sanitaires. Parce que vous ne me croirez peut-être pas, monsieur Poirot, mais une sœur de Mr Gardener a séjourné dans une pension de famille très bien fréquentée, lui avait-on assuré, et située au cœur de la lande, eh bien, que vous me croyiez ou non, *il n'y avait que des feuillées* ! Ce qui fait que Mr Gardener se méfie des endroits loin de tout, n'est-ce pas, Odell ?

– Évidemment, chérie.

– Mais Mr Kelso nous a tout de suite rassurés.

Les installations sanitaires, à ce qu'il nous a dit, étaient du dernier cri et la cuisine excellente. Et je dois reconnaître que c'est vrai. Et puis ce qui me plaît ici, c'est qu'on est *entre soi*, si vous voyez ce que je veux dire. Comme ce n'est pas grand, tout le monde se parle, tout le monde se connaît. Parce que s'il y a une chose qu'on peut reprocher aux Anglais, c'est qu'il leur faut des siècles pour sortir de leur réserve. Après ça, ce sont des amours. Mr Kelso nous a dit aussi que des célébrités fréquentaient le *Jolly Roger*, et je constate qu'il ne nous a pas menti. Il y a *vous*, monsieur Poirot, et puis miss Darnley. Oh ! j'étais folle de joie quand je vous ai vu ici, n'est-ce pas, Odell ?

– C'est vrai, chérie.

– Ouaf ! lança miss Brewster de sa grosse voix, nous côtoyons le gratin, hein, monsieur Poirot !

Hercule Poirot esquissa un geste de protestation – davantage par politesse cependant que par intime conviction.

– Voyez-vous, monsieur Poirot, enchaîna l'imperturbable Mrs Gardener, j'ai beaucoup entendu parler de vous par Cornelia Robson. Mr Gardener et moi nous sommes trouvés à Badenhof au mois de mai en même temps que Cornelia. Naturellement, elle nous a tout raconté de cette affaire qui s'est passée en Égypte, quand Linnet Ridgeway a été assassinée. Il paraît que vous avez été merveilleux et je mourais littéralement d'envie de faire votre connaissance, n'est-ce pas, Odell ?

– Tout à fait exact, chérie.

– C'est comme miss Darnley. Je suis une cliente assidue de chez Rose Mond – et Rose Mond, c'est *elle* ! Ses vêtements ont un chic fou, une ligne extraordinaire. La robe que je portais hier soir vient de chez elle. Avec ça, c'est une femme adorable et elle a…

Assis juste après miss Brewster, le major Barry louchait sur les baigneuses à s'en faire sortir les yeux de la tête.

– … Une classe du feu de Dieu ! éructa-t-il d'une voix rauque.

Mrs Gardener fit cliqueter ses aiguilles avec un regain de vigueur :

– Je vous dois un aveu, monsieur Poirot. Quand je vous ai reconnu, j'ai quand même eu un *choc.* Non que je ne sois pas ravie de faire votre connaissance, parce que je l'étais, c'est la vérité, Mr Gardener le sait bien. Mais je me suis demandé si vous n'étiez pas ici… dans un but professionnel. Vous voyez ce que je veux dire ? C'est que je suis terriblement impressionnable, Mr Gardener vous le dira, et que je ne pourrais jamais supporter d'être mêlée à une affaire criminelle quelle qu'elle soit. Voyez-vous, je…

Mr Gardener se racla la gorge :

– Voyez-vous, monsieur Poirot, Mrs Gardener est très impressionnable.

Les mains d'Hercule Poirot s'élevèrent dans un grand geste lénifiant.

– Permettez que je vous certifie, très chère petite madame, baragouina-t-il dans son inimitable anglais mâtiné de belge pompeux, que je suis venu ici poussé par les mêmes impérieux motifs que vous : souffler un peu, me détendre, profiter des vacances ! J'ai oublié jusqu'à la notion même de crime !

– Pas de corps de la victime sur l'île des Contrebandiers, ha, ha ! hurla de rire miss Brewster.

– Voilà qui n'est pas tout à fait exact, dit le détective, montrant d'un geste ample la plage de l'hôtel. Regardez-les allongés en rangs sur le sable. À quoi ressemblent-ils ? À des hommes et à des femmes ? Non. Victimes de quoi, je n'en sais rien, mais ce ne sont que des corps, parfaitement anonymes !

Le major Barry intervint en connaisseur :

– Il y a quand même quelques jolies pouliches dans le lot. Un peu maigrichonnes, peut-être...

– Mais où est la saveur ? Où est le mystère ? protesta Poirot. Je suis vieux jeu, moi ! De mon temps, c'est à peine si l'on devinait la cheville. Le froufrou d'un jupon, quelle extase ! Le galbe aimable d'un mollet... un genou entr'aperçu parmi le bouillonnement des dessous enrubannés...

– Vous êtes du genre paillard ! s'étrangla le major tout ému.

– Beaucoup plus rationnelle, la façon dont nous nous habillons maintenant, trancha miss Brewster.

– C'est quand même vrai, acquiesça Mrs Gardener. Je crois sincèrement, monsieur Poirot, que les jeunes gens d'aujourd'hui mènent une vie plus naturelle et plus saine. Ils s'ébattent ensemble sans, eh bien...

Elle rougit quelque peu car elle avait de la pudeur :

– Sans penser à *ça*, si vous me comprenez.

– C'est bien ce que je dis, répliqua Hercule Poirot. C'est lamentable.

– Lamentable ?

– On a supprimé le mystère, on a tué le romanesque ! Aujourd'hui, tout est standardisé.

Il fit un geste en direction des silhouettes affalées :

– Ça me rappelle la morgue de Paris.

– Monsieur Poirot ! trémola Mrs Gardener, scandalisée.

– De la viande à un étal de boucher.

– N'exagérez-vous pas un peu, monsieur Poirot ?

– Si, probablement, reconnut-il.

– En tout cas, trancha Mrs Gardener en attaquant un nouveau rang, je veux bien vous rejoindre sur un point. Ces filles qui se vautrent comme ça au soleil vont avoir du poil qui va leur pousser sur les bras et les jambes. J'ai prévenu Irène – c'est ma fille, monsieur Poirot. Je lui ai dit, Irène, si tu t'exposes au soleil, tu vas finir couverte de poils, poils sur les bras, poils sur les jambes et poils sur la poitrine – et tu ressembleras à quoi ? Voilà ce que je lui ai dit. N'est-ce pas, Odell ?

– Oui, chérie, dit Mr Gardener.

Tous se turent, s'efforçant peut-être de se représenter Irène après son effroyable mutation.

Mrs Gardener roula son ouvrage :

– Je crois qu'il est temps de…

– Oui, chérie.

Mr Gardener s'arracha à son fauteuil et ramassa le tricot et le livre de sa femme.

– Vous venez prendre un verre avec nous, miss Brewster ? s'enquit-il.

– Non, pas tout de suite, merci.

Les Gardener se dirigèrent vers l'hôtel.

– Ah, parlez-moi des maris américains ! s'extasia miss Brewster.

*

La place de Mrs Gardener ne tarda pas à être occupée par le révérend Stephen Lane.

Grand et solidement charpenté, Mr Lane était un pasteur d'une cinquantaine d'années. Il avait le teint boucané et portait un pantalon de flanelle anthracite qui avait connu des jours meilleurs, le pantalon type des vacances.

– Quelle région splendide ! s'exclama-t-il avec enthousiasme. Je suis allé à pied de Leathercombe jusqu'à Harford et retour en passant par la falaise.

– Marcher par cette chaleur, merci bien, grogna le major qui ne mettait jamais un pied devant l'autre.

– C'est un excellent exercice, fit savoir miss Brewster. Moi, je n'ai pas encore été ramer aujourd'hui. Rien de tel que la rame pour les abdominaux.

L'œil d'Hercule Poirot se coula, chagrin, jusqu'à son ventre rebondi.

– Si vous en faisiez un peu tous les jours, vous vous en débarrasseriez bien vite, monsieur Poirot, dit charitablement miss Brewster qui avait surpris son regard.

– Je vous remercie, bien chère mademoiselle, mais j'exècre les bateaux.

– Les petits ?

– Quelle que soit leur taille !

Il ferma les yeux et réprima un frisson :

– Le... le mouvement de la mer est un phénomène insupportable.

– Taratata, elle est calme comme un lac, aujourd'hui !

– Une mer calme, ça n'existe pas, fit Poirot, sentencieux. La mer est en perpétuel mouvement.

– Si vous voulez mon avis, intervint le major, le mal de mer, neuf fois sur dix, c'est les nerfs.

– Parole de loup de mer, hein major ? dit le pasteur avec un sourire.

– Jamais été malade en mer, moi, sauf une fois – et en traversant la Manche encore ! « Pense à autre chose », voilà ma devise.

– C'est bizarre, le mal de mer, dit miss Brewster. Pourquoi certaines personnes y sont-elles sujettes et d'autres non ? Ça n'est pas juste. Et ce n'est pas une question de santé. Il y a des mauviettes qui ont le pied marin. On m'a dit que ça avait à voir avec la moelle épinière. C'est comme les gens qui ont peur du vide. Je suis un peu sujette au vertige, mais ça n'est rien à côté de Mrs Redfern. L'autre jour, sur le sentier qui longe la falaise, la tête lui a tourné et il a fallu qu'elle se cramponne à moi. Elle m'a raconté qu'une fois, à Milan, en redescendant l'escalier extérieur du Dôme, elle était restée coincée à mi-chemin. Elle était montée sans y penser, mais rien à faire pour redescendre.

– Alors il vaut mieux qu'elle ne se risque pas sur l'échelle de la crique aux Lutins, remarqua Mr Lane.

Miss Brewster fit une grimace :

– Moi, déjà, j'y ai la frousse. C'est bon pour les jeunes. Les petits Cowan et les Masterman passent leur vie à faire les singes là-dessus. Ça a l'air de leur plaire.

– Tiens, voilà justement Mrs Redfern qui revient de son bain, dit Lane.

– M. Poirot doit la tenir en haute estime : ce n'est pas elle qui s'exposerait au soleil.

La jeune femme, qui avait enlevé son bonnet de caoutchouc, secouait ses cheveux blond cendré. Elle était d'une blancheur maladive, comme souvent ce type de blonde.

– Un peu mal cuite au milieu des autres, non ? commenta le major avec un gloussement éraillé.

S'enveloppant dans un long peignoir de bain, Christine Redfern monta les marches qui conduisaient à la terrasse.

Petites mains, pieds menus, visage sérieux, regard clair, elle était ce qu'il est convenu d'appeler « charmante » – quand on ne trouve rien de mieux à dire.

Souriante, elle s'assit par terre à côté du groupe en serrant son peignoir.

– Vous avez gagné l'estime de M. Poirot, dit miss Brewster. Il n'aime pas les adeptes du bain de soleil. D'après lui, ils ressemblent à des quartiers de viande à l'étal ou quelque chose d'approchant.

Christine Redfern eut un petit sourire désolé :

– Si seulement je pouvais en prendre, des bains de soleil ! Malheureusement, je ne brunis pas. Ma peau part en lambeaux et mes bras se couvrent d'horribles taches de rousseur.

– Ça vaut toujours mieux que de devenir velue comme Irène, la fille de Mrs Gardener, ironisa miss Brewster.

En réponse au regard interrogateur de Christine Redfern, miss Brewster expliqua :

– Mrs Gardener était en pleine forme, ce matin. Intarissable : « N'est-ce pas, Odell ? – Oui, chérie. »

Elle se tut un instant avant de reprendre :

– Je n'ai qu'un regret, c'est que vous ne l'ayez pas fait un peu marcher, monsieur Poirot. Dommage ! Pourquoi ne lui avez-vous pas dit que vous enquêtiez sur un meurtre particulièrement atroce et que l'assassin, un dangereux maniaque, était forcément un client de l'hôtel ?

– Elle m'aurait cru, soupira Poirot. C'est ce qui m'a fait reculer.

Le major Barry laissa échapper un rire quinteux :

– Pardi ! Plutôt deux fois qu'une !

– Mais non ! décréta miss Brewster. Même Mrs Gardener aurait compris que c'était une blague. Ce n'est pas le genre d'endroit où on risque de se trouver nez à nez avec un cadavre !

Poirot s'agita dans son transat :

– Pourquoi pas, mademoiselle ? Au nom de quoi serait-il impossible de trouver un cadavre sur l'île des Contrebandiers ?

– Je n'en sais rien. Mais j'imagine qu'il y a des coins qui s'y prêtent moins que d'autres. Le *Jolly Roger* ne me paraît pas le genre d'endroit où...

Éprouvant quelque difficulté à aller au bout de sa pensée, elle laissa sa phrase inachevée.

– C'est romantique, oui, acquiesça Poirot. C'est paisible. La mer est bleue. Le soleil brille. Mais vous oubliez, miss Brewster, que le mal est partout sous le soleil.

Le pasteur s'agita, se pencha en avant et tourna vers Poirot ses yeux d'un bleu intense.

Miss Brewster haussa les épaules :

– Oui, d'accord, je sais, mais tout de même...

– Tout de même il vous semble que ce lieu n'est pas le cadre approprié pour un crime ? Vous oubliez quelque chose, mademoiselle.

– La malignité humaine, j'imagine ?

– Oui, ça aussi, bien sûr. Il faut toujours compter avec elle. Mais ce n'est pas là ce que j'allais dire. J'allais vous faire remarquer que tout le monde ici est en vacances.

Emily Brewster leva vers lui un regard perplexe :

– Je ne comprends pas.

Poirot lui dédia un grand sourire.

– Imaginons que vous ayez un ennemi, dit-il, ponctuant son discours d'un doigt emphatique. Si vous le suivez chez lui, à son bureau, dans la rue, il vous faut à cela une *raison* – il vous faut pouvoir justifier votre présence. Tandis qu'ici, au bord de mer, personne n'a à justifier quoi que ce soit. Vous êtes à la Baie de Leathercombe, pourquoi ? Parbleu, c'est le mois d'août – au mois d'août on est en vacances et on va au bord de la mer. Il est donc tout à fait naturel que vous soyez ici, que Mr Lane y soit, de même que le major Barry ainsi que Mrs Redfern et son mari. Parce que c'est l'usage, en Angleterre, de passer le mois d'août à la mer.

– Il fallait y penser, reconnut miss Brewster. Mais que faites-vous des Gardener ? Ils sont américains, eux.

Poirot sourit :

– Même Mrs Gardener – elle nous l'a expliqué – éprouve le besoin de se *détendre*. En outre, puisqu'elle *fait* l'Angleterre, elle est tenue, en bonne touriste, de passer au moins quinze jours à la mer. Et puis elle adore regarder les gens vivre.

– Vous aussi, n'est-ce pas, vous aimez les regarder vivre ? murmura Mrs Redfern.

– Je l'avoue, oui, madame.

– Et vous voyez... pas mal de choses, ajouta-t-elle, pensive.

*

Il y eut un silence et Stephen Lane s'éclaircit la gorge.

– Vous avez prononcé une phrase fort intéressante, dit-il d'une voix tendue. Vous avez dit que le mal sévissait partout sous le soleil. C'était presque une citation de l'Ecclésiaste.

Il ferma les yeux un instant, puis, le visage transfiguré par une sorte d'extase, cita la Bible à son tour :

– « En vérité, le cœur des fils de l'homme est habité par le mal et la folie sévit dans leur cœur tout au long de leur vie. » J'ai apprécié de vous entendre parler ainsi. Aujourd'hui, plus personne ne croit au mal. On le tient, au mieux, pour la simple négation du bien. Ceux qui font le mal agissent, dit-on, sans savoir, par ignorance, par manque d'éducation, et il faut avoir pitié d'eux au lieu de les blâmer. Pourtant, monsieur Poirot, le mal est un *fait* ! C'est une *réalité* ! Je crois au Mal comme je crois au Bien. Le Mal existe ! Il est puissant ! Il mène le monde !

Il se tut, haletant, et s'épongea le front avec son mouchoir.

– Je vous demande pardon, s'excusa-t-il. Je me laisse emporter.

– Je comprends votre façon de voir, répondit Poirot sans s'émouvoir. Et jusqu'à un certain point, je suis d'accord avec vous. Le mal gouverne le monde en effet, c'est indiscutable.

– En parlant de ça, intervint le major Barry, il y a aux Indes des fakirs qui...

Le major séjournait au *Jolly Roger* depuis assez longtemps pour que chacun se tienne en garde contre sa redoutable propension à s'embarquer dans d'interminables souvenirs des Indes. Miss Brewster et Mrs Redfern eurent le même réflexe :

– Ce n'est pas votre mari qui revient à la nage, Mrs Redfern ? Quel crawl ! C'est vraiment un magnifique nageur !

– Oh, regardez le ravissant petit bateau avec les voiles rouges ! C'est Mr Blatt, non ?

Un voilier croisait en effet à l'embouchure de la baie.

– Des voiles rouges ! Drôle d'idée, grommela le major.

Mais la menace des fakirs était écartée.

Hercule Poirot regarda avec intérêt le jeune homme qui venait de sortir de l'eau. Patrick Redfern était beau garçon. Mince, bronzé, athlétique, il avait un air de gaieté et une joie de vivre contagieuse – grâce naturelle qui lui valait la sympathie des femmes dans leur ensemble et de la quasi-totalité des hommes.

S'ébrouant, il salua joyeusement sa femme qui lui répondit d'un signe de la main.

– Tu viens, Pat ? l'appela-t-elle.

– J'arrive !

Il fit quelques pas pour aller ramasser sa serviette.

C'est alors que, descendant de l'hôtel et se dirigeant vers la plage, une femme passa tout près du petit groupe installé sur la terrasse.

Son apparition fut aussi théâtrale qu'une entrée en scène.

On voyait à sa démarche qu'elle en était consciente. Mais sans la moindre affectation. Apparemment, elle avait l'habitude de produire cet effet.

Grande et mince, vêtue d'un simple maillot de bain blanc échancré dans le dos, elle avait la beauté parfaite d'une statue : chaque centimètre de sa peau brunie par le soleil était d'un beau bronze doré et ses longs cheveux auburn aux reflets flamboyants retombaient sur sa nuque en boucles souples. Son visage était légèrement marqué par la trentaine. Cependant, ce qui frappait surtout chez elle, c'était l'éclatante vitalité de la jeunesse qui l'animait toujours. Ses traits avaient une immobilité quasi orientale et ses yeux d'un bleu profond étaient fendus en amande. Elle portait un étonnant chapeau chinois de carton bouilli vert jade.

Instantanément, toutes les femmes sur la plage parurent ternes et insignifiantes, et tous les regards masculins convergèrent irrésistiblement sur elle.

Hercule Poirot souleva une paupière et frémit de la moustache ; les yeux protubérants du major lui sortirent encore un peu plus de la tête ; quant au révérend Lane, il était raide et ne respirait plus.

– Arlena Stuart ! souffla le major Barry dans un râle. C'était son nom de scène avant d'épouser Marshall. Je l'ai vue dans *Un petit tour et puis s'en va* avant ses adieux à la scène. Quel morceau !

– Elle est belle, oui, dit lentement Christine

Redfern d'un ton aussi froid que la glace. Mais on dirait une bête fauve.

– Vous évoquiez le mal, monsieur Poirot, décréta abruptement miss Brewster. Pour moi, cette femme est le mal incarné. Une pourriture. Et je sais de quoi je parle.

– Ça me rappelle une gourgandine, à Simla, dit le major en veine de réminiscences. Rousse elle aussi. Mariée à un sous-officier. Elle a mis le feu à la garnison, ce n'est rien de le dire ! Les hommes étaient fous d'elle. Et les femmes, comme de bien entendu, l'auraient volontiers coupée en rondelles. Elle a fichu la pagaille dans je ne sais combien de ménages.

Ce souvenir lui arracha un petit rire :

– Le mari, c'était un brave type. Il aurait baisé la terre sous ses pas. Il ne s'est jamais rendu compte de rien – ou alors il faisait comme si.

– Ces créatures sont une peste, gronda Lane d'une voix vibrante, une peste pour…

Il s'interrompit.

Arlena Stuart avait atteint le bord de l'eau. Deux jeunes gens, à peine plus que des collégiens, s'étaient précipités à sa rencontre. Elle leur dédia un sourire.

Mais son regard ne tarda pas à se poser plus loin, sur Patrick Redfern qui longeait la plage.

L'image d'une boussole s'imposa soudain à l'esprit d'Hercule Poirot. Patrick Redfern fut dévié, ses pieds changèrent de direction. L'aiguille, qu'elle le veuille ou non, obéit aux lois magnétiques et se tourne vers le nord. Patrick Redfern rejoignit donc Arlena Stuart.

Elle l'attendit sans cesser de sourire. Puis, lentement, elle fit quelques pas sur le rivage. Redfern marcha à ses côtés. Et, quand elle s'étendit près d'un rocher, il se laissa tomber à côté d'elle sur les galets.

Brusquement, Christine Redfern se leva et regagna l'hôtel.

*

Un silence embarrassé suivit le départ de Mrs Redfern.

– C'est lamentable, décréta miss Brewster. Elle est mignonne comme tout. Ils ne sont mariés que depuis un an ou deux.

– La fille dont je parlais, dit le major Barry, celle de Simla. Eh bien, elle a provoqué le divorce de deux couples parfaitement heureux. Plutôt moche, hein ?

– Il y a des femmes qui n'aiment rien tant que briser les ménages, commenta miss Brewster qui conclut sans nuances : Patrick Redfern est un crétin.

Hercule Poirot ne soufflait mot. Il contemplait la plage. Mais ce n'était pas Patrick Redfern et Arlena Stuart qu'il regardait.

– Bon, il serait peut-être temps que j'aille ramer un brin, annonça miss Brewster.

Elle s'éloigna.

Le major Barry tourna ses gros yeux verdâtres, assez semblables à des groseilles à maquereau après cuisson, et s'enquit, curieux :

– Dites donc, Poirot, à quoi pensez-vous ? Vous n'avez pas encore ouvert la bouche. Votre opinion sur la sirène ? Ça vous rend tout chose, hein ?

– Peut-être bien.

– Allez, vieux coquin ! Je les connais, les Français !

– Je ne suis *pas* français, répliqua froidement Poirot.

– Ouais, ne me dites pas qu'une jolie fille vous laisse indifférent. Qu'est-ce que vous pensez d'elle ?

– Elle n'est plus toute jeune.

– Quelle importance ? Une femme a l'âge qu'elle paraît. Et celle-là, c'est quand même du premier choix.

Poirot acquiesça d'un signe de tête :

– Oui, elle est belle, mais là n'est pas l'essentiel. Ce n'est pas pour sa beauté que toutes les têtes – sauf une – se sont tournées vers elle.

– Elle a du d'ça, comme on dit, mon vieux. Voilà ce que c'est : elle a du d'ça.

Intrigué par l'attitude de Poirot, il questionna encore :

– Mais qu'est-ce que vous voyez de si captivant par là ?

– L'exception, répondit ce dernier. Le seul homme qui n'a pas bronché quand elle est passée.

Le major suivit le regard du détective et découvrit un homme d'une quarantaine d'années, bronzé, cheveux blonds, beau visage viril. Assis sur le sable, impassible, il lisait le *Times* en fumant la pipe.

– Oh, *ça* ! s'écria Barry. C'est le mari, mon vieux. C'est Marshall.

– Je sais, dit Poirot.

Le major gloussa. Célibataire, il avait pour habitude de classer Le Mari en trois catégories :

« l'Obstacle Insurmontable », « l'Empêcheur de Danser en Rond », « le Paravent Providentiel ».

– Il a l'air bien, ce garçon, dit-il. Sans histoires. Au fait, je me demande si mon *Times* est arrivé.

Il se leva et remonta vers l'hôtel.

Le regard de Poirot se porta alors sur Stephen Lane.

Le révérend n'avait cessé d'observer Arlena Stuart et Patrick Redfern. Il se retourna brusquement. Une lueur fanatique brillait au fond de ses yeux :

– Cette femme est le Diable. En doutez-vous ?

– Difficile de se prononcer, murmura lentement Poirot.

– Mais ne sentez-vous donc pas sa présence ? insista Stephen Lane. Autour de vous ? La présence du Mal ?

Lentement encore, Hercule Poirot hocha la tête.

2

Quand miss Darnley vint s'asseoir près de lui, Hercule Poirot ne chercha pas à dissimuler son plaisir.

Ainsi qu'il devait en convenir plus tard, il admirait Rosamund Darnley plus qu'aucune autre femme. Il aimait sa distinction, la grâce de sa silhouette, son port de tête fier et énergique. Il aimait le mouvement soyeux de ses cheveux bruns et le charme ironique de son sourire.

Elle portait une robe de toile bleu marine éclaircie de quelques touches de blanc, toute simple mais dont la sobriété même laissait deviner qu'il s'agissait d'un modèle coûteux. Rosamund Darnley, sous le nom de Rose Mond Ltd, était une des stylistes les plus en vogue du Tout-Londres.

– Je ne crois pas que j'aime cet endroit, dit-elle. Je me demande pourquoi je suis venue.

– Ce n'est pourtant pas votre première visite, si je ne m'abuse ?

– Non, j'avais déjà fait un séjour ici à Pâques, il y a deux ans. Il y avait moins de monde, à l'époque.

Poirot la dévisagea.

– Quelque chose vous tracasse, dit-il avec douceur. Je me trompe ?

De la tête, elle fit signe que non, le regard obstinément baissé sur le mouvement de balancier de son pied droit :

– J'ai rencontré un fantôme, voilà ce qui me tracasse.

– Un fantôme, mademoiselle ?

– Oui.

– Le fantôme de quoi ? Ou de qui ?

– Le mien.

– Et il vous a peinée ?

– Contre toute attente, oui. Il m'a ramenée au temps où…

Elle se tut, pensive. Puis elle reprit :

– Essayez d'imaginer mon enfance. Non, vous n'y arriverez pas ! Vous n'êtes pas anglais !

– Ç'a donc été une enfance typiquement anglaise ?

– Oh, incroyablement anglaise ! La campagne, une grande baraque brinquebalante, des chevaux, des chiens, des promenades sous la pluie, des feux de bois, l'odeur des pommes dans le verger, le manque d'argent, les vieux tweeds, les robes du soir qu'on remettait d'année en année, un jardin à l'abandon, avec des asters qui jaillissaient des parterres comme de grands étendards en automne.

– Vous souhaiteriez revenir en arrière ?

Rosamund Darnley secoua la tête :

– On ne peut pas revenir en arrière. Jamais… ça, il n'y a pas moyen. Mais ce que j'aurais aimé, c'est suivre un autre chemin.

– Vous me surprenez.

– Je me surprends moi-même, dit-elle en riant.

– Lorsque j'étais jeune – et cela, mademoiselle, ne date pas d'hier – il y avait un jeu qui s'appelait : « Qui aimeriez-vous être ? » Les jeunes filles avaient des albums où l'on écrivait la réponse. Ils étaient reliés de cuir bleu et les tranches en étaient dorées. La réponse ? Croyez-moi, ce n'était pas facile d'en trouver une.

– Oh, ça ne m'étonne pas. Ce serait d'ailleurs plutôt risqué. Qui aurait envie de se retrouver dans la peau de Mussolini ou de la princesse Elisabeth ? Quant à ses amis, on les connaît trop. Je me souviens d'avoir rencontré un jour un couple charmant. Ils étaient si courtois, si attentionnés l'un envers l'autre et paraissaient s'entendre si bien après des années de mariage que j'ai envié cette femme. J'aurais volontiers pris sa place. Et puis j'ai appris que, dans l'intimité, ils ne s'adressaient plus la parole depuis onze ans.

Elle se mit à rire :

– Ce qui prouve qu'on ne peut jamais savoir.

– Et pourtant beaucoup de gens doivent vous envier, vous, dit Poirot après un silence.

– J'imagine que oui, répliqua Rosamund avec indifférence, perdue dans ses pensées.

Son sourire ironique ne tarda pas à réapparaître :

– Oui, je suis le type parfait de la femme qui a réussi ! J'ai toutes les satisfactions intellectuelles du créateur reconnu – j'adore dessiner des vêtements – et toutes les satisfactions financières de la femme d'affaires. Je gagne très bien ma vie, je ne suis ni laide ni contrefaite et je ne médis pas trop de mon prochain.

Elle s'interrompit et son sourire s'accentua :

– Bien sûr, je n'ai pas de mari. Sur ce plan-là, j'ai échoué, n'est-ce pas, monsieur Poirot ?

– Si vous ne vous êtes pas mariée, mademoiselle, fit galamment le détective, c'est qu'aucun individu de mon sexe n'a été assez éloquent. C'est par choix, et non par force, que vous êtes restée célibataire.

– Vous dites ça, mais je suis bien sûre que, comme tous les hommes, vous êtes intimement persuadé qu'une femme ne peut être heureuse qu'avec un mari et des enfants.

Poirot haussa les épaules :

– Se marier et avoir des enfants, c'est le lot de toutes les femmes. Mais se faire un nom et s'imposer comme vous, il n'y a pas une femme sur cent, ni même sur mille qui en soit capable.

Rosamund fit la moue :

– N'empêche que je ne suis qu'une pauvre vieille fille. En tout cas, c'est comme ça que je me vois aujourd'hui. J'aurais été plus heureuse avec trois sous en poche, une grosse brute de mari taciturne et une flopée de gosses accrochés à mes jupes. Ce n'est pas vrai ?

Poirot haussa les épaules :

– Si vous le dites, mademoiselle…

Rosamund se mit à rire, son nuage dissipé. Elle prit une cigarette et l'alluma :

– Ah, vous êtes très fort, monsieur Poirot. Je me sens immédiatement prête à adopter le point de vue opposé et à défendre bec et ongles les femmes qui font carrière. Dans le fond, j'ai rudement bien réussi ma vie… et je le sais.

– Alors tout est pour le mieux dans le meilleur

des mondes – ou, pourrions-nous dire, au bord de la mer ?

– Exactement.

Poirot sortit à son tour son étui et alluma une de ces fines cigarettes qu'il affectionnait.

– Ainsi, murmura-t-il en regardant monter les volutes de fumée d'un œil intéressé, Mr... pardon, le capitaine Marshall est un vieil ami à vous ?

Rosamund se redressa :

– Que ?... Comment le savez-vous ? Oh, c'est sans doute Ken qui vous l'a dit.

Poirot secoua la tête :

– Personne ne m'a dit quoi que ce soit. Après tout, mademoiselle, je suis quand même détective ! La conclusion s'imposait.

– Je ne vois pas.

– Voyons, réfléchissez !

Les mains du petit homme se firent éloquentes :

– Vous êtes ici depuis une semaine. Vous êtes gaie, pleine d'entrain, insouciante. Aujourd'hui, brusquement, vous parlez fantômes et bon vieux temps. Que s'est-il passé ? Il n'y a pas eu de nouveaux clients depuis quelques jours, sauf hier soir où sont arrivés le capitaine Marshall, son épouse et sa fille. Aujourd'hui, en ce qui vous concerne, changement à vue ! C'est clair comme de l'eau de roche.

– Eh bien... c'est exact. Kenneth Marshall et moi avons pratiquement grandi ensemble. Nos familles étaient voisines. Ken était très gentil avec moi – sur le mode condescendant, bien sûr : il avait quatre ans de plus que moi. Ça faisait des siècles qu'on ne s'était pas vus... une quinzaine d'années au moins.

– Un bout de temps, en effet, concéda Poirot, pensif.

Rosamund acquiesça de la tête.

Il y eut un silence. Puis Poirot reprit :

– Il a l'air plutôt sympathique, non ?

– Ken est un amour, dit la jeune femme avec chaleur. Un homme rare. Calme et réservé à ne pas croire ! Le seul reproche que je lui ferais, c'est ce penchant qu'il a pour les mariages impossibles.

– Ah, ça ! lâcha Poirot, l'air d'en savoir long.

– En matière de femmes, il s'est toujours conduit comme un crétin, un vrai demeuré ! poursuivit Rosamund Darnley. Vous vous souvenez de l'affaire Martingdale ?

Poirot fronça les sourcils :

– Martingdale ? Martingdale ? Une histoire d'arsenic, non ?

– Oui. Il y a dix-sept, dix-huit ans. La femme était accusée du meurtre de son mari.

– Et on a prouvé qu'il se bourrait lui-même d'arsenic, sur quoi elle a été acquittée ?

– Exact. L'acquittement prononcé, Ken n'a trouvé rien de mieux que de l'épouser. Voilà Kenneth Marshall dans ses œuvres !

– Mais si elle était innocente...

– Oh, je suis persuadée qu'elle l'était ! En tout cas, personne n'a jamais pu prouver le contraire. Mais les filles à marier, ça ne manque pas, que je sache. Pourquoi choisir entre toutes celle qui vient d'être jugée pour meurtre ?

Poirot ne répondit pas. Il savait bien que son

silence inciterait Rosamund Darnley à poursuivre ses confidences. Ce qu'elle fit :

– Il était très jeune, évidemment, à peine vingt et un ans. Et il était fou d'elle. Elle est morte à la naissance de Linda – un an après leur mariage. Ç'a dû être terrible pour Ken, sûrement. Après quoi il a mené une vie de patachon – histoire d'oublier, j'imagine.

» C'est là qu'Arlena Stuart entre en scène. Elle était à l'affiche de *Revue*, à l'époque. C'était au moment du divorce des Codrington. Lady Codrington demandait le divorce en citant Arlena Stuart. On ne parlait que de ça : elle avait pris lord Codrington dans ses filets, ils se marieraient dès que le divorce serait prononcé, etc., etc. En fait, le divorce prononcé, il ne l'a pas épousée. Il l'a proprement laissée choir. Je crois même qu'elle a porté plainte contre lui pour rupture de promesse. Toujours est-il qu'à l'époque le Tout-Londres était en ébullition. Et, à la fin, qui s'amène pour lui demander sa main, genou à terre ? Mais Ken, naturellement ! Il est cinglé – fou à lier !

– C'est une folie qu'on peut comprendre, mademoiselle, murmura Poirot. Elle est très belle.

– Personne n'a jamais dit le contraire. Sur quoi, il y a trois ans, nouveau scandale : cette fois, c'est Roger Erskine, le vieux sir Roger, qui lui lègue toute sa fortune, jusqu'au moindre sou. Ça, quand même, ça aurait dû lui ouvrir les yeux, à Ken, vous ne trouvez pas ?

– Et cela n'a pas été le cas ?

Elle haussa les épaules :

– Je vous l'ai dit, cela fait des années qu'on ne s'est pas vus. Mais il paraît qu'il a pris ça le plus tranquillement du monde. Pourquoi ? C'est pour moi un mystère. Comment peut-on être aveugle à ce point-là ?

– Il peut y avoir d'autres raisons.

– La fierté, oui. Encaisser sans rien dire. J'ignore ce qu'il éprouve pour elle, au fond. Personne ne le sait, d'ailleurs.

– Et elle ? Quels sont ses sentiments envers lui ?

Rosamund Darnley écarquilla les yeux :

– Elle ? C'est miss croqueuse de diamants en personne. Croqueuse de diamants et dévoreuse d'hommes. N'importe quoi de présentable passe à proximité dans une paire de pantalons, et la voilà qui frétille. C'est ça, Arlena.

– Oui, dit Poirot, manifestant son complet accord d'un vigoureux hochement de tête. C'est vrai, ce que vous dites là... Elle n'a d'yeux que pour les hommes.

– Et en ce moment, c'est Patrick Redfern qu'elle vise. Beau garçon, pas compliqué, pas coureur, amoureux de sa femme. Du nanan pour Arlena. Je l'aime bien, la petite Mrs Redfern, elle est mignonne dans son genre chlorotique, mais elle n'a pas l'ombre d'une chance face à cette tigresse d'Arlena.

– Non, dit Poirot sombrement, vous avez raison.

– Christine Redfern était professeur de je ne sais trop quoi. Elle fait partie de ces gens qui pensent que l'esprit a la primauté sur la matière. Eh bien, elle va tomber de haut.

Poirot se renfrogna un peu plus.

– C'est dégoûtant, conclut Rosamund en se levant.

Et elle ajouta, comme pour elle-même :
– Il faudrait faire quelque chose.

*

Linda Marshall examinait froidement son visage dans le miroir de sa chambre. Elle se trouvait affreuse. Un tas d'os couvert de taches de rousseur. Elle considéra avec dégoût son épaisse tignasse châtain roux – queue de vache, d'après elle –, ses yeux gris verdâtres, ses pommettes saillantes, son menton agressif. La bouche et les dents, ça allait à peu près, tu parles d'une consolation… Et ça, là, sur le nez, c'était quoi, un bouton ?

Non, décida-t-elle avec soulagement, ça n'était pas un bouton.

Là-dessus, elle se mit à penser que c'était horrible d'avoir seize ans. Horrible de ne pas savoir où on est, qui on est.

Maladroite comme un poulain, hérissée à la moindre remarque, Linda avait en permanence conscience de sa gaucherie, de cet état indécis qui était le sien. Au collège, ça allait encore, mais maintenant, elle avait quitté le collège. Personne ne semblait avoir la moindre idée de ce qu'on allait faire d'elle. Son père parlait vaguement de l'envoyer à Paris l'hiver prochain. Mais Linda ne voulait pas aller à Paris. Elle ne voulait pas non plus rester à la maison. Jusqu'à présent, elle ne s'était encore jamais vraiment rendu compte à quel point elle détestait Arlena.

Elle serra les mâchoires, le regard dur.

Arlena…

« C'est une garce, songea-t-elle. Une *garce* ! »

Les belles-mères ! Quel cauchemar d'avoir une belle-mère. Tout le monde le disait. Eh bien, c'était vrai. Non qu'Arlena soit méchante avec elle. La plupart du temps, elle ne la remarquait même pas. Mais quand par hasard cela lui arrivait, il n'y avait dans son regard, dans ses paroles, qu'un mépris amusé. La grâce accomplie d'Arlena, son allure soulignaient cruellement la maladresse de l'adolescente. Comment ne pas se sentir gauche et ridicule à côté d'elle ?

Mais ce n'était pas seulement ça. Non, pas seulement.

Linda avait du mal à voir clair en elle-même. Analyser ses sentiments, leur mettre un nom, elle n'était pas rompue à ce genre d'exercice.

C'était quelque chose qu'Arlena *faisait* aux gens – aux choses…

« C'est une moins que rien, décréta-t-elle finalement. Une moins que rien, moins que rien, moins que rien. »

Et alors ? Comme si cela suffisait pour se sentir supérieure et évacuer Arlena d'une pichenette…

C'était quelque chose qu'elle faisait aux gens. À son père. Son père n'était plus du tout le même…

Frappée par cette pensée, elle le revit venant la chercher au collège, l'emmenant en croisière. Et puis à la maison, avec Arlena. Complètement… complètement renfermé et comme… ailleurs.

« Et ça va être comme ça, jour après jour, mois après mois, pensa-t-elle. Je ne peux plus supporter un truc pareil. »

L'avenir lui apparut comme une interminable succession de jours sinistres, empoisonnés par la présence d'Arlena. Elle avait encore un sens enfantin de la durée. Une année semblait une éternité à ses yeux.

Une vague de haine la submergea :

« Je voudrais la tuer ! Oh, si seulement elle pouvait mourir… »

Son regard alla se perdre sur la mer en contrebas.

C'était plutôt chouette, comme endroit. À première vue, en tout cas. Avec toutes ces plages, ces criques, ce fouillis de sentiers minuscules. Plein de choses à explorer. Et des tas d'endroits pour s'isoler. Et même des grottes, d'après les fils Cowan.

« Si seulement Arlena n'était pas là, je m'amuserais bien, ici ! »

Elle repensa au soir de leur arrivée. La marée haute recouvrait la jetée. Ils avaient gagné l'île en bateau et l'hôtel lui était apparu étrange, fabuleux. Et sur la terrasse, une grande femme brune s'était levée d'un bond en s'écriant :

– Kenneth !

Et son père s'était exclamé à son tour : « Rosamund ! » d'une voix stupéfaite.

Linda se pencha sur le cas Rosamund Darnley avec toute la sévérité d'un juge de seize ans.

Elle décida qu'elle était bien, c'est-à-dire sensée. Sa coiffure était bien : elle lui allait – la plupart du temps, les gens avaient des coiffures tartes qui ne leur allaient pas. Ses vêtements étaient bien. Et elle avait un air marrant, moqueur, mais qui se moquait d'elle-même, pas des autres.

Rosamund avait été gentille avec elle. Elle n'avait pas éprouvé le besoin de parler gnangnan ni de *faire des phrases* (expression fourre-tout qualifiant tout ce que Linda trouvait odieux dans le discours des adultes). Et Rosamund n'avait pas eu l'air de penser que Linda était stupide. En fait, elle l'avait traitée comme un être humain normal. C'était un sentiment que Linda éprouvait si rarement qu'elle était pleine de reconnaissance envers quiconque lui en donnait l'occasion !

Son père aussi avait semblé tout content de voir miss Darnley. Il avait paru complètement différent, soudain. C'est drôle. Il avait paru... paru *jeune*. Et il avait ri, il avait ri comme un gamin.

C'est vrai, au fond, qu'elle ne l'entendait presque jamais rire. Et elle eut l'impression de découvrir une tout autre personne.

« Comment était papa à mon âge ? » se demanda-t-elle.

Mais c'était trop dur à imaginer. Elle renonça.

Soudain Linda eut une vision merveilleuse : ils arrivaient ici, juste elle et son père, et ils tombaient sur miss Darnley...

Un instant, tout s'illumina. Son père riant aux éclats, miss Darnley et elle, de vraies vacances, des parties de baignade, des expéditions dans les grottes...

Et puis tout redevint noir.

Arlena. Impossible de profiter des vacances en sa présence. Peu importe pourquoi. Elle en était incapable, c'est tout. Elle était incapable d'être heureuse à côté de quelqu'un qu'elle haïssait. Haïr, voilà, elle haïssait Arlena.

De nouveau, ce sentiment noir, brûlant, l'envahit lentement.

Elle était toute pâle, la bouche entrouverte, le regard dur. Elle serra les poings.

*

Kenneth Marshall frappa à la porte de la chambre de sa femme et attendit qu'elle l'invite à entrer.

Debout devant sa coiffeuse, mettant une touche de mascara à ses cils, Arlena finissait de s'apprêter. Dans sa robe d'un vert chatoyant, elle ressemblait à une sirène.

– Oh, c'est toi, Ken.

– Je venais voir si tu étais prête.

– Dans une minute.

Marshall fit quelques pas vers la fenêtre et regarda la mer. Il avait son visage habituel, aimable, égal.

– Arlena ? fit-il en se retournant.

– Oui ?

– Redfern, tu l'avais déjà rencontré ?

– Oui, chéri, répondit-elle sans hésitation. À un cocktail. Je ne sais plus où. Je l'avais trouvé chou comme tout.

– C'est ce que j'ai cru comprendre. Tu savais qu'il serait ici, avec sa femme ?

Arlena ouvrit de grands yeux étonnés :

– Oh non, chéri ! Ç'a été la surprise la plus totale !

– Ah bon, dit tranquillement Marshall, je pensais que c'était ça qui t'avait donné l'idée de venir. Tu avais l'air d'y tenir tellement.

Arlena reposa son mascara et fit face à son mari avec un sourire exquis :

– Quelqu'un m'en avait parlé. Les Ryland, je crois. Ils disaient que c'était merveilleux, le paradis sur terre, quoi ! Ça ne te plaît pas ?

– Je me demande.

– Oh, chéri, tu n'aimes que ça, nager et paresser au soleil. Je suis sûre que tu vas adorer cet endroit.

– Ce qui saute aux yeux, en tout cas, c'est que toi, tu n'as pas l'intention de t'embêter.

Elle leva les sourcils, l'air incertain.

– La vérité, reprit-il, c'est sans doute que tu as confié à ce petit Redfern que tu viendrais.

– Kenneth chéri, tu ne vas pas faire le méchant !

– Écoute, Arlena, je te connais. C'est un couple charmant. Ce garçon aime sa femme. Est-il vraiment nécessaire de recommencer ce cirque encore une fois ?

– Tu es injuste de me faire des reproches. Moi, je n'ai rien fait, absolument rien. Ce n'est pas ma faute si…

– Si quoi ?

Elle battit des cils :

– Je sais bien que je leur fais perdre la tête, mais je n'y suis pour rien. C'est comme ça.

– Ah ! Alors le jeune Redfern a perdu la tête ?

– Il se conduit comme un gamin, murmura-t-elle en s'approchant de son mari. Mais il n'y a que toi qui comptes, Ken, tu le sais bien.

Elle lui adressa un regard à travers ses longs cils ombrés de mascara.

Un long regard langoureux – un regard ravageur auquel peu d'hommes auraient résisté.

Impassible, le visage de marbre, Kenneth Marshall la considéra gravement.

– Ce que je sais surtout, Arlena, dit-il d'une voix qui ne tremblait pas, c'est que je te connais bien.

*

De la façade sud de l'hôtel, on descendait à la plage par une suite de terrasses étagées. On pouvait aussi prendre un sentier qui contournait la falaise vers l'ouest. En chemin, on trouvait quelques marches qui menaient à une succession de niches creusées dans le roc, agrémentées de sièges confortables – le tout pompeusement baptisé « Roc-Soleil » sur le plan de l'île.

C'est ce sentier que prirent les Redfern, juste après le dîner, sous un beau clair de lune. La nuit était délicieuse. Ils s'installèrent dans une niche et restèrent un bon moment silencieux.

– Quelle belle soirée, dit enfin Patrick Redfern.

– Oui, répondit Christine.

Quelque chose dans ce oui le mit mal à l'aise. Il détourna les yeux.

– Tu savais que cette femme serait ici ? repritelle d'un ton détaché.

Il se retourna comme si on l'avait piqué :

– Je ne vois pas ce que tu veux dire !

– Tu le vois très bien, au contraire.

– Écoute, Christine, je ne sais pas ce qui te prend...

Elle l'interrompit. D'une voix frémissante, cette fois :

– Ce qui *me* prend ? Tu veux dire ce qui te prend *toi* !

– Mais absolument rien.
– Oh, Patrick ! C'est toi qui as voulu venir ici. Tu as tellement insisté. Moi, je voulais retourner à Tintagel, là… là où nous avons passé notre lune de miel, mais toi, tu n'as rien voulu savoir : c'était ici et pas ailleurs.
– Et alors, où est le problème ? C'est un endroit merveilleux.
– Je ne dis pas le contraire. Mais c'est parce que tu savais qu'elle serait là…
– Elle ? Qui, elle ?
– Mrs Marshall. Tu… tu en es toqué.
– Bon sang, Christine, ne sois pas grotesque ! Ça ne te ressemble pas d'être jalouse.
Il s'était emporté, mais sans trop de conviction.
– On était si heureux, dit Christine.
– Évidemment qu'on était heureux ! On *est* heureux. Mais ça m'étonnerait qu'on le soit longtemps si je ne peux pas parler à une femme sans que tu fasses une scène.
– Ce n'est pas ça du tout.
– Mais si, c'est ça. Ce n'est pas parce qu'on est mariés qu'on n'a pas le droit de se faire… euh… des amis. Au contraire. Ces soupçons, ces reproches, c'est insupportable. Je ne peux pas parler avec une jolie femme sans que tu décrètes que j'en suis amoureux.
Il se tut dans un haussement d'épaules.
– Amoureux d'elle, tu l'es bel et bien.
– Oh, Christine, arrête, tu veux ? Je… je lui ai à peine adressé la parole.
– Tu mens.
– Tu ne vas tout de même pas te mettre à être

jalouse de toutes les jolies femmes qui nous passent sous le nez !

– Ce n'est pas n'importe quelle jolie femme. Elle... elle est *différente*. Elle est malfaisante. Parfaitement. Elle te fera du mal, Patrick. Je t'en prie, laisse tomber. Partons d'ici.

Patrick Redfern redressa le menton d'un air buté – ce qui eut pour effet de le faire paraître encore plus jeune et vulnérable.

– Ne sois pas ridicule, Christine, s'emporta-t-il. Et... et arrêtons de nous disputer.

– Je n'ai aucune envie qu'on se dispute.

– Alors conduis-toi comme une grande personne. Viens, rentrons à l'hôtel.

Il se leva.

– Très bien, articula Christine après un long silence.

Dans la niche voisine, Hercule Poirot hocha la tête d'un air chagrin.

D'aucuns, surprenant une conversation aussi intime, se seraient éloignés par discrétion. Mais pas Hercule Poirot. Ce genre de scrupules n'était pas son fort.

– Et puis, expliqua-t-il par la suite à son ami Hastings, il s'agissait d'un meurtre.

– Mais le meurtre n'avait pas encore eu lieu, objecta ce dernier, perplexe.

Poirot soupira :

– Cependant, mon tout bon, tout indiquait déjà qu'il allait se produire.

– Alors, pourquoi n'avoir rien fait pour l'empêcher ?

Avec un nouveau soupir, le détective expliqua patiemment que lorsque quelqu'un est décidé à commettre un crime, il n'est pas facile de s'y opposer – thèse qu'il avait déjà eu l'occasion d'exposer au cours d'une enquête en Égypte.

Quant à la suite des événements, il ne s'en jugeait pas responsable. Selon lui, c'était inévitable.

3

Rosamund Darnley et Kenneth Marshall étaient allongés dans l'herbe moelleuse, au sommet de la falaise qui dominait l'anse aux Mouettes. Située à l'est de l'île, elle servait de refuge aux baigneurs matinaux en quête de tranquillité.

– Comme c'est bon d'être loin de tout, dit Rosamund.

– Hum… mouais, marmonna indistinctement Marshall.

Il roula sur le ventre, le nez dans l'herbe courte :

– Ça sent bon. Tu te souviens des dunes à Shipley ?

– Bien sûr

– C'était le bon temps.

– Oui.

– Tu n'as pas beaucoup changé depuis, Rosamund.

– Oh si. Énormément.

– Oui, bon, tu as réussi, tu es riche et tout, mais tu es toujours la même Rosamund.

– J'aimerais bien.

– Mélancolique ?

– Non… Oh Ken, pourquoi ne garde-t-on pas l'heureux caractère et les grandes idées de sa jeunesse ?

– Si ma mémoire est bonne, tu n'avais pas si bon caractère, ma vieille. Tu piquais des colères redoutables. Un jour, tu m'as à moitié étranglé.

Rosamund éclata de rire :

– Tu te souviens du jour où on avait emmené Toby chasser les rats d'eau ?

Pendant plusieurs minutes ils évoquèrent de vieux souvenirs, puis la conversation retomba.

Les doigts de Rosamund jouaient avec le fermoir de son sac.

– Kenneth ? fit-elle après un long silence.

– Hum ? répondit-il, le visage dans l'herbe.

– Si je te pose une question affreusement indiscrète, tu m'adresseras encore la parole ?

Il se redressa :

– Tu ne peux pas être indiscrète, Rosamund. Tu es de la famille.

Elle savoura tout ce qu'impliquait cette réponse. Lentement. Sans montrer le plaisir qu'elle en avait.

– Kenneth, pourquoi tu ne divorces pas ?

Le visage de Marshall se ferma instantanément. Toute trace de gaieté envolée, il prit sa pipe et se mit à la bourrer.

– Excuse-moi si je t'ai blessé, dit-elle.

– Tu ne m'as pas blessé.

– Bon, alors, pourquoi tu ne divorces pas ?

– Tu ne peux pas comprendre.

– Tu l'aimes à… à ce point ?

– Il ne s'agit pas seulement de ça. Je l'ai épousée, vois-tu.

– Je sais, mais elle… fait parler d'elle.

Tassant soigneusement les brins de tabac, il réfléchit un instant :

– Oui. Peut-être bien.

– Tu pourrais facilement divorcer, Ken.

– Qu'est-ce qui te permet de dire ça, mon chou ? Ce n'est pas parce que les hommes perdent la tête qu'elle leur tombe dans les bras.

Rosamund retint la réplique qu'elle avait sur le bout de la langue.

– Tu pourrais t'arranger pour qu'elle demande le divorce, si tu préfères.

– Sans doute.

– Tu devrais divorcer, Ken, je t'assure. Il y a ta fille.

– Linda ?

– Oui, Linda.

– Quel rapport avec Linda ?

– Arlena ne vaut rien à Linda. Sérieusement. Elle a des antennes, cette petite.

Marshall alluma sa pipe.

– Oui, tu n'as pas tort, dit-il entre plusieurs bouffées. Arlena et Linda ne sont pas tellement faites pour s'entendre. Pas très confortable pour une gamine, sans doute. Oui… c'est un souci.

– Elle me plaît beaucoup, Linda. Elle a quelque chose….

– Elle ressemble à sa mère. Elle prend les choses à cœur, comme Ruth.

– Et tu ne penses vraiment pas que tu devrais te séparer d'Arlena ?

– Demander le divorce ?

– Oui, ça se fait couramment, tu sais.

– Je sais. Et c'est précisément ça qui me dégoûte !

– Qui te *dégoûte* ? répéta Rosamund, surprise par la véhémence du ton.

– Parfaitement. Cette façon qu'on a maintenant d'aller au plus facile. On veut quelque chose, et puis on n'en veut plus, alors, vite, vite, on s'en débarrasse. Mais la parole donnée, ça a un sens, quand même ! Quand on se marie, on promet assistance à sa femme, c'est un engagement que l'on prend. Eh bien, il n'y a qu'à l'assumer. Ces mariages et ces divorces à la carte m'écœurent. Arlena est ma femme, un point c'est tout.

Rosamund se pencha vers lui.

– Alors c'est comme ça avec toi ? murmura-t-elle. « Jusqu'à ce que la mort nous sépare » ?

– Exactement, fit-il avec force.

– Je vois.

*

Regagnant la baie de Leathercombe au volant de sa Sunbeam, Mr Blatt faillit renverser Mrs Redfern au détour d'un étroit chemin sinueux.

Elle n'eut que le temps de s'aplatir contre la haie tandis qu'il freinait dans un hurlement de pneus.

– Eh bien dites donc, il s'en est fallu d'un poil ! lança-t-il gaiement.

C'était un homme corpulent, rubicond, avec une couronne de cheveux roussâtres autour d'une calvitie qui brillait comme un phare.

Mr Blatt nourrissait l'ambition très nette de mettre de l'ambiance partout où il allait. Et à son avis – qu'il n'épargnait à personne –, le *Jolly Roger* en avait bien besoin. La façon dont les pensionnaires semblaient se volatiliser à sa vue le laissait perplexe.

– Un peu plus et je vous transformais en gelée de fraise ! s'esclaffa-t-il tout joyeux.

– En effet.

– Montez donc.

– Non, merci, je préfère marcher.

– Vous voulez rire ! Et les voitures, alors, ça sert à quoi ?

Résignée, Christine monta à côté de lui.

Mr Blatt relança le moteur qui avait calé dans la manœuvre :

– Alors comme ça, on se promène toute seule ? Une jolie fille comme vous...

– J'aime la solitude, répondit précipitamment Christine.

Mr Blatt lui envoya un terrifiant coup de coude : la voiture fit une embardée vers le fossé.

– Ah, les filles ! Vous dites toutes ça. Mais vous n'en pensez pas un mot. Ça manque d'ambiance, par ici, vous ne trouvez pas ? Pas très folichon, le *Jolly Roger,* hein ! *Jolly Roger,* mon œil ! Pour ce qui est de la joie de vivre, on peut toujours repasser. En revanche, ce ne sont pas les enquiquineurs qui manquent. À commencer par les gosses. Et puis cette collection de vieux croûtons. Avec ce raseur de major retour des Indes, ce pasteur sportif et ces couinards d'Américains, ça, on peut dire qu'on est servis. Sans compter l'autre, là, l'étranger à moustache. Ah, il me fait tordre, celui-là, avec sa moustache ! Il doit être coiffeur, non, ou quelque chose dans ce goût-là ?

– Oh, non, c'est un détective privé.
La voiture fit une nouvelle embardée vers le fossé :
– Un détective privé ? Vous voulez dire qu'il est ici sous un *déguisement* ?
Christine eut un petit sourire :
– Non, non, c'est vraiment son allure naturelle. C'est Hercule Poirot. Vous en avez sûrement entendu parler.
– J'avais pas bien saisi son nom. Oui, évidemment, j'en ai entendu parler. Mais j'aurais juré qu'il était mort. Bon Dieu, il devrait être mort, depuis le temps ! Qu'est-ce qu'il est venu fouiner dans le secteur ?
– Rien. Il est en vacances, c'est tout.
– Ouais… pourquoi pas, hein ? fit Blatt, guère convaincu. Ce qu'il y a de sûr, c'est qu'il n'a pas l'air de se prendre pour de la gnognote, pas vrai ?
– Eh bien…
Christine hésita :
– Mettons qu'il est un peu spécial.
– Et Scotland Yard alors, ça n'est pas assez bon pour nous ? tempêta Mr Blatt. Achetons anglais, voilà ce que je dis toujours, moi.
Arrivé au bas de la colline, Mr Blatt fit une entrée triomphale, à grand renfort de klaxon, dans le garage de l'hôtel qui, en raison des marées, se trouvait sur la terre ferme, à l'entrée de la jetée.

*

Linda Marshall errait dans la petite boutique qui pourvoyait aux divers besoins des touristes de la baie. Sur l'un des murs, il y avait des rayonnages de livres que l'on pouvait emprunter pour deux pence. Le plus récent d'entre eux datait de dix ans, quant aux autres, mieux valait ne pas savoir. Indécise, Linda en prit un, le feuilleta, le reposa, en prit un autre. Impossible de se résigner à lire *Les Quatre Plumes Blanches* ou *Vice Versa* ! Elle prit un petit volume relié de cuir brun.

Le temps passa.

– Qu'est-ce que tu lis, Linda ? demanda Christine Redfern.

L'adolescente sursauta et remit le livre à sa place.

– Rien, bredouilla-t-elle, je cherche quelque chose.

Saisissant au hasard *Le Mariage de William Ashe*, elle alla à la caisse avec ses deux pence.

– Mr Blatt vient de me ramener en voiture après avoir failli m'écrabouiller, lui raconta Christine. J'ai estimé que traverser par-dessus le marché la jetée en sa compagnie était vraiment au-dessus de mes forces, alors je lui ai dit que j'avais des courses à faire.

Linda manifesta sa compréhension :

– Toujours à étaler le montant de sa fortune et à vous bassiner avec ses plaisanteries débiles ! Moi, je le trouve immonde.

– Le pauvre ! dit Christine. Pour un peu, il me ferait de la peine.

Pas Linda. Elle était jeune et impitoyable. Elle ne voyait aucune raison de plaindre Mr Blatt.

Elles sortirent ensemble et prirent le chemin de la jetée.

Plongée dans ses pensées, Linda se taisait. Elle aimait bien Christine Redfern. C'était la seule personne supportable sur toute l'île. Avec Rosamund Darnley, bien sûr. D'abord et d'une, elles ne cherchaient pas à lui faire la conversation. Là, par exemple, Christine marchait en silence. Ça, au moins, c'était sensé. À quoi bon parler quand on n'a rien d'intéressant à dire ?

Elle se perdit bientôt dans l'océan de ses perplexités.

– Mrs Redfern, dit-elle soudain tout à trac, est-ce qu'il vous est déjà arrivé de tout trouver si atroce, si monstrueux, que vous vous êtes sentie sur le point de… euh… d'*exploser* ?

Les paroles de Linda avaient quelque chose de comique, mais le désarroi, l'anxiété que reflétaient son visage ne prêtaient pas à rire. Christine Redfern qui la regarda d'un air absent d'abord, puis perplexe, n'y trouva rien de drôle, en effet.

Elle avala sa salive.

– Oui… oui…, acquiesça-t-elle d'une voix troublée. Il m'est arrivé d'éprouver ça – exactement ça…

*

– Alors, comme ça, c'est vous le célébrissime limier, pas vrai ? dit Mr Blatt.

Hercule Poirot accueillit la remarque avec son habituelle absence de modestie.

Ils étaient dans le bar de l'hôtel, repaire favori de Blatt.

– Quel bon vent vous amène ici ? Une enquête ?

– Non, non. Je me repose. Je prends des vacances.

Mr Blatt fit un clin d'œil :

– C'est ce que vous diriez de toute façon, non ?

– Pas forcément, répliqua Poirot.

– Allez, allez, pas à moi ! Vous n'avez pas à vous en faire, vous savez. Ma langue, je sais la tenir. Ça fait longtemps que j'ai appris. Sinon, je ne serais pas arrivé là où je suis. Mais c'est vrai que la plupart des gens, c'est plus fort qu'eux – pia, pia, pia, il faut qu'ils papotent et qu'ils bavassent sur tout ce qui leur est tombé dans le creux de l'oreille. Sûrement pas le genre de risques qu'on peut prendre dans votre branche ! C'est pour ça que vous tenez mordicus à la version des vacances, hein ?

– Mais pourquoi supposer le contraire ? demanda Poirot.

Mr Blatt cligna encore une fois de l'œil :

– J'ai navigué. Je sais à qui j'ai affaire. Un type comme vous, ça passe ses vacances à Deauville, au Touquet, à Juan-les-Pins. C'est là-bas votre terre d'élection, comme on dit.

Poirot regarda par la fenêtre avec un long soupir. Il pleuvait et l'île était noyée dans le brouillard.

– Vous n'avez peut-être pas tort. Là-bas, au moins, quand il pleut, on peut se distraire.

– Ah... le casino ! s'épanouit Blatt. Moi, vous savez, j'ai travaillé dur toute ma vie. Pas le temps pour les vacances ou la bagatelle ! J'ai voulu réussir et j'ai réussi. Maintenant je fais ce qui me plaît. Mon argent vaut celui d'un autre. Et croyez-moi, j'en ai profité, ces dernières années.

– Ah oui ? murmura Poirot.

– Je me demande bien ce que je suis venu faire ici, poursuivit Blatt.

– Je me le demandais aussi...

– Hé ho ! Ça veut dire quoi, ça ?

Poirot leva une main innocente :

– Que voulez-vous, j'observe, moi aussi. Et vous, certainement, je vous verrais mieux à Deauville ou Biarritz...

– Et nous voilà tous les deux ici ! s'esclaffa Mr Blatt.

» Franchement, je ne sais pas pourquoi je suis venu m'enterrer dans ce bled ! réfléchit-il tout haut. Ça a dû me paraître romanesque, faut croire : le *Jolly Roger*, l'île des Contrebandiers, ça fait travailler l'imagination, pas vrai ? On retrouve son âme de gosse... La flibuste, les pirates, tout ça.

Il eut un rire un peu forcé :

– Je faisais pas mal de voile, quand j'étais gosse. Pas dans ce coin, sur la côte est. Marrant comme ce virus, on ne s'en débarrasse jamais. Je pourrais me payer ce qui se fait de mieux comme yacht si je voulais, mais ça ne me dit rien. Moi, ce que j'aime, c'est mon petit voilier. Redfern aussi. On est sortis ensemble une ou deux fois. Mais maintenant, faut plus compter lui mettre la main dessus : il ne peut pas faire deux pas loin de la rousse épouse du capitaine Marshall.

» Faut admettre, ajouta-t-il plus bas après un silence, qu'au milieu de tous ces empaillés, elle pète de vie, la belle Arlena ! Le capitaine doit pas avoir assez de vingt-quatre heures par jour pour la surveiller. Qu'est-ce qu'on n'a pas raconté sur elle tant qu'elle a été sur les planches... et après ! Les hommes, elle leur fait perdre la boule. Un de ces quatre, ça va faire du vilain !

– Ah oui, comment ça ?

– Je sais pas trop, mais Marshall me fait l'impression d'être un drôle de pistolet. En fait, c'est pas seulement une impression. J'ai entendu des choses à son propos. Ces types flegmatiques, on ne sait jamais ce qu'ils ont dans la tête. Redfern ferait bien de se méfier.

Il s'interrompit soudain en voyant l'intéressé se diriger vers le bar, et reprit avec un entrain factice :

– Barrer le long de cette côte, c'est un vrai plaisir, je vous assure... Salut, Redfern, un verre avec nous ? Vous prenez quoi ? Martini dry ? Ça marche ! Et vous, monsieur Poirot ?

Poirot déclina l'offre d'un signe de tête.

– Moi, la voile, j'adore ça, dit Redfern en s'asseyant. J'aimerais bien en faire plus souvent. Quand j'étais gosse, je passais ma vie à tirer des bords par ici.

– Vous connaissez donc bien la région ? demanda Poirot.

– Plutôt, oui ! Je connaissais ce coin bien avant qu'on y construise l'hôtel. À Leathercombe, il y avait juste quelques cabanes de pêcheurs et, sur l'île, rien qu'une vieille bâtisse délabrée toujours fermée.

– Il y avait une maison ici ?

– Oui, mais inhabitée depuis des années. Elle tombait en ruine. Il y avait toutes sortes d'histoires sur un passage secret entre la maison et la grotte aux Lutins. Et nous, bien sûr, les gosses, je me souviens qu'on passait notre temps à le chercher.

Horace Blatt avala de travers et s'aspergea de Martini. Il laissa échapper un juron.

– C'est quoi, au juste, cette grotte ? s'enquit-il en s'essuyant.

– Vous ne la connaissez pas ? Dans la crique aux Lutins. L'entrée n'est pas facile à trouver. C'est au milieu d'un tas de rochers empilés. Juste une longue fente. On peut à peine s'y faufiler. Mais une fois qu'on est dedans, c'est drôlement vaste. Vous imaginez le rêve pour un mioche ! C'est un vieux marin qui me l'avait montrée. Aujourd'hui, même les pêcheurs ignorent son existence. L'autre jour, pour voir, j'ai demandé à un gamin pourquoi ça s'appelait la crique aux Lutins et il n'a pas su me dire.

– Et alors, pourquoi des lutins ? s'informa Poirot.

– Oh, c'est typique du Devonshire. Ce sont des esprits qui hantent la lande. À Sheepstor, ils disent qu'ils ont la vraie grotte aux Lutins. Vous êtes censé laisser une épingle en offrande.

– Ah oui ? C'est intéressant, ça, dit Poirot.

– Ce sont des légendes encore bien vivantes. À Dartmoor, certains tertres sont habités par des lutins, paraît-il, et je crois bien qu'il y a encore des fermiers pour prétendre les avoir rencontrés quand ils rentrent un peu tard à la maison.

– Vous voulez dire quand ils ont un verre dans le nez ? demanda Blatt.

– C'est certainement la bonne explication, répondit Redfern avec un sourire.

Blatt jeta un coup d'œil à sa montre :

– Bon, eh bien moi, mon vieux, je vais dîner. Je préfère les histoires de pirates.

Redfern le suivit d'un œil amusé :

– J'aimerais bien le voir face à face avec des lutins !

– Pour un homme coriace en affaires, observa pensivement Poirot, Mr Blatt semble doté d'une imagination très romanesque.

– C'est parce qu'il n'a pas fait d'études, d'après ma femme. Regardez ses lectures : rien que des policiers et des histoires de cow-boys.

– Vous voulez dire qu'il a la mentalité d'un enfant ?

– Ce n'est pas votre avis ?

– Moi ? Je le connais si peu...

– Et moi, pas beaucoup mieux. Je suis sorti en bateau avec lui une ou deux fois, mais je me suis aperçu qu'en mer, il préfère être seul.

– Ça, par exemple, c'est curieux, nota Poirot. Rien à voir avec son comportement sur le plancher des vaches, si je comprends bien !

Redfern éclata de rire :

– Vous pouvez le dire. On a toutes les peines du monde à l'éviter. Si on l'écoutait, on aurait ici un hybride de Margate et du Touquet.

Poirot garda le silence pendant quelques instants. Il étudiait attentivement le visage rieur de son compagnon.

– Je crois, Mr Redfern, que vous aimez la vie, lâcha-t-il soudain de but en blanc.

Redfern eut l'air ébahi :

– Bien sûr que j'aime la vie. Pourquoi pas ?

– Pourquoi pas, en effet, acquiesça Poirot. Je ne vous en félicite pas moins.

– Merci, mon bon monsieur, dit Redfern avec un petit sourire en coin.

– C'est pourquoi, moi qui suis un vieil homme, infiniment plus vieux que vous, je me permets de vous donner un conseil.

– Oui ?

– Il y a des années, un de mes amis, policier plein de sagesse, m'a dit : « Hercule, mon bon, si tu veux vivre en paix, évite les femmes. »

– Je crains que ce ne soit un peu tard pour moi, cher monsieur : Je suis marié.

– Je sais. Votre épouse est une jeune femme accomplie, très charmante, et qui tient beaucoup à vous, je crois.

– Je tiens moi aussi beaucoup à elle, fit Redfern, très raide.

– Ah ! Ravi de vous l'entendre dire.

Le regard de Redfern jeta des éclairs :

– Dites donc, monsieur Poirot, où voulez-vous en venir ?

– Les femmes, mon tout bon !

Poirot s'enfonça dans son fauteuil et ferma les yeux :

– Les femmes… Je sais deux ou trois choses sur leur compte. Elles ont l'art de vous rendre la vie effroyablement compliquée. Et vous autres Anglais, vous menez vos affaires de cœur en dépit du bon sens. Si vous deviez absolument venir ici, Mr Redfern, pourquoi, au nom du ciel, avoir amené votre épouse ?

– Je ne comprends pas un mot de ce que vous me chantez, gronda Redfern d'une voix furieuse.

– Oh, que si, vous le comprenez fort bien,

répliqua Poirot sans se départir de son calme. Mais je ne suis pas assez fou pour argumenter avec un homme amoureux. Je me contente de vous dire tout bonnement : prudence.

– Mrs Gardener et cette enquiquineuse de Brewster ont apparemment trouvé un auditoire, grinça le beau Patrick Redfern. Satanées faiseuses de ragots ! Elles n'ont rien d'autre à faire que distiller leur venin toute la sainte journée. Il suffit qu'une femme soit belle pour déchaîner le qu'en-dira-t-on.

Poirot se leva.

– Êtes-vous vraiment aussi jeune que ça ? murmura-t-il.

Dodelinant de la tête, il quitta le bar sous le regard noir de Redfern.

*

En sortant ce soir-là de la salle à manger, après le dîner, Poirot s'arrêta dans le hall. Une douce brise entrait par les portes ouvertes.

La pluie avait cessé et le brouillard s'était dissipé. La nuit était belle.

À Roc-Soleil, il trouva Mrs Redfern assise sur son banc favori.

– Ce siège est humide, fit-il en s'arrêtant à sa hauteur. Vous ne devriez pas rester ici. Vous allez prendre froid.

– Bien sûr que non. Et d'ailleurs, quelle importance ?

– Voyons, vous n'êtes plus une enfant. Vous êtes une femme intelligente. Il faut regarder les choses avec bon sens.

– Je vous assure que je ne m'enrhume jamais, répliqua-t-elle sèchement.

– Aujourd'hui, nous avons eu du vent, de la pluie, et le brouillard était si épais qu'on n'y voyait goutte. Et maintenant, regardez : le brouillard s'est levé, le ciel est tout propre, les étoiles brillent. C'est comme la vie, chère madame. C'est comme la vie.

La voix de Christine se fit basse et sifflante :

– Vous savez ce qui m'exaspère le plus ici ?

– Non, chère madame.

– La pitié.

Le mot avait claqué comme un coup de fouet.

– Vous croyez que je ne sais rien ? poursuivit-elle. Que je ne vois rien ? Les gens passent leur temps à dire : « Pauvre petite Mrs Redfern – ce pauvre petit bout de femme. » Je ne suis ni pauvre ni petite. Je suis grande. S'ils disent « petite », c'est parce que je leur fais pitié. Et je n'en veux pas, de leur pitié !

Hercule Poirot étala avec soin son mouchoir sur la pierre avant de s'asseoir :

– Il y a du vrai dans ce que vous dites.

– Cette femme...

Christine s'interrompit.

– Me permettrez-vous de vous dire quelque chose, chère madame ? fit gravement Poirot. Quelque chose d'aussi vrai que les étoiles au-dessus de nos têtes ? Les Arlena Stuart – ou les Arlena Marshall – de ce monde ne comptent pas.

– Quelle ânerie !

– Je vous assure que c'est vrai. Leur triomphe est éphémère, leur empire ne dure qu'un moment. Pour compter, pour compter vraiment, une femme doit avoir du cœur ou être intelligente.

– Parce que vous croyez que les hommes s'intéressent à ce genre de choses ? rétorqua-t-elle avec mépris.

– Au plus profond d'eux-mêmes, oui, dit gravement Poirot.

La jeune femme eut un petit rire amer :

– Je ne suis pas d'accord avec vous.

– Votre mari vous aime, madame. Je le sais.

– Vous n'avez aucun moyen de le savoir.

– Si, si, je le sais. J'ai vu comme il vous regarde.

Soudain elle s'effondra et, ruisselante de larmes, se laissa aller contre l'épaule accueillante de Poirot :

– Je n'en peux plus... Je n'en peux plus.

Poirot lui tapota le bras.

– Patience, chère petite madame, lui dit-il doucement. Tout ce qu'il vous faut, c'est un peu de patience.

Elle se redressa et se tamponna les yeux avec son mouchoir.

– C'est passé. Je me sens mieux maintenant, dit-elle d'une voix sourde. Laissez-moi, s'il vous plaît. Je... je préfère être seule.

Sans insister, Poirot l'abandonna à son sort et reprit la direction de l'hôtel.

À un détour du chemin, il entendit des voix chuchoter. En s'enfonçant un peu dans les taillis, il aperçut Arlena Marshall, serrée de près par Patrick Redfern.

– Je suis fou de toi, murmurait fiévreusement le jeune homme. Tu me rends fou. Est-ce que tu m'aimes ? Dis-moi que tu m'aimes.

Poirot vit l'expression d'Arlena, satisfaite comme un chat repu... oui, une expression tout à fait animale.

– Bien sûr, Patrick chéri, que je t'adore. Tu le sais très bien...

Pour une fois, Hercule Poirot n'éprouva pas le besoin d'en savoir davantage. Il tourna les talons et poursuivit son chemin.

Quelqu'un surgit derrière lui. C'était le capitaine Marshall.

– Sensationnelle, cette nuit, n'est-ce pas ? dit ce dernier. Heureux couronnement d'une affreuse journée.

Il leva le nez vers les étoiles :

– On dirait qu'il va faire beau demain.

4

Le matin du 25 août se leva, pur et radieux, un de ces matins à jeter au bas du lit le plus impénitent des flemmards.

Au *Jolly Roger*, plusieurs pensionnaires furent très tôt sur le pied de guerre.

Il était huit heures lorsque Linda, assise à sa coiffeuse, retourna un petit volume relié à tranche épaisse et se regarda dans la glace.

Elle avait les lèvres serrées, le regard fixe.

– Je vais le faire, murmura-t-elle.

Elle quitta son pyjama, enfila son maillot de bain, jeta un peignoir sur ses épaules, laça ses espadrilles et sortit.

Au bout du couloir, une porte-fenêtre donnait sur un escalier extérieur qui descendait jusqu'aux rochers, au pied de l'hôtel. De là partait une petite échelle de fer scellée dans le roc qui se terminait dans la mer. Plutôt que de faire le chemin jusqu'à la grande plage, les amateurs de plongeon matinal passaient volontiers par là.

Sur le balcon, Linda croisa son père qui remontait.

– Déjà debout ? Tu vas nager ?

Elle fit oui de la tête.

Toutefois, au lieu d'emprunter l'échelle métallique, elle longea l'hôtel sur la gauche pour gagner le chemin qui menait à la jetée reliant l'île à la terre ferme.

La marée haute recouvrait la jetée. Le canot réservé aux clients de l'hôtel était bien à sa place mais le passeur n'était pas dans les parages. Linda sauta dans l'embarcation, défit les amarres et se mit à ramer.

Arrivée de l'autre côté, elle attacha le canot et se dirigea vers le bazar.

La propriétaire venait d'enlever les volets et balayait par terre. Elle leva sur Linda des yeux stupéfaits :

– Ben, vous alors, vous êtes matinale !

Linda, la main serrée sur son argent dans la poche de son peignoir, commença ses achats…

*

Christine Redfern l'attendait dans sa chambre lorsqu'elle revint.

– Ah, te voilà ! Je pensais bien que tu ne pouvais pas être loin.

– J'étais allée me baigner.

Christine remarqua le paquet que la jeune fille tenait à la main.

– Tiens, le facteur est déjà passé ? s'étonna-t-elle.

Linda rougit violemment et, avec sa maladresse coutumière, le laissa tomber. La ficelle se défit : une partie du contenu s'étala par terre.

– Des bougies ! Pour quoi faire ? s'exclama Christine en l'aidant à ramasser ses achats éparpillés.

Mais, au vif soulagement de Linda, elle poursuivit sans attendre de réponse :

– J'étais passée voir si tu viendrais avec moi à l'anse aux Mouettes ce matin. Je voudrais dessiner.

Linda accepta avec empressement.

Ces derniers jours, elle avait plusieurs fois accompagné Christine Redfern dans ses expéditions artistiques. Ses œuvres étaient parfaitement sans intérêt, mais sans doute n'était-ce pour elle qu'un moyen de garder la face puisque son mari passait désormais le plus clair de son temps avec Arlena Marshall.

Linda, qui était chaque jour plus taciturne et irritable, appréciait la compagnie de Christine. Celle-ci pouvait dessiner pendant des heures sans rien dire : c'était une présence légère, presque aussi légère que la solitude. Mais c'était une présence, et Linda en avait terriblement besoin. Une subtile sympathie s'était instaurée entre elles deux, sans doute fondée sur une haine partagée à l'égard de la même personne.

– Je joue au tennis à midi, reprit Christine, alors il vaut mieux partir tôt. Dix heures et demie, ça te va ?

– D'accord, répondit Linda. Je serai prête. On se retrouve dans le hall.

*

Rosamund Darnley, qui sortait de la salle à manger après un petit déjeuner tardif, reçut en plein dans les bras une Linda déboulant de l'escalier, échevelée et hors d'haleine.

– Oh pardon, miss Darnley !

– Quelle belle matinée ! sourit Rosamund. Après une journée comme hier, on a peine à y croire.

– C'est vrai, répondit Linda. Je vais avec Mrs Redfern à l'anse aux Mouettes. Nous avons rendez-vous à dix heures et demie. Je suis en retard.

– Pas du tout, il est dix heures vingt-cinq.

– Ah bon ! Tant mieux.

Rosamund considéra les yeux brillants et les joues empourprées de la jeune fille :

– Tu n'as pas la fièvre au moins ?

– Pensez-vous, je n'ai jamais la fièvre.

Rosamund sourit :

– Tu vois, il fait si beau que je suis descendue pour le petit déjeuner. D'habitude, je flemmarde au lit, mais aujourd'hui, je me suis attablée devant mes œufs au bacon comme un homme.

– Ça oui, c'est le paradis, comparé à hier. Et l'anse aux Mouettes, c'est extra le matin. Je vais me couvrir d'huile solaire et revenir noire.

– C'est vrai qu'on est bien, à l'anse aux Mouettes. Beaucoup plus tranquille qu'à la grande plage.

– Venez avec nous, si vous voulez, proposa timidement Linda.

– Non, pas ce matin. J'ai d'autres projets…

Sur ces entrefaites, Christine Redfern apparut au pied de l'escalier.

Elle portait un pyjama de plage à manches longues et jambes flottantes, une espèce de chose molle imprimée de jaune sur fond vert. Rosamund dut se tenir à quatre pour ne pas expliquer à Christine que le jaune et le vert étaient un désastre pour son teint de blonde anémique. Les gens qui ne savaient pas s'habiller lui tapaient sur les nerfs.

« Si je m'occupais d'elle, je le réveillerais, moi, son mari, songea-t-elle. Arlena est ce qu'elle est, mais elle sait ce qui lui va. Cette pauvre fille a l'air d'une laitue flétrie. »

– Amusez-vous bien, dit-elle. Moi, je vais bouquiner à Roc-Soleil.

Comme chaque matin, Hercule Poirot petit-déjeuna de café noir et de croissants dans sa chambre.

Il faisait néanmoins si beau que, contrairement à son habitude, il décida de sortir tout de suite après. Et à dix heures, soit avec une demi-heure d'avance sur l'horaire rituel, il faisait son apparition sur la plage. Laquelle était vide, à l'exception d'une personne.

Et cette personne était Arlena Marshall.

Moulée dans son maillot de bain blanc, son grand chapeau vert jade sur la tête, elle essayait de mettre à l'eau une petite périssoire blanche. Galamment, Poirot s'empressa à son secours au grand dam de ses chaussures de daim blanc. Elle le gratifia d'un de ses fameux regards obliques, puis, comme l'embarcation quittait le rivage, elle appela :

– Monsieur Poirot !

D'un bond, le détective fut au bord de l'eau :

– Madame ?

– Vous voulez bien faire quelque chose pour moi ?

– Tout ce que vous voudrez.

Elle lui sourit. Et susurra :

– Ne dites pas que vous m'avez vue.

Son regard se fit implorant :

– Sinon, tout le monde va venir. J'ai envie d'être un peu seule, pour une fois.

Et elle s'éloigna d'un bon coup de pagaie.

– Ça, par exemple ! Je n'en crois pas mes oreilles ! murmura Poirot en se dirigeant vers la terrasse.

Il doutait fortement qu'Arlena Stuart, pour lui donner son nom de scène, eût une fois dans sa vie désiré être seule.

Non, Hercule Poirot, ce connaisseur de l'âme humaine, avait sa petite idée. Arlena Marshall avait un rendez-vous et il savait bien avec qui.

En quoi il se trompait.

Car, à peine la périssoire hors de vue, Patrick Redfern surgissait à grandes enjambées, suivi de près par Kenneth Marshall.

– Bonjour, Poirot, s'écria le capitaine. Vous n'avez pas vu ma femme ?

La réponse de Poirot fut digne d'un diplomate :

– Mrs Marshall serait déjà levée ?

– Ce qu'il y a de sûr, c'est qu'elle n'est pas dans sa chambre, répondit Marshall.

Il examina le ciel :

– Belle journée ! Bon, je vais aller à l'eau tout de suite. J'ai pas mal de courrier à faire ce matin.

Patrick Redfern, quant à lui, se contenta de jeter des coups d'œil discrets à droite et à gauche, puis il s'assit près de Poirot et entreprit d'attendre la dame de ses pensées.

– Et madame Redfern ? demanda le détective au bout d'un instant. Déjà levée, elle aussi ?

– Christine ? Elle est allée dessiner. Elle vient de se découvrir une âme d'artiste.

Il parlait d'un ton bref, l'esprit visiblement ailleurs. Le temps passant, son impatience devint carrément embarrassante : et de se dévisser le cou à chaque bruit de pas, et de soupirer lourdement à chaque nouvelle déception.

Tout d'abord, ce furent les Gardener au grand complet, avec tricot et livres, puis miss Brewster. L'industrieuse Mrs Gardener, à peine assise, se mit à tricoter avec vigueur tout en bavardant :

– Eh bien, monsieur Poirot, la plage paraît bien déserte ce matin. Où sont-ils tous passés ?

Poirot répondit que les Masterman et les Cowan, deux familles pourvues d'enfants, étaient partis en bateau pour la journée.

– Ça change tout, de ne pas avoir leurs cris et leurs cavalcades ! Tiens, le capitaine Marshall ! Il n'y a que lui qui se baigne.

Marshall sortit de l'eau et vint vers eux, sa serviette à la main.

– Elle est bonne, ce matin, dit-il. Malheureusement, j'ai du travail qui m'attend. Il faut que je m'y mette.

– Quel dommage, capitaine Marshall, par un si beau temps ! Mon Dieu, quel cauchemar, hier ! J'ai dit à Mr Gardener que si le temps continuait comme ça, nous partions. C'est trop triste quand l'île est noyée dans le brouillard. Moi, ça me donne la chair de poule. Il faut dire que j'ai toujours été affreusement sensible aux atmosphères. Déjà toute petite. Parfois, vous savez, c'était plus fort que moi, je me mettais à hurler. Et bien sûr, c'était très éprouvant pour mes parents. Mais ma mère était merveilleuse, elle disait à mon père : « Sinclair, si la petite en a besoin, il faut la laisser crier. C'est sa façon de s'exprimer. » Et naturellement, mon père lui donnait raison. Il était à la dévotion de ma mère, il faisait tout ce qu'elle voulait. C'était un couple absolument merveilleux, Mr Gardener vous le dira. N'est-ce pas, Odell, que c'était un couple remarquable ?

– Oui, chérie, dit Mr Gardener.

– Et qu'avez-vous fait de votre fille, capitaine ?

– Linda ? Aucune idée. Elle doit être en vadrouille quelque part sur l'île.

– Vous savez quoi, capitaine, je lui trouve petite mine, à cette enfant. Plein de calories et beaucoup, beaucoup d'affection, voilà ce qu'il lui faudrait.

– Linda se porte très bien, répliqua sèchement Marshall.

Sur quoi il regagna l'hôtel.

Patrick Redfern n'alla pas se baigner. Il resta assis, le regard obstinément tourné vers l'hôtel. Il avait l'air un brin morose, maintenant.

En revanche, miss Brewster se montra pleine d'entrain dès son arrivée.

Mrs Gardener et elle réitérèrent leur duo de la veille : longs jappements tantôt plaintifs tantôt stridents du loulou de Poméranie contre brefs aboiements syncopés du molosse.

– Plutôt vide, la plage, remarqua finalement le molosse. Tout le monde est en excursion ?

– Je disais justement à Mr Gardener, pas plus tard que ce matin, qu'il fallait absolument faire une excursion à Dartmoor. C'est si près, ce serait trop bête. Moi, ça me fait rêver. C'est d'un tel romanesque ! Je veux absolument voir ce pénitencier, vous savez… Princetown, c'est ça ? Pourquoi ne pas décider d'y aller demain, Odell ?

– Si tu veux, chérie.

– Vous n'allez pas vous baigner, mademoiselle ? demanda Poirot à miss Brewster.

– Déjà fait, avant le petit déjeuner. J'ai bien failli être éborgnée par une bouteille, d'ailleurs. Balancée par une fenêtre de l'hôtel.

– A-t-on idée de faire des choses pareilles ? C'est très imprudent ! embraya aussitôt Mrs Gardener. Ça me fait penser à un très bon ami à moi. Il marchait tranquillement dans la rue et il s'est retrouvé avec une commotion à cause d'une boîte de pâte dentifrice qui lui est tombée dessus du trente-cinquième étage. Non, mais vous imaginez ! Du reste, il a obtenu de très gros dommages et intérêts.

Elle s'interrompit pour entreprendre de frénétiques recherches parmi ses pelotes de laine :

– Odell, je ne vois pas mon autre violet. Il doit être dans le deuxième tiroir de la commode. Ou le troisième, peut-être.

– Bien, chérie.

Docilement, Mr Gardener se mit en devoir d'aller quérir l'objet, tandis que Mrs Gardener revenait à ses moutons :

– Vous savez, parfois, je me demande si tout ça ne va pas un peu trop loin. Toutes ces grandes découvertes et ces ondes électriques qui parcourent l'atmosphère. Je suis presque sûre que ça détraque les gens, et moi, j'ai le sentiment que l'humanité est prête pour entendre un nouveau message. Je ne sais pas si vous vous êtes déjà intéressé aux prophéties des grandes pyramides, monsieur Poirot ?

– Ma foi, non.

– Eh bien, je vous assure que c'est très, très intéressant. Vous saviez, par exemple, que Moscou se situait exactement à un millier de milles au nord de… j'ai oublié le nom déjà… Ninive, peut-être ? Bref, toujours est-il qu'on trace un cercle et que cela révèle des choses absolument incroyables, et on voit bien que les anciens Égyptiens n'ont pas pu inventer ça tout seuls ; ils ont forcément été « guidés ». Surtout quand on se penche sur la théorie des nombres et de leur répétition : c'est tellement évident que je ne vois pas comment on pourrait en douter ne serait-ce qu'un instant !

Triomphante, Mrs Gardener attendit les objections. Mais ni Poirot, qui examinait ses chaussures de daim blanc d'un air navré, ni miss Brewster ne se sentirent le courage d'argumenter.

– Alors, monsieur Poirot, tonitrua cette dernière, on a fait trempette avec ses chaussures ?

– Hélas, l'impulsion d'un moment !

Emily Brewster baissa la voix :

– Que fait notre vamp, ce matin ? Elle est en retard.

Levant les yeux de son tricot pour étudier Patrick Redfern, Mrs Gardener se prit à chuchoter :

– En tout cas, lui, il est dans un état ! Ah, tout cela est bien navrant ! Je me demande ce que pense le capitaine Marshall. Il est si calme et si discret, cet homme – tellement britannique. Impossible de savoir ce qu'il a en tête.

Redfern s'était levé et marchait de long en large.

– Un vrai tigre en cage, murmura Mrs Gardener.

Trois paires d'yeux se mirent à suivre ses va-et-vient, ce qui ne fit rien pour le calmer. Il n'était plus morose, désormais : il fulminait. Dans le silence, un faible carillon retentit du côté de la terre.

– Revoilà le vent d'est, dit miss Brewster. C'est bon signe quand on entend la cloche de l'église.

Personne ne dit plus rien jusqu'au retour de Mr Gardener brandissant une pelote d'un superbe magenta.

– Eh bien, Odell, tu en as mis un temps !

– Excuse-moi, chérie, mais ta pelote n'était pas du tout dans la commode. Je l'ai trouvée dans la penderie.

– Ça alors, c'est extraordinaire ! J'aurais juré l'avoir mise dans le tiroir de la commode. Heureusement que je n'ai jamais eu à témoigner dans un procès. J'aurais tellement peur de me tromper. J'en serais malade !

– Ma femme est excessivement scrupuleuse, précisa Mr Gardener.

*

– Vous sortez le canot, ce matin, miss Brewster ? demanda Patrick Redfern quelques instants plus tard. Ça ne vous ennuierait pas que je vous accompagne ?

– Au contraire, ce serait avec plaisir, dit-elle du fond du cœur.

– On pourrait faire le tour de l'île, proposa Redfern.

Elle consulta sa montre :

– Est-ce que nous avons le temps ? Oh oui, il n'est pas encore onze heures et demie. Bon, eh bien, allons-y.

Ils gagnèrent ensemble le bord de l'eau.

Redfern s'empara des rames et, d'un mouvement puissant, arracha le canot du rivage.

– Beau départ, fit miss Brewster en connaisseuse. On va voir si vous maintenez l'allure.

Il la regarda en riant. Son humeur s'était nettement améliorée :

– J'en serai quitte pour une collection d'ampoules.

Il tira sur les rames en rejetant ses cheveux noirs :

– Quel temps superbe ! Quand il fait beau en Angleterre, il n'y a rien de mieux.

– Pour moi, il n'y a que l'Angleterre, par tous les temps. Comment peut-on vivre ailleurs ?

– Entièrement d'accord.

Ils sortirent de la baie par l'ouest et longèrent la falaise. Redfern leva les yeux :

– Est-ce qu'il y a quelqu'un ce matin à Roc-Soleil ? Oui, j'aperçois une ombrelle. Je me demande qui ça peut bien être ?

– Miss Darnley, j'imagine. Elle a un de ces machins japonais.

Ils poursuivirent leur route. À leur gauche, c'était la haute mer.

– On aurait dû faire le tour par l'autre côté, dit miss Brewster. On va contre le courant, dans ce sens-là.

– Bah, c'est un courant de rien du tout. L'autre jour, en nageant par ici, je ne l'ai même pas senti. De toute façon, on n'aurait pas pu passer de l'autre côté, la jetée est à découvert.

– Ah oui, c'est vrai, c'est marée basse. N'empêche, il paraît que c'est dangereux de nager trop loin du côté de la crique aux Lutins.

Redfern ramait toujours aussi vigoureusement. En même temps, il ne cessait de scruter la falaise.

« Il cherche la Marshall, bien sûr, songea soudain Emily Brewster. C'est pour ça qu'il voulait m'accompagner. Elle ne s'est pas montrée ce matin et il se demande ce qu'elle fabrique. Elle l'a sans doute fait exprès. Un bon truc pour lui faire tirer la langue. »

Ils contournèrent la chaussée rocheuse qui s'avançait dans la mer au sud de la crique aux Lutins – minuscule anse à l'abri du surplomb de la falaise. La plage, parsemée de rochers aux formes fantastiques, était idéale pour pique-niquer à l'heure du thé, mais le matin on n'y voyait généralement pas un chat : orientée au nord-ouest, elle n'avait pas le soleil.

Ce matin, pourtant, il y avait quelqu'un.

Redfern demeura un instant les rames en l'air, puis redoubla d'effort.

– Ohé ! lança-t-il d'un ton faussement naturel. Qui est là ?

– Qu'est-ce que vous pariez pour Mrs Marshall ? ironisa miss Brewster, pince-sans-rire.

– Tiens ! Oui, en effet, fit-il, comme frappé d'évidence.

Il changea de cap et rama en direction de la plage.

– On ne va quand même pas s'arrêter là ! protesta Emily Brewster.

– Oh, nous avons bien le temps.

Il la regardait avec des yeux d'épagneul, éperdus de confiance. Elle n'eut pas le cœur de dire non.

« Pauvre garçon ! pensa-t-elle. Il est vraiment mordu. Enfin, on n'y peut rien. Ça finira bien par lui passer. »

Le canot se rapprochait rapidement du rivage.

Arlena Marshall était allongée sur le ventre, les bras en croix, à deux pas de sa périssoire échouée sur les galets.

Quelque chose troubla Emily Brewster, comme si elle avait sous les yeux une scène archifamilière avec un détail qui clochait.

Il lui fallut une minute ou deux avant de comprendre.

Arlena avait l'attitude de quelqu'un qui prenait le soleil. Emily Brewster avait vu plus d'une fois son corps bronzé étendu ainsi sur la grande plage, tête et nuque protégées par le chapeau chinois.

Mais il n'y avait pas de soleil sur la crique et, compte tenu de la hauteur de la falaise, il n'y en aurait pas avant l'après-midi.

Une sourde crainte l'envahit.

La coque racla sur les galets.

– Hé oh, Arlena ! lança Patrick Redfern.

L'inquiétude d'Emily Brewster se précisa alors. Car la forme allongée sur le sol ne bougea pas plus qu'elle ne répondit.

Emily vit Patrick Redfern changer de couleur. Il sauta à terre. Elle le suivit. Ils tirèrent le bateau à sec et se hâtèrent vers la silhouette en blanc, terriblement immobile et indifférente au pied de la falaise.

Redfern arriva le premier, Emily sur ses talons.

Comme dans un rêve, elle vit les membres bronzés, le décolleté du maillot dans le dos, les boucles rousses qui s'échappaient du chapeau de carton vert jade – et puis, aussi, l'angle curieux, anormal, que formaient les bras étirés. Et sut, à l'instant, que ce corps ne s'était pas allongé de lui-même, mais qu'il avait été jeté là…

Elle entendit la voix de Patrick, réduite à un chuchotement d'épouvante. Elle le vit s'agenouiller près du corps inerte, toucher une main… un bras…

Un filet de voix tremblé s'échappa des lèvres du malheureux garçon :

– *Mon Dieu, elle est morte…*

Puis, comme il soulevait un peu le chapeau et examinait le cou et la nuque :

– *Oh Seigneur ! Elle a été étranglée… assassinée.*

*

C'était un de ces moments où le temps paraît suspendre son cours.

Envahie par un étrange sentiment d'irréalité, Emily Brewster s'entendit murmurer :

– Il ne faut toucher à rien… Pas avant l'arrivée de la police.

– Non, bien sûr, fit Redfern comme un automate.

Puis dans une sorte de râle d'agonie :

– Qui ? Mais qui ? Qui aurait pu faire ça à Arlena ? Elle n'a pas pu… pas pu être tuée ! Ce n'est pas vrai ! Dites-moi que ce n'est pas vrai !

Elle secoua la tête. Que répondre, face à un tel désespoir ?

Elle l'entendit ravaler sa salive… et perçut toute la rage froide qui sous-tendait sa voix tandis qu'il s'exclamait :

– Bon Dieu, si je mets la main sur le salaud qui a fait ça !

Emily Brewster frissonna. Dans sa tête surgit l'image d'un assassin tapi derrière les rochers. Elle dit dans un brouillard :

– Celui qui a fait ça n'a pas dû s'attarder dans les parages. Il faut prévenir la police. Peut-être… peut-être que l'un de nous devrait rester auprès… auprès du corps, ajouta-t-elle non sans hésitation.

– Je vais rester, dit Patrick Redfern, catégorique.

Emily Brewster poussa un soupir de soulagement. Elle avait beau ne pas être du genre à s'avouer qu'elle avait peur, elle n'en était pas moins secrètement reconnaissante de ne pas avoir à rester seule sur cette plage avec la possibilité, même faible, qu'un dangereux maniaque soit occupé à rôder dans le secteur.

– Entendu, acquiesça-t-elle. Je vais faire aussi vite que possible. Je n'ai pas le courage de me risquer sur l'échelle. Je prends le bateau. Il y a un poste de police à Leathercombe.

– Oui… oui, très bien, comme vous voudrez, répondit Redfern sans l'écouter.

En s'éloignant d'un vigoureux coup de rame, elle le vit s'effondrer près du cadavre, la tête dans les mains. Il y avait une telle détresse dans son attitude qu'elle se surprit à éprouver de la sympathie. On aurait dit un chien montant la garde près du corps inanimé de son maître. Toutefois son solide bon sens lui soufflait que l'événement n'était pas tellement regrettable.

« C'est la meilleure chose qui pouvait arriver pour lui et sa femme – et pour Marshall et la petite, pensa-t-elle. Mais bien sûr, il ne doit pas voir les choses comme ça, le pauvre garçon ! »

Emily Brewster était de ces femmes qui gardent la tête froide dans les moments les plus dramatiques.

5

L'inspecteur Colgate attendait au pied de la falaise que le médecin légiste ait terminé l'examen du corps. Patrick Redfern et Emily Brewster se tenaient un peu à l'écart.

– Étranglée, dit le Dr Neasden, en se relevant prestement. Et par quelqu'un qui avait les mains comme des battoirs ! Apparemment, elle n'a pas dû opposer beaucoup de résistance. Attaquée par surprise. Hum, ouais… plutôt moche !

Miss Brewster jeta un coup d'œil, et détourna vite la tête. Le visage d'Arlena, violacé, boursouflé, était horrible à voir.

– La mort remonte à quelle heure ? demanda l'inspecteur.

– Impossible d'être précis avant d'en savoir davantage sur son compte, répliqua Neasden, tout de suite dressé sur ses ergots. Il y a un tas de facteurs à prendre en compte, figurez-vous. Mais, à vue de nez… Voyons, il est une heure moins le quart. Quelle heure était-il quand vous l'avez trouvée ?

Patrick Redfern, à qui s'adressait la question, bredouilla :

– Pas bien loin de midi, je ne sais pas au juste.

Emily Brewster intervint :

– Il était exactement midi moins le quart.

– Ah ! Et vous êtes venus par la mer. Quand avez-vous aperçu le corps ?

Emily Brewster réfléchit :

– Quand nous avons contourné la chaussée rocheuse, cinq ou six minutes plus tôt.

Elle se tourna vers Redfern :

– Vous êtes d'accord ?

– Oui, oui, ça doit être ça, acquiesça-t-il d'un ton vague.

Neasden se pencha vers l'inspecteur.

– Le mari ? s'enquit-il à voix basse. Oh bon, pardon ! Je ne pouvais pas deviner. Il a l'air complètement effondré.

Il reprit de son ton officiel :

– Disons donc midi moins vingt. Elle n'a pas dû être tuée longtemps avant ça. Entre onze heures

– Onze heures moins le quart au plus tôt –, et midi moins vingt.

L'inspecteur referma son calepin d'un claquement sec :

– Merci. Le crime a donc été commis dans un laps de temps assez court : moins d'une heure à tout casser. Voilà qui devrait considérablement nous simplifier la tâche.

Il se tourna vers miss Brewster :

– Bon, récapitulons. Vous êtes miss Emily Brewster, et lui, Mr Patrick Redfern. Vous séjournez tous deux au *Jolly Roger*, et vous identifiez ce corps comme étant celui d'une cliente de l'hôtel, épouse d'un certain capitaine Marshall. C'est bien ça ?

Emily Brewster acquiesça.

– En ce cas, conclut l'inspecteur Colgate, il ne nous reste plus qu'à nous rendre à l'hôtel.

D'un signe de la main, il héla un agent :

– Hawkes, vous restez ici et vous ne laissez personne approcher de cette plage. Je vous envoie Phillips en renfort.

*

– Saperlipopette ! s'exclama le colonel Weston. Quelle surprise de vous trouver ici !

Poirot ne fut pas en reste de congratulations.

– Eh oui, conclut-il enfin en souriant au chef de la police du comté, bien des années ont passé depuis l'affaire de St Loo.

– En tout cas, je peux vous assurer que je ne l'ai pas oubliée, moi ! fit Weston. Je crois bien que ç'a été la plus grosse surprise de mon existence ! J'en suis encore à me demander comment j'ai pu marcher dans cette histoire de mort simulée. Ah, on peut dire que vos méthodes ne sont pas orthodoxes !

– Certes, colonel, mais cependant efficaces, non ?

– Euh… oui, sans doute. J'estime néanmoins que nous serions parvenus au même résultat avec des méthodes plus classiques.

– Ce n'est pas impossible, admit diplomatiquement Poirot.

– Enfin ! Ne voilà-t-il pas que je vous retrouve au beau milieu d'un autre meurtre ! Des suggestions sur celui-ci ?

– Rien de précis, dit lentement Poirot, mais c'est un cas intéressant.

– Comptez-vous nous donner un petit coup de main ?
– Vous le permettriez ?
– Je serais ravi de vous avoir dans ma manche, mon cher ami. J'ignore encore si cette affaire relève ou non de Scotland Yard. À première vue, il semblerait que notre assassin doive évoluer dans un cercle très restreint. D'un autre côté, les clients de l'hôtel sont tous étrangers à la région. En ce qui concerne les vérifications d'identité, etc., on va devoir s'adresser à Londres.
– Très juste, admit Poirot.
– Pour commencer, reprit Weston, il nous faut la dernière personne qui ait vu la victime en vie. La femme de chambre lui a monté son petit déjeuner à neuf heures. La réceptionniste l'a vue quitter l'hôtel vers dix heures.
– Je crois, mon tout bon, dit Poirot, que je suis votre homme.
– Vous l'avez vue ce matin ? À quelle heure ?
– Dix heures cinq. J'étais sur la plage et je l'ai aidée à mettre sa périssoire à l'eau.
– Elle est partie là-dedans ?
– Oui.
– Seule ?
– Oui.
– Vous avez vu la direction qu'elle prenait ?
– Je l'ai vue pagayer vers la pointe, là-bas, sur la droite.
– Donc dans la direction de la crique aux Lutins ?
– Oui.
– Et il était… ?
– Environ dix heures et quart.

Weston réfléchit un instant :

– Ça m'a tout l'air de coller. Combien de temps, à votre avis, lui aura-t-il fallu pour atteindre la crique dans cet équipage ?

– Je ne suis pas un expert, moi ! s'insurgea Poirot. Je ne m'aventure pas sur l'eau, à plus forte raison en périssoire. Une demi-heure, peut-être ?

– C'est ce que je dirais aussi, acquiesça le colonel. Elle n'avait pas de raison de se presser, j'imagine. Donc, admettons qu'elle soit arrivée là-bas à onze heures moins le quart : ça m'a tout l'air de coller, là aussi.

– À quelle heure votre médecin légiste situe-t-il la mort ?

– Neasden n'est pas du genre à se compromettre. C'est un type prudent. Mais, en tout cas, pas avant onze heures moins le quart.

Poirot hocha la tête.

– Il me faut mentionner un point, ajouta-t-il. En partant, Mrs Marshall m'a demandé de ne pas dire que je l'avais vue.

Weston leva les sourcils :

– Hum ! c'est assez instructif, non ?

– Si, murmura Poirot. Je m'étais fait la même réflexion.

Weston tirailla sa moustache :

– Dites voir, Poirot, vous qui connaissez le monde, quel genre de femme était Mrs Marshall ?

Un léger sourire vint aux lèvres de Poirot :

– Personne ne vous a encore mis les points sur les i ?

– J'ai entendu la gent féminine, ricana le chef de la police du comté. Qu'y a-t-il de vrai là-dedans ? Avait-elle vraiment une liaison avec ce Redfern ?

– Je répondrai catégoriquement, oui.

– C'est pour la retrouver qu'il est venu ici, hein ?

– Il y a toute raison de le supposer.

– Et le mari ? Il était au courant ? Comment prenait-il ça ?

– Il n'est pas facile de savoir ce que pense ou ressent le capitaine Marshall. C'est un homme qui ne fait pas étalage de ses sentiments.

Le ton de Weston se durcit :

– Ce qui ne veut pas dire pour autant qu'il n'en a pas.

Poirot hocha la tête :

– En effet. Cela ne veut pas dire qu'il n'en a pas.

*

Aux prises avec Mrs Castle, le chef de la police du comté usait de tout le tact dont il était capable.

Propriétaire et directrice du *Jolly Roger*, Mrs Castle était une femme dans la quarantaine, dotée d'une poitrine imposante, d'une chevelure agressivement teinte au henné et d'une prétention à la distinction quasi insupportable.

– Une telle abomination, dans mon hôtel ! trémolait-elle. Je m'insurge, colonel, je m'insurge et me refuse à le croire. Le lieu le plus paisible qu'il se puisse imaginer. Les gens qui descendent ici appartiennent à l'élite… à l'élite. Pas de *souk*, ici, pour parler vulgairement. Rien de commun avec les caravansérails de St Loo.

– Certes, Mrs Castle, toussota le colonel Weston, mais des incidents peuvent se produire même dans les… euh… maisons les mieux tenues.

– En ce qui concerne la réglementation, je suis on ne peut plus pointilleuse. Et j'ose espérer que l'inspecteur Colgate abondera dans mon sens, enchaîna Mrs Castle, implorant du regard le susdit qui arborait son air le plus service-service. Je me flatte de n'avoir jamais toléré le *moindre* manquement.

– Je n'en doute pas, Mrs Castle, assura Weston. Nous ne vous reprochons rien.

– Mais une histoire de ce genre ne peut manquer d'éclabousser un établissement, gémit Mrs Castle, dont la vaste poitrine s'émut. Mon Dieu, je vois déjà ces hordes de badauds avec leur curiosité malsaine et bruyante !… Seule notre clientèle a accès à l'île, évidemment, mais cela n'empêchera pas les foules de s'attrouper en face et de nous *montrer du doigt*…

Elle se tut en frissonnant.

L'inspecteur Colgate sauta sur l'occasion offerte :

– Sur ce point justement, madame : comment interdisez-vous l'accès à l'île ?

– Là-dessus, je suis particulièrement intransigeante.

– Certes, mais quelles mesures prenez-vous ? Comment empêchez-vous les gens de venir sur l'île ? Une foule d'estivants, c'est comme les mouches, ça se répand partout.

Mrs Castle fut parcourue d'un nouveau frisson :

– Ce sont ces cars de tourisme, voilà ! J'en ai compté dix-huit, un jour, garés le long du quai à Leathercombe. Dix-huit !

– Justement. Comment empêchez-vous les gens de venir ?

– Il y a des pancartes et puis naturellement, à marée haute, nous sommes coupés de la terre ferme.

– Oui, mais à marée basse ?

Mrs Castle expliqua que, au bout de la jetée, le chemin était barré par une grille avec une pancarte annonçant : « Hôtel du *Jolly Roger*, propriété privée, accès interdit sauf aux clients de l'établissement. » La côte était trop escarpée de ce côté pour être escaladée.

– Mais on pourrait prendre un bateau, je suppose, non ? contourner l'île et accoster dans n'importe laquelle de ces petites criques. Comment l'empêcher ? La frange de terrain découverte à marée basse n'est pas propriété privée.

Mrs Castle déclara que cela se produisait rarement. Il était bien sûr possible de louer une barque au port de Leathercombe mais ça représentait une bonne distance à la rame, et le courant était fort au large de la baie. Il y avait aussi des pancartes « interdit » au pied de la falaise, à l'anse aux Mouettes et à la crique aux Lutins. Enfin, George et William montaient la garde depuis la grande plage, le point le plus proche de Leathercombe.

– Qui sont George et William ?

– George s'occupe de la plage et du matériel, transats, canots, etc. William est le jardinier.

Il entretient les sentiers, les courts de tennis…

– Bon, la situation me paraît assez claire, coupa le colonel qui s'impatientait. Il n'est pas exclu que l'assassin soit venu de l'extérieur, mais il prenait alors le risque d'être repéré. Nous allons interroger George et William.

– Je peux dire que je n'ai jamais eu un goût immodéré pour ces randonneurs, reprit Mrs Castle. Ils sont bruyants, vulgaires et sèment des pelures d'orange et des paquets de cigarettes vides tout le long de la jetée, et jusque sur les rochers, mais de là à imaginer qu'il se trouverait un assassin parmi eux… Oh, mon Dieu, c'est trop horrible. Une célébrité comme Mrs Marshall, assassinée, et, pour comble, étr…

Mrs Castle dut prendre sur elle pour prononcer le mot :

– … étranglée !

– Oui, c'est une sale affaire, dit l'inspecteur Colgate, réconfortant.

– Et les journaux ! *Mon* hôtel dans les journaux !

– Bah, ça fait toujours de la publicité, dit Colgate avec l'ombre d'un sourire.

Mrs Castle tressaillit sous l'affront. Son buste se souleva d'indignation dans un craquement de baleines.

– Ce genre de publicité, je m'en passe, inspecteur, déclara-t-elle, glaciale.

Le colonel Weston jugea bon d'intervenir :

– Bien sûr, très chère madame. Au fait, pourrions-nous voir la liste de vos clients – ou devrais-je dire de vos hôtes ?

– Bien entendu, colonel.

Le colonel parcourut le registre de l'hôtel et leva un œil sur Poirot, dernier membre de cette conférence à quatre tenue dans le bureau de la directrice :

– C'est là que vous allez sans doute pouvoir bientôt nous aider.

Il cita les noms à voix haute, puis s'enquit :

– Et pour ce qui est du personnel ?

Mrs Castle sortit un autre registre :

– Il y a quatre femmes de chambre, un maître d'hôtel et trois garçons sous ses ordres, plus Henry qui tient le bar, William qui cire les chaussures, la cuisinière et ses deux aides.

– Que pouvez-vous nous dire au sujet du maître d'hôtel et de ses assistants ?

– Avant de venir ici, Albert, le maître d'hôtel, a travaillé plusieurs années au *Vincent* à Plymouth. Deux des serveurs sont ici depuis trois ans, l'autre depuis quatre. Ce sont des garçons très bien, et des plus respectables. Quant à Henry, il est ici depuis l'ouverture. C'est une institution, si je puis dire.

Weston hocha la tête et s'adressa à Colgate :

– Tout paraît normal. Nous ferons bien évidemment les vérifications d'usage. Merci, Mrs Castle.

– Puis-je encore vous être utile ?

– Pas pour l'instant, non.

Mrs Castle se retira.

– La prochaine étape, dit Weston, c'est une entrevue avec le capitaine Marshall.

*

Kenneth Marshall s'assit posément face aux policiers.

En dehors d'une légère crispation du visage, il semblait d'un calme souverain. Dans cette pièce inondée de soleil, tandis qu'il répondait aux questions de sa voix grave, ce qui apparaissait soudain, c'était la beauté de ce visage énergique, de ce regard bleu assuré, de cette grande bouche au dessin ferme.

– Je sais, capitaine, quel choc terrible vous venez de subir, déclara le colonel Weston. Mais vous comprendrez, j'en suis sûr, qu'il nous faille réunir au plus vite toutes les informations possibles.

Marshall hocha la tête :

– Je comprends très bien. Allez-y.

– Mrs Marshall était votre deuxième épouse ?

– Oui.

– Depuis combien de temps étiez-vous mariés ?

– Un peu plus de quatre ans.

– Quel était son nom de jeune fille ?

– Helen Stuart. Son nom de scène était Arlena Stuart.

– C'était une actrice ?

– Elle jouait dans des revues et des comédies musicales.

– A-t-elle renoncé à la scène en vous épousant ?

– Non, pas tout de suite. Elle n'a fait ses adieux qu'il y a un an et demi seulement.

– Avait-elle une raison particulière de renoncer à la scène ?

Marshall parut réfléchir :

– N... non. Elle a simplement dit qu'elle en avait assez.

– Ce n'était pas pour répondre à un souhait de votre part ?

Le capitaine haussa les sourcils :

– Bien sûr que non.

– Vous ne voyiez aucun inconvénient à ce que votre femme continue à se produire après votre mariage ?

Cette question arracha un léger sourire à Marshall :

– J'aurais préféré qu'elle abandonne, bien sûr. Mais je n'en faisais pas une question de principe.

– Cela n'a jamais été un sujet de discorde entre vous ?

– Absolument pas. Ma femme était libre d'agir à sa guise.

– Et vous considérez que votre mariage était… euh… un mariage heureux ?

– Parfaitement heureux, répondit Marshall, très sec.

Le colonel Weston resta un moment silencieux. Puis il demanda :

– Capitaine Marshall, qui aurait pu tuer votre femme ? En avez-vous une idée ?

– Pas la moindre, répondit Marshall sans un instant d'hésitation.

– Avait-elle des ennemis ?

– C'est possible.

– Ah ?

Kenneth Marshall ne laissa pas à son interlocuteur le temps de s'interroger.

– Ne vous méprenez pas, monsieur, s'empressa-t-il de préciser. Ma femme était une actrice. Et elle était très belle. Deux excellentes raisons de se faire détester. Mettons, si vous voulez, qu'elle était l'objet de l'envie de ses congénères, ainsi que de la haine et la malveillance générales – le tout dans un milieu qui ne passe pas pour particulièrement charitable. Mais cela ne signifie pas qu'une de ses rivales aurait été capable de l'assassiner.

Poirot intervint pour la première fois :

– Ce que vous voulez dire, monsieur, c'est que ses ennemis étaient principalement – voire même uniquement – des *femmes* ?

Kenneth Marshall tourna son regard vers lui :

– C'est bien ce que je veux dire, oui.

– À votre connaissance, enchaîna le chef de la police du comté, aucun homme n'avait de raison de lui en vouloir ?

– Non.

– Connaissait-elle l'une quelconque des personnes qui séjournent ici ?

– Elle avait déjà rencontré Mr Redfern, je crois – à un cocktail quelconque. Personne d'autre, que je sache.

Weston marqua un temps. Il semblait hésiter. Fallait-il poursuivre dans cette direction ? Il opta pour la négative.

– Venons-en à ce matin, dit-il. Quand avez-vous vu votre femme pour la dernière fois ?

– Je me suis arrêté chez elle avant de descendre prendre mon petit déjeuner.

– Excusez-moi, vous aviez des chambres séparées ?

– Oui.

– Quelle heure était-il ?

– Environ neuf heures.

– Que faisait-elle ?

– Elle ouvrait son courrier.
– Qu'a-t-elle dit ?
– Rien de particulier. Bonjour... quel beau temps... ce genre de choses.
– Comment était son comportement ? Inhabituel ?
– Non, parfaitement normal.
– Elle n'avait pas l'air survolté, ou déprimé, ou tracassé ?
– Pas que j'aie pu remarquer.
– A-t-elle évoqué le contenu de ses lettres ? demanda Poirot.
De nouveau un léger sourire flotta sur les lèvres de Marshall.
– Pour autant que je m'en souvienne, elle m'a dit qu'il ne s'agissait que de factures.
– Votre femme a pris son petit déjeuner au lit ?
– Oui.
– C'est ce qu'elle faisait habituellement ?
– Invariablement.
– À quelle heure descendait-elle en général ? interrogea Poirot.
– Entre dix et onze heures, plutôt plus près de onze que de dix.
– Par conséquent, descendre à dix heures précises aurait été plutôt surprenant de sa part ? continua Poirot.
– Oui. Elle n'était pas souvent prête aussi tôt.
– Mais c'était le cas ce matin. Pourquoi, à votre avis, capitaine Marshall ?
– Aucune idée, répondit celui-ci, impavide. Le beau temps peut-être...
– Vous l'avez donc manquée ?

Kenneth Marshall s'agita un peu dans son fauteuil :

– En remontant de la salle à manger, j'ai passé le nez dans sa chambre. Elle était vide. Ça m'a étonné.

– À la suite de quoi, vous êtes descendu à la plage et vous m'avez demandé si je l'avais vue ?

– Euh... oui.

Son ton se fit légèrement accusateur :

– Et vous m'avez répondu que non.

Regard limpide, Poirot ne cilla pas. Il se contenta de caresser affectueusement son extravagante moustache.

Ce fut le chef de la police du comté qui lança la question suivante :

– Aviez-vous une raison particulière de chercher votre femme ?

Marshall se tourna courtoisement vers lui :

– Non, je me demandais où elle était, c'est tout.

Weston resta un instant silencieux. Il s'agita et changea de position dans son fauteuil. Sa voix se fit plus grave :

– Dites-moi, capitaine Marshall, vous avez mentionné que votre femme avait déjà rencontré Mr Redfern. Le connaissait-elle bien ?

Kenneth Marshall se racla la gorge :

– Vous permettrez que je fume ? demanda le capitaine.

Il palpa ses poches :

– Ah zut ! Qu'est-ce que j'ai fait de ma pipe ?

Poirot lui offrit une cigarette, qu'il accepta.

– Vous m'interrogiez à propos de Redfern, reprit-il en l'allumant. Ma femme m'a dit qu'elle l'avait rencontré à un cocktail.

– C'était donc une simple connaissance ?

– Je le pense.

– Depuis lors, néanmoins…

Le chef de la police du comté s'interrompit, toussota et reprit :

– Il paraîtrait que cette simple relation avait pris un tour plus intime.

– Il paraîtrait, hein ? fit durement Marshall. Et d'après qui ?

– C'est la fable de l'hôtel.

Marshall braqua sur Poirot un regard de froid mépris :

– Les commérages d'hôtel sont généralement un tissu d'insanités !

– Je vous l'accorde volontiers. Mais je crois comprendre néanmoins que Mr Redfern et votre épouse se sont chargés de donner quelque fondement aux commérages en question.

– Par exemple ?

– On les voyait toujours ensemble.

– C'est tout ?

– Vous ne niez pas le fait ?

– Ç'a peut-être été le cas. Je n'y ai pas prêté attention.

– Vous n'aviez rien à… – pardonnez-moi, capitaine Marshall – rien à redire aux relations de votre femme avec Mr Redfern ?

– Je n'ai jamais eu pour habitude de juger la conduite de ma femme.

– Pas de protestation, ni d'objection d'aucune sorte ?

– Évidemment pas.

– En dépit du fait que cette relation devenait un sujet de scandale et que le couple Redfern se défaisait au vu et au su de tous ?

– Je m'occupe de mes affaires, répondit froidement Marshall, les autres n'ont qu'à en faire autant. Blabla et cancans ne m'intéressent pas.

– Mais vous ne démentirez pas que Mr Redfern admirait votre femme ?

– Il l'admirait sans doute. Comme la plupart des hommes. Elle était très belle.

– Vous étiez cependant convaincu qu'il n'y avait rien de sérieux entre eux ?

– Je ne me suis jamais posé la question.

– Et si nous avions un témoin pour dire que cette relation était des plus intimes ?

De nouveau, le regard bleu de Marshall se posa sur Hercule Poirot. De nouveau, une expression de dégoût passa sur ce visage d'ordinaire impassible.

– Si ça vous chante de croire ces ragots, croyez-les. Ma femme est morte. Elle ne peut pas se défendre.

– Vous voulez dire que vous, vous ne les croyez pas ?

Pour la première fois, des gouttes de sueur perlèrent sur le front de Marshall :

– Je n'ai pas l'intention de croire quoi que ce soit de ce genre… Et je ne vois pas la nécessité de telles questions. Ce que je crois ou non est sans rapport, me semble-t-il, avec le fait qui vous occupe : le meurtre de ma femme.

Poirot intervint, soufflant la parole aux deux autres :

– Vous ne semblez pas saisir, capitaine Marshall. Un meurtre n'est pas un « fait » isolé. Un meurtre découle, neuf fois sur dix, du caractère de la victime et de sa personnalité. Parce que la victime était ce qu'elle était, *il s'ensuit* qu'elle a été assassinée. Et tant que nous ne saurons pas *exactement quel genre de personne était Arlena Marshall,* il nous sera impossible de définir quel genre de personne a pu l'assassiner. D'où la nécessité de nos questions.

Marshall se tourna vers le chef de la police du comté :

– C'est également votre point de vue ?

Weston pataugea un peu :

– Eh bien, jusqu'à un certain point, c'est-à-dire…

Marshall le coupa d'un rire bref :

– Je me disais aussi que ça ne devait pas être votre truc. Toutes ces subtilités psychologiques, c'est la spécialité de M. Poirot, si je ne m'abuse ?

– Vous pouvez du moins vous féliciter de n'avoir rien fait pour m'aider, remarqua Poirot en souriant.

– Qu'entendez-vous par là ?

– Que nous avez-vous dit au sujet de votre femme ? Rigoureusement rien. Si ce n'est ce que chacun pouvait constater : qu'elle était belle et adulée. C'est tout.

Kenneth Marshall haussa les épaules :

– Vous déraillez.

Il s'adressa, non sans ostentation, au chef de la police du comté :

– Y a-t-il autre chose, monsieur, que *vous* aimeriez m'entendre préciser ?

– Oui, capitaine Marshall. Votre emploi du temps ce matin.

Kenneth Marshall hocha la tête. De toute évidence, il s'était attendu à cette question :

– J'ai pris mon petit déjeuner en bas vers neuf heures, comme d'habitude, et j'ai lu le journal. Ainsi que je vous l'ai déjà signalé, je me suis arrêté chez ma femme en remontant : la chambre était vide. Je suis descendu sur la plage, j'y ai croisé M. Poirot à qui j'ai demandé s'il ne l'aurait pas vue. J'ai pris un bain rapide et j'ai regagné l'hôtel. Il devait être environ onze heures moins vingt… oui, c'est ça, à peu de chose près. J'ai jeté un coup d'œil en passant dans le hall. Il était onze heures moins vingt tout juste passé. J'ai regagné ma chambre, mais la femme de ménage ne l'avait pas terminée. Je lui ai demandé de se dépêcher. J'avais des lettres à taper, que je voulais faire partir au courrier. En attendant, je suis allé au bar où j'ai bavardé un moment avec Henry. À onze heures moins dix, j'ai enfin pu réintégrer ma chambre où j'ai tapé à la machine jusqu'à midi moins dix. Ensuite, j'ai enfilé ma tenue de tennis : je devais jouer à midi. Nous avions réservé le court hier.

– Nous, c'est-à-dire ?

– Mrs Redfern, miss Darnley, Mr Gardener et moi-même. Je suis donc descendu à midi. Miss Darnley et Mr Gardener étaient déjà là. Mrs Redfern est arrivée quelques minutes plus tard. Nous avons joué une heure. En rentrant à l'hôtel, on… on m'a appris la nouvelle.

– Merci, capitaine. Question de pure forme : quelqu'un peut-il confirmer que vous étiez bien à votre machine entre onze heures moins dix et midi moins dix ?

Marshall réussit à s'arracher un mince sourire :

– Le mari est l'assassin, c'est ça que vous avez en tête ? Voyons... La femme de ménage faisait les chambres. Elle a dû entendre le crépitement de la machine. Et puis, les lettres sont là. Avec tout ça, je ne les ai pas postées, en définitive. C'est une preuve qui en vaut une autre, j'imagine.

Il tira de sa poche trois enveloppes non encore affranchies :

– Le contenu de ces lettres est strictement confidentiel, je vous signale. Enfin, je me fie à votre discrétion. Ce sont des listes de chiffres et des situations de trésorerie. Si vous faites faire un test par un de vos hommes, vous verrez qu'il ne lui faudra pas loin d'une heure pour retaper le tout.

Il marqua un temps :

– Satisfait ?

Weston se voulut apaisant :

– Il n'est pas question de suspicion. Tout le monde sur cette île aura à justifier de son emploi du temps entre onze heures moins le quart et midi moins vingt ce matin.

– J'entends bien, fit Kenneth Marshall.

Weston reprit :

– Une chose encore, capitaine Marshall. Dans l'hypothèse où votre femme avait des biens personnels, savez-vous quelles dispositions elle aurait pu prendre ?

– Vous voulez dire un testament ? Je ne crois pas qu'elle en ait jamais fait.

– Mais vous n'en êtes pas certain ?

– C'est le cabinet Barkett, Markett & Applegood, Bedford square, qui s'occupe de ses affaires, contrats, etc. Mais je suis à peu près certain qu'elle n'a pas fait de testament. Elle avait dit un jour que la seule idée lui donnait la chair de poule.

– Dans ce cas, si elle est morte intestat, c'est vous, son mari, qui héritez de ses biens.

– Je suppose, oui.

– Avait-elle de la famille ?

– Je ne crois pas. Si elle en avait, elle ne m'en a jamais parlé. Je sais qu'elle a perdu ses parents quand elle était encore toute gosse, et qu'elle n'avait ni frère ni sœur.

– De toute façon, elle ne possédait pas grand-chose, je suppose.

– Eh bien, vous vous trompez, dit froidement Marshall. Il y a de ça deux ans, sir Roger Erskine, un vieil ami à elle, lui a légué en mourant la majeure partie de sa fortune. Dans les cinquante mille livres, je crois.

L'inspecteur Colgate, qui jusque-là n'avait pas encore soufflé mot, dressa l'oreille :

– Mais alors, capitaine Marshall, votre femme était riche ?

Kenneth Marshall haussa les épaules :

– Je crois, oui.

– Et vous maintenez qu'elle n'aurait pas fait de testament ?

– Vous pouvez vérifier auprès de ses avoués. Mais je suis pratiquement sûr que non. Elle avait peur que ça lui porte malheur.

Il y eut un silence, que Marshall rompit :

– Désirez-vous savoir autre chose ?

Weston secoua la tête :
– Je ne crois pas… hein, Colgate ? Non. Encore une fois, capitaine, acceptez toutes mes condoléances.
Marshall battit des paupières.
– Merci, fit-il d'un ton contraint.
Sur quoi il sortit.

*

Les trois hommes se regardèrent.
– En voilà un qui ne perd pas son sang-froid, commenta Weston. Et qui ne se livre guère, hein ? Votre opinion sur lui, Colgate ?
L'inspecteur secoua la tête :
– Difficile à dire. Pas homme à s'épancher, en effet. C'est le genre de type qui fait mauvaise impression à la barre des témoins, et il faut bien reconnaître que c'est plutôt injuste : ce n'est pas parce qu'on ne manifeste rien qu'on n'est pas capable de souffrir comme tout un chacun. Regardez Wallace : c'est ça qui l'a condamné – pas les preuves qu'on avait contre lui. Les jurés n'ont pas pu admettre qu'il prenne aussi tranquillement la mort de sa femme.
Weston se tourna vers Poirot :
– Et vous, Poirot, qu'en pensez-vous ?
Hercule Poirot leva les mains dans un geste familier :
– Que dire ? Il est verrouillé, fermé comme une huître. Il a choisi son rôle – le rôle du monsieur qui n'a rien vu, rien entendu, qui ne sait rien – et il s'y tient.
– Nous avons le choix entre plusieurs mobiles,

dit Colgate. Primo, la jalousie ; secundo, l'argent. Bien sûr, le mari est toujours en quelque sorte le suspect numéro un. C'est à lui qu'on pense en premier. S'il savait que sa moitié batifolait avec l'autre zigoto...

– Son infortune, comme on disait joliment de mon temps, je crois qu'il la connaissait, intervint Poirot.

– Qu'est-ce qui vous permet de l'affirmer ?

– Écoutez-moi, mon jeune ami. Hier soir, j'ai bavardé un moment avec Mrs Redfern à Roc-Soleil. En regagnant l'hôtel, j'ai aperçu nos deux tourtereaux – Mrs Marshall et Mr Redfern – fort occupés à se conter fleurette. Sur quoi, quelques instants plus tard, sur qui suis-je tombé ? Le capitaine. Son visage était comme un masque, un masque inexpressif, absolument lisse, anormalement lisse, si vous me comprenez. Oh, il *savait*, vous pouvez en être sûr.

Colgate émit un grognement dubitatif :

– Si vous le dites...

– J'en suis certain. Cependant, même ainsi, cela nous apporte quoi ? Quels étaient les sentiments de Kenneth Marshall à l'égard de sa femme ?

– Il prend sa mort de façon plutôt flegmatique, souligna le colonel.

Poirot eut un mouvement de tête qui trahissait son agacement.

– Ces types calmes, c'est parfois comme qui dirait le feu sous la cendre, hasarda Colgate. Ils gardent tout à l'intérieur. Il était peut-être très amoureux d'elle – et fou de jalousie. Mais il ne l'aurait montré pour rien au monde.

– C'est bien possible, oui, dit lentement Poirot. Une personnalité peu banale, ce Marshall. Il m'intéresse énormément. Lui, et son *alibi*.

– L'alibi de la machine à écrire !

Weston eut un rire bref, comme un aboiement :

– Un commentaire là-dessus, Colgate ?

L'inspecteur plissa les paupières :

– Ma foi, monsieur, il me plaît bien, moi, cet alibi. Il n'est pas trop parfait, si vous voyez ce que je veux dire. Il est comme il est, normal, quoi. Et si la femme de ménage a effectivement entendu le bruit de la machine à écrire, il me semble que ce sera une preuve suffisante et qu'il faudra chercher ailleurs.

– Hum ! fit le colonel Weston. Chercher où ?

*

Cette question-là, les trois hommes la méditèrent une bonne minute.

L'inspecteur Colgate fut le premier à rompre le silence :

– Un client de l'hôtel ou quelqu'un de l'extérieur ? Ça se résume à ça. Remarquez, je n'élimine pas totalement le personnel, mais je serais quand même surpris qu'ils aient quoi que ce soit à voir dans l'affaire. Non, c'est un client de l'hôtel ou bien quelqu'un du dehors. C'est comme ça qu'il faut attaquer le problème. Mais avant tout… le mobile. Il y a de l'argent en jeu. La seule personne qui profite de la mort de la dame, c'est, semble-t-il, le mari. Quels autres mobiles avons-nous ? D'abord et par-dessus tout… la jalousie. Il me semble – à première vue, bien sûr

– que si jamais il y a eu « crime passionnel » (il salua Poirot), celui-ci se pose un peu là.

– Les passions sont innombrables, murmura Poirot, les yeux perdus au plafond.

L'inspecteur Colgate reprit son souffle :

– Le mari de la victime nie mordicus qu'elle ait pu avoir des ennemis – de vrais ennemis, j'entends. Mais ça, je n'y crois pas une minute ! Une femme comme elle devait plutôt les collectionner, les ennemis – et venimeux, en plus... pas vrai, monsieur Poirot, qu'est-ce que vous en dites ?

– Si, bien sûr, répondit Poirot, vous avez tout à fait raison. Mais, à mon avis, cette théorie ne tient pas, inspecteur, parce que, comme je l'ai dit tout à l'heure, les ennemis d'Arlena Marshall étaient exclusivement des femmes.

– Il y a du vrai là-dedans, grommela Weston. Ce sont les femmes qui brandissent leur couteau dès qu'on prononce son nom.

– Or, insista Poirot, il semble très peu probable que ce meurtre ait été commis par une femme. Que dit le médecin légiste ?

Weston émit un autre grognement :

– Neasden est à peu près sûr qu'elle a été étranglée par un homme. Grandes mains puissantes – des battoirs. Il est possible, bien sûr, qu'une femme particulièrement athlétique ait fait le coup, mais c'est fichtrement peu probable.

Poirot se fendit d'une courbette :

– Que vous disais-je ? De l'arsenic dans une tasse de thé, une boîte de chocolats empoisonnés, un coup de couteau, une balle à la rigueur, mais la strangulation, non ! C'est un homme que nous devons chercher. Et c'est là que le problème se corse. Il y a deux personnes à l'hôtel qui avaient un motif sérieux de souhaiter la mort d'Arlena Marshall – mais ce sont toutes deux des femmes.

– À commencer par la femme de Redfern, je suppose ? dit le colonel.

– Oui. Mrs Redfern aurait pu décider de se débarrasser d'Arlena Marshall. Elle avait, dirons-nous, de bonnes raisons pour ce faire. En outre, je la crois tout à fait capable de commettre un meurtre. Mais pas ce type de meurtre. Elle souffre, elle est jalouse, mais ce n'est pas un tempérament passionné. En amour, elle peut se montrer fidèle, loyale – mais je ne la vois guère passionnée. Comme je viens de le dire, de l'arsenic dans une tasse de thé, peut-être, mais étrangler quelqu'un, non. Je suis également convaincu qu'elle est physiquement incapable d'avoir commis ce crime. Ses mains et ses pieds sont petits, plus petits que la moyenne.

Weston approuva :

– Très juste. Ce n'est pas un crime de femme. C'est un homme qui a fait le coup.

L'inspecteur Colgate toussota :

– Puis-je faire une suggestion ? Et si, avant de rencontrer Redfern, la belle avait déjà un amoureux, appelons-le X. Elle laisse tomber X pour Redfern. X est fou de rage et de dépit. Il la suit jusqu'ici, s'installe quelque part dans les environs, vient sur l'île et lui tord le cou. C'est une possibilité !

– Ça n'est pas impossible, en effet, admit Weston. Et si tel est le cas, cela ne devrait pas être trop difficile à établir. Ce Mr X, il serait venu à pied ou en bateau ? En bateau, cela paraît plus probable. Il lui aura donc fallu en louer un quelque part. Vous allez me faire le plaisir d'enquêter là-dessus.

Il se tourna vers Poirot :

– Que pensez-vous de cette éventualité ?

– J'estime, dit prudemment Poirot, qu'elle laisse trop de place au hasard. En outre, l'image ne cadre pas tout à fait. Cet individu… cet individu fou de rage et de dépit, voyez-vous, je ne parviens pas à l'imaginer.

– Les hommes perdaient bel et bien la boule à cause d'elle ! plaida Colgate. Regardez Redfern.

– Oui, oui… Mais quand même…

Colgate lui jeta un regard interrogateur.

Poirot secoua la tête.

– Quelque chose nous a échappé, murmura-t-il, le sourcil froncé.

6

Penché sur le registre de l'hôtel, le colonel Weston énumérait les noms des clients :

– Major Cowan et madame, miss Pamela Cowan, Mr Robert Cowan, Mr Evan Cowan

Rydal's Mount, Leaherhead.

Mr et Mrs Masterman, Mr Edward Masterman, miss Jennifer Masterman, Mr Roy Masterman, Mr Frederick Masterman

5 Marlborough Avenue, Londres, N.W.

Mr et Mrs Gardener

New York.

Mr et Mrs Redfern

Crossgates, Seldon, Princes Risborough.

Major Barry

18 Cardon Street, St James, Londres, S.W. 1.

Mr Horace Blatt

5 Pickersgill Street, Londres, E.C. 2.

M. Hercule Poirot

Whitehaven Mansions, Londres, W. 1.

Miss Rosamund Darnley

8 Cardigan Court, W. 1.

Miss Emily Brewster

Southgates, Sunbury-on-Thames.

Rev. Stephen Lane

Londres.
Mr et Mrs Marshall, miss Linda Marshall
73 Upcott Mansions, Londres, S.W. 7.
Il se tut.

– Je crois, monsieur, qu'on peut laisser tomber les deux premières familles, dit Colgate. D'après Mrs Castle, les Masterman et les Cowan viennent chaque été avec leurs enfants. Ce matin, ils sont partis en mer pour la journée avec un pique-nique. Ils ont quitté l'hôtel juste après neuf heures. Le propriétaire du bateau est un dénommé Andrew Baston. On peut toujours l'interroger mais, à mon avis, il n'y a rien à glaner de ce côté-là.

Weston approuva d'un signe de tête :

– D'accord. Éliminons-en le maximum. Pouvez-vous nous donner des précisions sur les autres, Poirot ?

– En gros, oui. Les Gardener sont un couple d'âge mûr, aimables, grands voyageurs. C'est madame qui parle, monsieur acquiesce. Il joue au tennis et au golf et quand on parvient à l'arracher à l'omniprésence de sa femme, il fait preuve d'un certain humour caustique qui ne manque pas de charme.

– Donc rien d'anormal à leur sujet.

– Ensuite... les Redfern. Mr Redfern est la coqueluche de ces dames. Magnifique nageur, bon joueur de tennis et danseur accompli. Je vous ai déjà parlé de sa femme, charmante mais sans éclat et du genre effacé ; à mon sens, entièrement subjuguée par son mari. Elle a quelque chose qu'Arlena Marshall n'avait pas.

– À savoir ?

– Elle est intelligente.

L'inspecteur Colgate soupira :

– L'intelligence, ça ne pèse pas lourd face aux arguments d'une Arlena Marshall.

– Peut-être pas, non. Et pourtant, je suis convaincu qu'en dépit de sa toquade pour Mrs Marshall, Patrick Redfern aime sincèrement sa femme.

– C'est bien possible, monsieur. C'est souvent le cas.

– Ce qui est fâcheux, murmura Poirot, c'est que les épouses ont souvent du mal à admettre les frasques de leur mari... Enfin, continuons. Le major Barry. Officier en retraite de l'armée des Indes. Fervent admirateur de la beauté féminine. Possède un stock d'histoires aussi rasoir qu'interminables.

Un nouveau soupir échappa à l'inspecteur :

– N'en dites pas plus. Je vois le genre.

– Mr Horace Blatt. Il offre toutes les apparences de l'homme qui ignore les fins de mois difficiles. Il parle d'abondance – essentiellement de Mr Blatt. Il se veut l'ami de tout le monde. Situation plutôt pathétique car personne n'apprécie vraiment sa compagnie. Ce n'est pas tout. Mr Blatt, hier soir, m'a posé un tas de questions. Mr Blatt était mal à l'aise. Oui, oui, il y a quelque chose de pas très clair chez Mr Blatt.

Il marqua un temps et reprit avec beaucoup plus de chaleur :

– Rosamund Darnley, maintenant. Plus connue sous le nom de sa maison de couture, Rose Mond. C'est une styliste très lancée. Que dire ? Elle est l'intelligence, le charme et le chic personnifiés. Et elle est infiniment agréable à regarder.

Après un silence, il ajouta :

– C'est une très vieille amie du capitaine Marshall.

Weston se redressa dans son fauteuil :

– Tiens donc !

– Oui. Ils s'étaient perdus de vue depuis plusieurs années.

– Elle savait qu'il viendrait ici ?

– Elle affirme que non.

Une fois de plus, Poirot avait marqué une pause significative.

– Voyons la suite, reprit-il. Miss Brewster. Je la trouve un tantinet inquiétante. Elle a une voix d'homme. Elle est du genre bourru et affiche un dynamisme redoutable. Fervente d'aviron, elle a un handicap de 4 au golf. Mais je crois qu'au fond, c'est une brave fille.

– Il ne nous reste plus que le révérend Lane, maugréa Weston. Comment est-il ?

– Je ne peux vous dire qu'une chose : ce digne ecclésiastique est dans un état de grande tension nerveuse. J'ajouterai qu'il semble donner dans le fanatisme.

– Autre genre connu, commenta Colgate.

– Nous avons donc fait le tour, dit Weston.

Il dévisagea Poirot :

– Vous avez l'air bien songeur, mon cher.

– Oui, parce que, voyez-vous, ce matin, lorsque Mrs Marshall m'a demandé de ne dire à personne que je l'avais vue, j'en ai immédiatement conclu que sa chaude amitié avec Patrick Redfern avait provoqué quelques vagues avec son mari. Et j'ai pensé qu'elle avait rendez-vous avec le jeune Redfern et qu'elle ne tenait pas à ce que le cher homme le sache.

» Mais, là, je me trompais. Parce que si le mari a effectivement surgi quelques instants plus tard et m'a demandé si je l'avais vue, Patrick Redfern est arrivé sur ses talons… et lui aussi, de toute évidence, il la cherchait ! D'où la question que je me pose, mes bons amis : *qui donc Arlena Marshall allait-elle retrouver ?*

– Vous rejoignez mon hypothèse, dit Colgate. Un homme, venu de Londres ou d'ailleurs. Poirot secoua la tête :

– Mais, mon tout bon, selon votre théorie, Arlena Marshall aurait rompu avec cet homme hypothétique. Pourquoi, dans ce cas, se donnerait-elle tant de mal pour aller le rejoindre ?

L'inspecteur fit une moue d'ignorance :

– Alors qui, selon vous ?

– C'est justement ce que je n'arrive pas à imaginer. Nous venons de passer en revue les clients de l'hôtel. Tous, la quarantaine passée et franchement pas très fringants. On ne voit vraiment pas lequel Arlena Marshall aurait pu préférer à Redfern. Non. Impossible. Et pourtant, c'est un fait, elle allait bien retrouver quelqu'un – et ce quelqu'un n'était pas Patrick Redfern.

– Vous ne pensez pas qu'elle aurait pu tout simplement avoir envie d'être seule ? murmura Weston.

Poirot secoua la tête :

– On voit bien, très cher, que vous n'avez pas connu la victime. Quelqu'un a écrit un savant traité sur l'effet dévastateur que la réclusion aurait sur un Beau Brummel par rapport à un Newton. En tête à tête avec elle-même, mon bon ami, Arlena Marshall aurait pratiquement cessé d'exister. Elle ne prenait vie que sous le regard admiratif d'un homme… Non, elle avait bel et bien rendez-vous avec quelqu'un, ce matin. *Mais avec qui ?*

*

Le colonel Weston poussa un soupir :

– Bon, nous échafauderons des théories plus tard. Pour l'instant, finissons-en avec ces interrogatoires. Il faut que nous ayons noir sur blanc l'emploi du temps de chacun ce matin. Commençons par la petite Marshall. Elle a peut-être quelque chose à nous apprendre, sait-on jamais.

Linda Marshall entra en se cognant dans la porte. Elle avait les yeux dilatés et la respiration désordonnée d'une pouliche effrayée.

« Pauvre gosse ! songea le colonel dans un élan d'affection. Ce n'est qu'une gamine, après tout. Ç'a dû être un sacré choc pour elle. »

Il lui avança un siège et dit d'un ton rassurant :

– Désolé de vous imposer ça, miss… Linda, c'est bien cela, n'est-ce pas ?

– Oui, fit Linda en aspirant sa voix comme une écolière.

Elle posa ses mains sur la table, des mains pathétiques, larges et rouges, pataudes au bout de leurs poignets osseux.

« Une gosse ne devrait pas être mêlée à ce genre d'affaire », pensa-t-il encore avant de reprendre à voix haute :

– Il n'y a pas lieu de s'inquiéter, mon petit. Dites-nous simplement tout ce que vous pouvez savoir.

– Au sujet de… d'Arlena ?

– Oui. L'avez-vous vue ce matin ?

La jeune fille secoua sa tignasse :

– Non. Arlena descendait toujours très tard. Elle prenait son petit déjeuner au lit.

– Et vous, mademoiselle ? interrogea Poirot.

– Moi, je me lève. Prendre son petit déjeuner au lit, c'est idiot.

– Voulez-vous bien nous dire ce que vous avez fait ce matin ? s'enquit Weston.

– J'ai été me baigner avant le petit déjeuner, et ensuite je suis allée avec Mrs Redfern à l'anse aux Mouettes.

– À quelle heure Mrs Redfern et vous êtes-vous parties ?

– Elle m'avait dit qu'elle m'attendrait dans le hall à dix heures et demie. J'avais peur d'être en retard, mais en fait, je ne l'étais pas. Nous sommes parties à peu près trois minutes après la demie.

– Et qu'avez-vous fait à l'anse aux Mouettes ? demanda Poirot.

– Oh, je me suis fait bronzer, et Mrs Redfern a dessiné. Après, je suis allée nager et Christine est rentrée à l'hôtel pour sa partie de tennis.

– Vous souvenez-vous de l'heure qu'il était ? s'enquit Weston d'un ton dégagé.

– Quand Mrs Redfern est retournée à l'hôtel ? Midi moins le quart.

– Midi moins le quart ? Vous en êtes certaine ?

Linda ouvrit de grands yeux :

– Oui, bien sûr. J'ai regardé ma montre.
La montre que vous portez en ce moment ?
Linda jeta un coup d'œil à son poignet :
– Oui.
– Je peux la voir ? fit Weston.
Elle lui tendit son poignet. Le colonel compara l'heure de Linda à la sienne et à celle qu'affichait l'horloge du bureau.
– Exacte à la seconde près, conclut-il avec un sourire. Et après ça, vous vous êtes donc baignée ?
– Oui.
– Et vous êtes rentrée à l'hôtel... à quelle heure ?
– Vers une heure. Et...
Sa voix changea :
– Et c'est à ce moment-là que... que j'ai appris... pour Arlena.
– Vous... euh... vous vous entendiez bien avec votre belle-mère ? interrogea Weston.
Linda resta quelques instants à regarder le colonel sans répondre.
– Bof... oui, dit-elle finalement.
– Aviez-vous de l'affection pour elle, mademoiselle ? interrogea Poirot à son tour.
– Bof... oui, répéta Linda. Arlena était très gentille avec moi.
Weston se risqua à plaisanter :
– Rien à voir avec la cruelle marâtre, alors ?
Sans sourire, Linda fit signe que non.
– Bien. Très bien, approuva Weston. Vous savez, il y a parfois des difficultés familiales – jalousie et autres. Le père et la fille s'entendent comme les deux doigts de la main, et puis le père se remarie et le fait qu'il n'y en ait plus que pour la

nouvelle femme, ça peut créer des difficultés. Mais pour vous, ça ne s'est pas passé comme ça, hein ?

Linda le dévisagea sans broncher.

– Non, pas du tout, répondit-elle avec l'accent de la sincérité.

Weston se racla la gorge :

– Je suppose que votre père était... euh... très absorbé par elle ?

– Je n'en sais rien, répondit Linda avec une belle simplicité.

Weston ravala sa salive :

– Comme je le disais, il peut y avoir toutes sortes de problèmes, dans une famille. On se querelle, le ton monte, etc. Quand père et mère se disputent à tout propos, ce n'est pas très confortable pour les enfants. Rien de ce genre chez vous ?

– Vous voudriez savoir si Arlena et mon père se disputaient ? articula Linda.

– Euh... oui.

« Sale boulot que de questionner un enfant sur son père ! se dit Weston. Fichu métier ! Oh, et puis il faut bien que quelqu'un le fasse, après tout. »

– Non, déclara fermement Linda. D'ailleurs, papa ne se dispute jamais avec personne. Il n'est pas comme ça.

Weston plongea :

– Maintenant, miss Linda, j'aimerais que vous réfléchissiez. Avez-vous la moindre idée concernant l'assassin de votre belle-mère ? Avez-vous vu ou entendu quelque chose qui pourrait nous aider ?

Linda prit son temps. On lisait sur son visage qu'elle considérait la question avec le plus grand sérieux.

– Non, dit-elle enfin, je ne sais pas qui aurait pu vouloir tuer Arlena. En dehors de Mrs Redfern, bien sûr, ajouta-t-elle.

– En dehors de Mrs Redfern ? releva Weston. Pourquoi pensez-vous qu'elle aurait pu vouloir la tuer ?

– Parce que son mari était amoureux d'Arlena, décréta Linda. Mais je ne pense pas qu'elle voulait vraiment la *tuer*. Je veux dire... elle devait avoir envie qu'elle soit morte. Ce qui n'a rien à voir, n'est-ce pas ?

– Non, dit Poirot avec douceur, rien.

Un étrange spasme déforma le visage de Linda.

– Et puis, de toute façon, ajouta-t-elle, Mrs Redfern ne pourrait jamais faire une chose pareille – tuer quelqu'un. Elle n'est pas... elle n'est pas *violente*, si vous voyez ce que je veux dire.

Weston et Poirot hochèrent la tête de concert. Le second s'empressa :

– Je le vois très bien, mon enfant, et je suis d'accord avec vous. Mrs Redfern n'est pas quelqu'un qui « voit rouge », comme on dit. Ce n'est pas elle qui se laisserait...

Et, la tête en arrière, les yeux mi-clos, il poursuivit en choisissant ses mots avec soin :

– Ce n'est pas elle qui se laisserait emporter par des sentiments violents... Pas elle qui regarderait avec des yeux de haine le visage haï de celle qui lui prend plus que la vie... Pas elle qui s'appesantirait sur ce cou détestable... Qui souhaiterait refermer les mains dessus... Et puis les serrer...

les serrer... Jusqu'à les sentir enfin s'enfoncer dans la chair...

Il s'interrompit net.

Linda se leva en chancelant.

– C'est fini ? Je peux m'en aller ? bredouilla-t-elle d'une voix tremblante.

– Oui, oui, c'est tout. Merci, miss Linda, dit Weston.

Il lui ouvrit la porte, revint vers le bureau et alluma une cigarette :

– Ouf ! Pas joli-joli, notre métier ! Je peux vous dire qu'à questionner cette gosse sur les relations de son père et de sa belle-mère, je me suis fait l'effet d'un fichu salopard. Autant lui demander de passer la corde au cou de son père. Enfin, il le fallait. Un meurtre est un meurtre, et elle est mieux placée que quiconque pour connaître les petits secrets du ménage. N'empêche, je ne suis pas fâché qu'elle n'ait rien eu à nous apprendre dans ce domaine.

– Ça, je m'en suis rendu compte, fit Poirot.

Weston toussota pour dissimuler son embarras :

– Au fait, Poirot, je trouve que vous y êtes allé un peu fort, à la fin, avec cette histoire de mains qui s'enfoncent dans la chair. Pas le genre d'idées à mettre dans la tête d'une gamine.

Hercule Poirot le regarda, pensif :

– Ainsi, vous croyez que je lui ai mis des idées dans la tête ?

– Pas vous ? Allons donc !

Poirot secoua la tête.

– En somme, reprit Weston sans insister, nous n'avons rien de nouveau. Si ce n'est un alibi plus ou moins irréfutable pour Mrs Redfern. Si elles sont vraiment restées ensemble de dix heures et demie à midi moins le quart, cela met Christine Redfern hors de cause. Exit le suspect numéro deux : l'épouse jalouse.

– Il y a de meilleures raisons pour la mettre hors de cause. Elle est moralement et physiquement incapable d'étrangler qui que ce soit, j'en suis convaincu. Elle a la tête froide plutôt que le sang chaud. Elle est capable de se dévouer totalement, de donner son amour une fois pour toutes, mais l'explosion de passion, de fureur, ce n'est pas son genre. Et, qui plus est, ses mains sont beaucoup trop petites.

– Je suis d'accord avec vous, monsieur Poirot, approuva Colgate. Mrs Redfern est hors du coup. Le Dr Neasden affirme que c'est une paire de battoirs qui a serré le kiki de la dame.

– À mon avis, nous ne ferions quand même pas mal d'enchaîner précisément avec les Redfern, dit le colonel. Je présume qu'il a maintenant eu le temps de se remettre de ses émotions, ce garçon.

*

Livide, un peu hagard, Patrick Redfern avait soudain l'air plus juvénile que nature – plus vulnérable aussi –, mais il s'était en effet ressaisi.

– Vous êtes bien Mr Redfern résidant à Crossgates, Seldon, Princes Risborough ?

– Oui.

– Depuis combien de temps connaissiez-vous Mrs Marshall ?

– Trois mois, répondit-il après quelques secondes d'hésitation.

– Vous avez fait sa connaissance à un cocktail, nous a dit le capitaine Marshall. C'est bien cela ?

– Oui, c'est comme ça que ça s'est passé.

– Toujours d'après le capitaine, vous n'étiez que de vagues connaissances avant ce séjour. Est-ce exact, Mr Redfern ?

De nouveau, Redfern eut un instant d'hésitation :

– Eh bien... euh... pas exactement. En fait, on s'était pas mal revus, ici ou là.

– A l'insu de Mr Marshall ?

Redfern rougit quelque peu :

– Je ne sais pas s'il était au courant ou non.

Poirot éleva la voix :

– Était-ce également à l'insu de votre épouse, Mr Redfern ?

– Je crois bien lui avoir dit que j'avais rencontré la célèbre Arlena Stuart.

– Lui avez-vous également confessé la fréquence des dites rencontres ? s'enquit Poirot.

– Euh... peut-être pas, non...

Weston reprit la parole :

– Aviez-vous convenu avec Mrs Marshall de vous retrouver ici ?

Redfern garda un moment le silence. Puis il haussa les épaules :

– Oh bon, de toute façon, vous l'apprendrez tôt ou tard. Ça ne sert à rien de finasser. Cette femme, j'en étais amoureux. J'en étais toqué, j'en étais dingue, j'en étais tout ce que vous voudrez. Elle tenait à ce que je vienne ici. Et moi... moi... tout ce à quoi elle tenait, je le lui aurais apporté sur un plateau plutôt deux fois qu'une. C'est ça, l'effet qu'elle avait sur les hommes.

– Vous la décrivez fort bien, murmura Poirot. L'éternelle Circé… Exactement ça !

– Oui, dit Redfern avec amertume, elle transformait les hommes en pourceaux. Je vais être franc avec vous, messieurs. Je ne vais rien vous cacher. À quoi bon ? C'est vrai, j'étais fou d'elle. De son côté, est-ce qu'elle éprouvait un sentiment pour moi ? Elle ne cessait de me le répéter, mais je crois qu'elle était de ces femmes qui se désintéressent d'un type dès qu'elles en ont obtenu ce qu'elles voulaient. Or, moi, j'étais son esclave, elle le savait. Ce matin, quand je l'ai vue sur la plage, morte, c'était comme si… comme si j'avais pris un coup de poing en pleine figure. J'étais abasourdi, sonné…

Poirot se pencha en avant :

– Et maintenant ?

Redfern soutint son regard sans ciller :

– La vérité, je vous l'ai dite. *Et maintenant ?* soulignez-vous. Maintenant il est une question que j'aimerais vous poser : *jusqu'à quel point tout ceci doit-il être étalé au grand jour ?* Ce n'est pas comme si cette histoire pouvait avoir un rapport quelconque avec sa mort. Et puis si la presse devait en parler, ce serait moche pour ma femme.

» Oh, je sais, poursuivit-il sur sa lancée, vous allez me dire que je ne me suis guère soucié d'elle jusqu'à présent. Peut-être bien, en effet. Mais même si vous pensez que je suis le dernier des hypocrites, la vérité, c'est que j'aime ma femme, que je l'aime profondément. Avec l'autre…

Il haussa les épaules :

– Avec l'autre, c'était un coup de folie. Le genre de foucade à laquelle la plupart des hommes se laissent parfois aller. Christine, c'est différent. C'est un autre moi-même. J'ai beau m'être conduit comme le dernier des derniers, je n'ai pas cessé un instant de savoir – de savoir au plus profond de moi – que c'est elle que j'aime, que c'est elle seule qui compte.

Il se tut, soupira et ajouta, assez pathétique :

– Je donnerais n'importe quoi pour que vous soyez bien convaincus de ça.

– Mais je le crois, moi, assura Poirot. Oui, oui, je le crois.

Redfern lui adressa un regard plein de gratitude.

– Merci, souffla-t-il.

Le colonel Weston se racla la gorge :

– Tranquillisez-vous, Mr Redfern, nous ne prendrons aucune mesure inconsidérée. Si vos relations avec Mrs Marshall n'ont joué aucun rôle dans sa mort, à quoi bon en faire état ? Mais vous ne me semblez pas vous rendre compte que cette... euh... vive inclination est peut-être en relation directe avec le meurtre. Elle pourrait en constituer le mobile.

– Le mobile ? répéta Redfern.

– Oui, Mr Redfern, le *mobile*, insista Weston. Il est possible que Mr Marshall n'ait rien su. Mais supposez qu'il se soit soudain rendu compte de son infortune ?

– Oh, mon Dieu ! Vous voulez dire que... qu'il aurait brusquement compris qu'Arlena le trompait et... et qu'il l'aurait tuée ?

Le ton du chef de la police se fit cassant :

– Une telle éventualité ne vous avait jamais traversé l'esprit ?

Redfern secoua la tête :

– Non… c'est drôle. Je n'avais jamais pensé à ça. Marshall est un type si placide. Je… oh non, ça ne me paraît pas vraisemblable.

– Et Mrs Marshall, dans tout ça, quelle était son attitude par rapport à son mari ? Redoutait-elle qu'il apprenne quelque chose ou bien cela lui était-il égal ?

– Elle se montrait… un peu nerveuse, dit Redfern en pesant ses mots. Elle ne voulait surtout pas qu'il ait des soupçons.

– Donnait-elle l'impression d'avoir peur de lui ?

– Peur ? Non, je n'irais pas jusque-là.

– Pardonnez-moi, Mr Redfern, intervint Poirot, a-t-il, à un moment quelconque, été question de divorce ?

Patrick Redfern secoua énergiquement la tête :

– Non, il n'a jamais été question de quoi que ce soit de ce genre. Il y avait Christine, vous comprenez. Et Arlena, j'en suis sûr, n'a jamais envisagé une chose pareille. Son mariage avec Marshall la satisfaisait pleinement. C'est… c'est un gros bonnet, dans son genre…

Il sourit brusquement :

– Vieille famille, des terres… et puis bourré de fric. Me considérer comme un mari possible ? Jamais ! Non, je n'étais rien qu'un pauvre type de plus dans sa collection, un pantin avec lequel faire joujou histoire de passer le temps. Je l'ai toujours su et pourtant, bizarrement, ça n'a rien changé à mes sentiments…

Sa voix mourut et il se tut, perdu dans ses souvenirs.

Weston le rappela aux dures nécessités du moment :

– Dites-nous, Mr Redfern, vous aviez rendez-vous avec Mrs Marshall, ce matin ?

Redfern parut légèrement interdit :

– Pas à proprement parler, non. La plupart du temps, on se retrouvait tout bonnement sur la plage à l'heure de la baignade. On prenait une périssoire, et on partait faire un petit tour.

– Avez-vous été étonné de ne pas y trouver Mrs Marshall ce matin ?

– Oui. Très. Je n'y comprenais rien.

– Qu'avez-vous pensé ?

– Je ne savais pas quoi penser. Je passais mon temps à me dire qu'elle allait arriver d'une seconde à l'autre.

– Si elle avait eu un rendez-vous ailleurs, vous ne voyez pas avec qui cela aurait pu être ?

Le regard dans le vide, Redfern se contenta de faire non de la tête.

– Quand il vous arrivait, à Mrs Marshall et vous, de prendre rendez-vous, où vous retrouviez-vous ?

– Si c'était l'après-midi, à l'anse aux Mouettes. Il n'y a plus de soleil à ce moment-là, et donc généralement plus un chat. On s'y est retrouvés une ou deux fois.

– Jamais dans l'autre crique ? La crique aux Lutins ?

– Non. Là, c'est orienté à l'ouest, et les gens y vont souvent l'après-midi. Nous n'avons jamais trop cherché à nous voir le matin, histoire de ne pas nous faire remarquer. L'après-midi, c'est différent. Les gens font la sieste, se baladent… et personne ne sait trop ce que fabrique le voisin, vous comprenez ?

Weston fit signe que oui.

– Et puis le soir, après le dîner, quand il faisait beau, on partait à l'aventure dans les sentiers de l'île.

Poirot murmura un « Ça, oui ! » qui lui attira un coup d'œil intrigué de Redfern.

– Donc, résuma Weston, vous ne pouvez rien nous apprendre sur la raison qui a amené Mrs Marshall à la crique aux Lutins ce matin ?

Redfern secoua la tête.

– Je n'en ai pas la moindre idée, fit-il d'un ton qui reflétait bien sa perplexité. Ça ne lui ressemblait pas.

– Elle avait des amis dans les environs ?

– Pas que je sache. En fait, je suis même parfaitement sûr que non.

– Maintenant, Mr Redfern, réfléchissez bien. Vous avez fréquenté Mrs Marshall à Londres. Vous avez dû rencontrer les gens qui gravitaient autour d'elle. Parmi ceux-là, voyez-vous quelqu'un qui aurait pu lui en vouloir ? Quelqu'un, par exemple, que vous auriez supplanté dans ses faveurs ?

Patrick Redfern réfléchit un bon moment.

– Honnêtement, je ne vois pas, répondit-il enfin.

Les doigts du colonel tambourinaient sur la table.

– Bon, eh bien, tant pis, maugréa-t-il. Apparemment, il ne nous reste donc que trois possibilités. D'abord celle du tueur inconnu, dangereux maniaque qui se serait trouvé là par hasard – et ça, franchement, c'est difficile à admettre…

– C'est pourtant de loin l'explication la plus probable, dit Redfern.

Weston secoua la tête :

– Non, ce n'est pas un crime de rôdeur. Cette crique n'est pas facile d'accès. Soit l'homme aurait dû emprunter la jetée et couper à travers l'île en passant devant l'hôtel pour trouver l'échelle qui donne accès à la plage. Soit il est venu par la mer. Dans un cas comme dans l'autre, il n'a pas fait tout ça sans intention bien précise.

– Vous avez évoqué trois possibilités, dit Redfern.

– Hum... oui. Deux personnes sur cette île avaient en fait une bonne raison de la tuer. Son mari d'une part, et votre femme de l'autre.

Redfern le regarda, médusé :

– Ma femme ? Christine ? *Christine* aurait quelque chose à voir là-dedans ?

Il se leva et poursuivit dans un bégaiement paniqué :

– Vous êtes fou. Fou à lier. Christine ? Mais ça ne tient pas debout. C'est grotesque !

– Quoi que vous en pensiez, Mr Redfern, la jalousie est un moteur puissant. Une femme jalouse peut perdre la tête.

– Pas Christine, protesta Redfern avec feu. Elle est... Oh, elle n'est pas comme ça. Elle était malheureuse, d'accord, mais elle n'est pas du genre à... Oh, non, la violence et elle, ça fait deux.

Poirot hocha pensivement la tête. Le mot violence revenait au négatif, comme tout à l'heure dans la bouche de Linda Marshall. Et, comme tout à l'heure, il partageait ce sentiment.

– Encore une fois, ça ne tient pas debout, répéta Redfern qui reprenait du poil de la bête. Christine est incapable de tuer une mouche. Encore moins de tordre le cou à un poulet. Comment diable voulez-vous qu'elle aille étrangler Arlena qui était trois fois plus forte qu'elle ! Et puis elle n'aurait jamais pu descendre cette échelle pour atteindre la plage. Elle a le vertige. Oh, et puis tout ça est délirant !

Le colonel se gratta l'oreille d'un air hésitant :

– Évidemment, vu sous cet angle, ça ne paraît pas très vraisemblable, je vous l'accorde. Mais nous, c'est le mobile qui nous intéresse.

» Le mobile et l'opportunité, ajouta-t-il.

*

Redfern sorti, le colonel eut un petit sourire :

– Je n'ai pas jugé nécessaire de lui dire que sa femme avait un alibi. Je voulais voir sa réaction. Ça l'a plutôt secoué, hein ?

– Les arguments qu'il a avancés valent n'importe quel alibi, murmura Poirot.

– Oui. Oh, ce n'est pas elle qui a fait le coup. Elle n'aurait jamais pu – comme vous l'avez dit, c'est physiquement impossible. Marshall, lui, en aurait été capable – mais, apparemment, il ne l'a pas fait.

L'inspecteur Colgate toussota :

– Excusez-moi, monsieur, j'ai réfléchi à cet alibi. En admettant que le capitaine Marshall ait prémédité son coup, il a très bien pu taper son courrier *à l'avance*.

– Pas bête, dit Weston. Il faudra voir ça de plus…

Il s'interrompit : Christine Redfern entrait dans le bureau.

Elle était, comme toujours, calme et posée. Elle portait une jupe de tennis blanche et un pull-over bleu ciel qui accentuait sa blondeur anémique. Pourtant, se disait Poirot, il n'y avait rien d'insipide dans ce visage. Non, il exprimait détermination, courage et bon sens. Il eut un hochement de tête approbateur.

« Joli brin de femme, songeait de son côté le colonel. Un peu fade, peut-être. Mais beaucoup trop bien pour ce coureur à la manque qui lui tient lieu de mari. Bah ! il est jeune. Ce n'est pas le premier gamin auquel une femme aura monté le bourrichon. »

– Asseyez-vous, Mrs Redfern, dit-il. Nous sommes tenus de demander à chacun ses faits et gestes dans la matinée. C'est la routine. Il faut en passer par là.

Christine Redfern opina du bonnet.

– Je comprends parfaitement, dit-elle de sa petite voix précise. Par où dois-je commencer ?

– Par le petit lever, madame, dit Poirot. Qu'avez-vous fait à votre réveil ?

– Voyons... En descendant prendre mon petit déjeuner, je me suis arrêtée chez Linda Marshall et nous sommes convenues d'aller ensemble à l'anse aux Mouettes. Nous nous sommes donné rendez-vous dans le hall de l'hôtel à dix heures et demie.

– Vous ne vous êtes pas baignée avant le petit déjeuner ? demanda Poirot.

– Non, cela m'arrive rarement.

Elle sourit :

– Je préfère la mer quand elle s'est réchauffée. Je suis du genre frileux.
– Mais votre mari, lui, se baigne au saut du lit ?
– Oui, presque toujours.
– Et Mrs Marshall également ?
Le ton de Christine devint froid, quasi acerbe :
– Non, Mrs Marshall n'était pas du genre à daigner paraître avant le milieu de la matinée.
Offrant toutes les apparences de la confusion, Poirot la coupa :
– Pardonnez-moi de vous interrompre, madame. Vous êtes passée voir Linda Marshall, disiez-vous. Quelle heure était-il ?
– Attendez… huit heures et demie… non, un peu plus tard.
– Miss Marshall était déjà levée ?
– Oui, elle était même déjà sortie.
– Sortie ?
– Et rentrée, oui. Elle m'a dit qu'elle était allée se baigner.
Il y avait un léger trouble dans la voix de Christine – très, très léger, mais qui intrigua Poirot.
– Ensuite ? fit Weston.
– Je suis descendue prendre mon petit déjeuner.
– Et après ?
– Je suis remontée chercher mon matériel de dessin et nous sommes parties.
– Linda Marshall et vous ?
– Oui.
– Quelle heure était-il ?
– Je crois qu'il était dix heures et demie pile.
– Qu'avez-vous fait ?
– Nous sommes allées à l'anse aux Mouettes. Du côté est de l'île, vous savez. Nous nous sommes

installées. J'ai dessiné et Linda a pris un bain de soleil.

– À quelle heure avez-vous quitté la crique ?

– À midi moins le quart. Je jouais au tennis à midi et il fallait que je me change.

– Vous aviez votre montre ?

– Non, il se trouve que non. J'ai demandé l'heure à Linda.

– Je vois. Ensuite ?

– J'ai rangé mes affaires et je suis rentrée à l'hôtel.

– Et mademoiselle Linda ? s'enquit Poirot.

– Linda ? Oh, elle est allée nager.

Poirot demanda encore :

– Vous étiez installées loin du rivage ?

– Nous étions à la limite de la marée haute, juste au pied de la falaise, pour que je puisse être un peu à l'ombre et Linda au soleil.

Poirot poursuivit :

– Linda est allée se baigner avant que vous n'ayez quitté la crique ?

Christine fronça les sourcils :

– Voyons… Elle courait vers l'eau, j'ai refermé ma boîte… Oui, je l'ai entendue s'ébrouer dans les vagues pendant que je grimpais le sentier de la falaise.

– Vous êtes sûre de ça, madame ? insista Poirot. Elle était bien dans l'eau à ce moment-là ?

– Oui.

Elle le fixa d'un air intrigué.

Le colonel Weston en fit autant. Puis :

– Poursuivez, Mrs Redfern.

– Je suis retournée à l'hôtel, je me suis changée et j'ai rejoint les autres sur le court.

– Quels autres ?
– Le capitaine Marshall, Mr Gardener et miss Darnley. Nous avions joué deux sets et nous allions continuer la partie quand avons appris pour… pour Mrs Marshall.
Hercule Poirot se pencha en avant :
– Et qu'avez-vous pensé, madame, en apprenant cette nouvelle ?
– Ce que j'ai pensé ?
Elle tiqua. Manifestement, la question ne lui plaisait pas.
– Oui, insista-t-il.
– Que c'était… une chose horrible, énonça-t-elle lentement.
– Oui, qui vous a bouleversée. Je comprends bien. Mais ça devait vous toucher d'une façon plus personnelle encore. Qu'est-ce que ça a représenté au juste pour *vous* ?
Elle lui lança un rapide coup d'œil – sorte de supplique à laquelle il fut sensible. Il atténua quelque peu le sens de sa question :
– Je fais appel, madame, à la femme intelligente, pleine de bon sens et de jugement que vous êtes. Depuis que vous êtes ici, vous avez bien dû vous faire une opinion sur Mrs Marshall, sur le genre de femme qu'elle était ?
– C'est classique quand on séjourne dans un hôtel, avança-t-elle prudemment. Chacun y épie son voisin.
– Bien sûr, quoi de plus naturel ! Aussi aimerais-je savoir, madame, si cette mort vous a réellement surprise.
– Je crois que je comprends, répondit-elle lentement. Que j'aie été bouleversée, ça, oui. Mais

surprise, non, je n'ai pas l'impression. C'était le genre de femme à qui…

Poirot termina pour elle :

– À qui on aurait pu prédire qu'elle finirait ainsi. Oui, madame, c'est la phrase la plus vraie et la plus significative qui ait été prononcée ici ce matin. Abstraction faite de tout sentiment… euh… *personnel*, que pensiez-vous de la victime ?

– Est-il réellement nécessaire d'évoquer tout cela maintenant ?

– Il me semble que oui.

– Que vous dire ?

Son visage se colora soudain, elle baissait sa garde : pendant quelques instants, la vraie femme, la femme jalouse, se montra à découvert :

– C'était pour moi le type même de la créature sans valeur aucune. Elle n'a jamais rien fait qui justifie son existence. Elle n'avait rien dans la tête, pas une once de cervelle. Elle ne pensait qu'aux hommes, à ses toilettes, et à l'effet qu'elle produisait. Une inutile, un parasite ! Elle plaisait aux hommes, j'imagine – bien sûr, qu'elle leur plaisait, suis-je bête ! Elle ne vivait que pour ça. C'est d'ailleurs la raison pour laquelle je n'ai pas été tellement surprise qu'elle finisse de cette façon-là. Chantage, jalousie, violence – elle était de celles qui évoluent dans le sordide. Elle… elle éveillait les instincts les plus vils.

Elle se tut, légèrement haletante, les lèvres crispées en une moue de dégoût.

Il apparut soudain au colonel Weston qu'on n'aurait pu rêver personnes plus différentes qu'Arlena Stuart et Christine Redfern. Il lui apparut aussi que la vie conjugale avec Christine Redfern devait être parfois si étouffante que toutes les Arlena Stuart du monde n'en paraissaient sans doute que plus irrésistibles.

Et, tandis qu'il suivait le cours de ses pensées, un mot prononcé par la jeune femme le frappa soudain avec une force particulière.

Il se pencha en avant :

– Mrs Redfern, pourquoi, en parlant d'elle, avez-vous employé le mot *chantage* ?

7

Christine écarquilla les yeux, comme si elle n'avait pas bien saisi le sens de sa question. Elle répondit machinalement :

– Sans doute parce qu'on la faisait bel et bien chanter. C'était le type même de créature à qui ça arrive.

Le colonel Weston insista :

– Mais… vous *saviez* qu'on la faisait chanter ?

Le rouge monta aux joues de la jeune femme.

– En fait, il se trouve que oui, dit-elle à contrecœur. Je… j'ai surpris une conversation.

– Pouvez-vous être plus explicite ?

Rougissant plus violemment encore, elle raconta :

– Ça s'est passé sans que je le veuille. Et tout à fait par hasard. Il y a de ça deux – non, trois soirs. Nous faisions une partie de bridge.

Elle se tourna vers Poirot :

– Vous vous souvenez ? Miss Darnley, vous, monsieur Poirot, mon mari et moi. Je faisais le mort. Le petit salon était tellement enfumé que je suis sortie prendre l'air. J'ai fait quelques pas en direction de la plage et soudain j'ai entendu des voix. Celle d'Arlena Marshall, que j'ai reconnue tout de suite, disait : « Inutile de me harceler, je ne peux pas obtenir plus d'argent pour le moment. Mon mari se douterait de quelque chose. » Et puis une voix d'homme a répondu : « Pas de baratin. Il faut cracher. » « Vous n'êtes qu'un ignoble maître chanteur ! » s'est écriée Arlena et l'homme a répliqué : « Ignoble ou pas, tu vas casquer, ma toute belle. »

Christine se tut un instant. Puis :

– J'ai fait demi-tour et, presque aussitôt, Arlena Marshall m'a dépassée en courant. Elle semblait… comment dire ? dans tous ses états.

– Et l'homme ? s'enquit Weston. Savez-vous qui c'était ?

Elle secoua la tête :

– Il parlait à voix basse. C'est à peine si je l'ai entendu.

– Rien de familier dans sa voix ?

Elle réfléchit un instant, secoua de nouveau la tête :

– Non, pas que je sache. C'était une voix sourde et menaçante. Ça aurait pu être celle de n'importe qui.

– Merci, Mrs Redfern, dit le colonel.

*

– Enfin, nous tenons quelque chose ! s'exclama Colgate quand la porte se fut refermée sur Christine Redfern.

– Vous croyez ça ? dit Weston.

– Eh bien, c'est pourtant clair, monsieur, vous ne pouvez pas dire le contraire. Il y avait quelqu'un dans cet hôtel qui faisait chanter Mrs Marshall.

– En l'occurrence, ce n'est pas au vilain maître chanteur qu'on a tordu le cou, murmura Poirot. C'est à sa victime.

– Oui, je vous l'accorde, je me suis fourré le doigt dans l'œil, reconnut l'inspecteur. Les maîtres chanteurs n'ont pas pour habitude de tuer la poule aux œufs d'or. Mais ce qu'il y a de sûr, c'est que cette histoire de maître chanteur explique l'étrange comportement de Mrs Marshall ce matin. Elle avait rendez-vous avec le type qui la faisait chanter, et elle ne voulait pas que son mari ou Redfern le sachent.

– Oui, ce serait une explication, admit Poirot.

– Et puis, pensez au lieu du rendez-vous, poursuivit Colgate. L'endroit rêvé. La dame quitte la plage en périssoire – rien que de très normal : elle le fait tous les jours. Elle accoste à la crique aux Lutins où personne ne va jamais le matin : que souhaiter de mieux pour une entrevue discrète ?

– En effet, approuva Poirot, moi aussi, cela m'a frappé. Comme vous dites, c'est l'endroit idéal pour un tête-à-tête. C'est désert, ça n'est accessible par la terre qu'au moyen de l'échelle de fer scellée dans la falaise – ce qui, il faut bien le reconnaître, n'est pas du goût de tout un chacun. Qui plus est, la majeure partie de la plage est cachée par le surplomb de la falaise. Et ce lieu rêvé a encore un dernier avantage. Redfern m'en a parlé l'autre jour. Il y a là-bas une grotte, dont l'entrée n'est pas facile à trouver, mais où on peut se dissimuler et guetter un éventuel arrivant sans se faire soi-même remarquer.

– Bien sûr, la grotte aux Lutins ! marmonna Weston. J'en ai entendu parler.

– Moi aussi, dit Colgate, seulement mes souvenirs remontent à loin. Cela vaudrait peut-être le coup d'aller y jeter un coup d'œil. Qui sait ? On pourrait peut-être y trouver un indice quelconque.

– En tout cas, vous aviez finalement raison de vous réjouir, Colgate, commenta Weston. Et si nous n'avons pas progressé autant que vous l'aviez cru un instant, nous n'en avons pas moins la solution de la première moitié de l'énigme : *pourquoi Mrs Marshall est-elle allée à la crique aux Lutins ?* Reste l'autre moitié : *avec qui y avait-elle rendez-vous ?* Probablement un client de l'hôtel. Aucun d'entre eux n'était convaincant dans le rôle de l'amant de rechange, mais dans celui du maître chanteur, c'est une autre paire de manches.

Il reprit le registre de l'hôtel :

– En laissant de côté les serveurs, barmen, etc. qui ne me paraissent pas avoir le profil voulu, il nous reste : l'Américain – Gardener –, le major Barry, Mr Horace Blatt et le révérend Stephen Lane.

– On peut la réduire, cette liste, dit l'inspecteur. L'Américain est hors du coup : il a passé la matinée sur la plage, n'est-ce pas, monsieur Poirot ?

– Il s'est absenté quelques instants pour aller chercher une pelote de laine pour son épouse, fit remarquer ce dernier.

– Bah, ça ne m'a pas l'air de tirer à conséquence.

– Et les trois autres ? demanda Weston.

– Le major Barry s'est éclipsé à dix heures et n'est réapparu qu'à une heure et demie. Mr Lane a été encore plus matinal. Il a pris son petit déjeuner à huit heures et a dit qu'il partait en excursion. Quant à Mr Blatt, il est sorti en voilier à neuf heures et demie, comme presque tous les jours. Ni l'un ni l'autre ne sont encore rentrés au bercail.

– Sorti en voilier, hein ! releva Weston, pensif.

– Ça cadrerait assez bien, monsieur, répondit Colgate qui comprenait son chef au quart de tour.

– Bon, conclut Weston. Nous allons voir ce major Machin et... voyons... qui avons-nous d'autre ? Rosamund Darnley et la demoiselle Brewster qui a trouvé le corps avec Redfern. Comment est-elle, Colgate ?

– À vue de nez ? Intelligente, monsieur. Et les pieds sur terre.

– Elle n'avait pas d'opinion sur le meurtre ?

Colgate fit signe que non.

– Je ne pense pas qu'elle ait grand-chose de plus à dire, monsieur, mais il faudra s'en assurer. Et puis il y a les Américains.

Le colonel hocha la tête :

– Faisons-les venir, qu'on en finisse avec ces dépositions. Sait-on jamais, on apprendra peut-être quelque chose. Ne serait-ce que sur cette histoire de chantage.

*

Face aux autorités, Mr et Mrs Gardener présentèrent un front uni. Ce dont Mrs Gardener se justifia tout aussitôt :

– J'espère que vous comprendrez, colonel... Weston – c'est bien cela, n'est-ce pas ?

Rassurée sur ce point, elle se lança :

– Que voulez-vous, je suis encore sous le choc, et Mr Gardener se montre toujours très, très soucieux de ma santé…

– Mrs Gardener est très émotive, plaça le susdit.

– … alors il m'a dit : « Voyons, Carrie, je t'accompagne, cela va de soi. » Non que nous n'ayons la plus vive admiration pour les méthodes de la police britannique, n'allez pas croire. La police britannique, me suis-je laissé dire, agit toujours avec le plus grand doigté et la plus parfaite courtoisie – ce dont je n'avais jamais douté – et il est bien certain que lorsque j'ai perdu un bracelet à l'hôtel *Savoy*, je n'aurais pu rêver jeune homme plus sympathique que l'adorable inspecteur que l'on m'a dépêché et qui d'ailleurs, vous allez rire, a eu tôt fait de découvrir que mon bracelet n'était en fait pas le moins du monde égaré, mais tout bonnement mal rangé. C'est le problème, quand on voyage beaucoup. On ne sait plus très bien où on range ses affaires…

Mrs Gardener s'interrompit – le temps de reprendre posément son souffle avant la dernière ligne droite :

– Toujours est-il que nous sommes, Mr Gardener comme moi-même, on ne peut plus désireux de nous mettre en quatre pour aider la police britannique. Aussi, n'hésitez pas davantage et demandez-moi rigoureusement tout ce que vous voulez savoir.

Trop heureux de s'exécuter, le colonel ouvrit la bouche mais dut différer sa question le temps que Mrs Gardener ajoute :

– C'est bien ce que je t'ai dit que j'allais dire, n'est-ce pas, Odell ? C'est bien ça, n'est-ce pas ?

Et que Mr Gardener réponde :

– Oui, chérie.

Cette fois, Weston s'engouffra dans la brèche :

– J'ai cru comprendre, Mrs Gardener, que votre époux et vous avez passé la matinée entière sur la plage ?

Une fois n'est pas coutume, Mr Gardener fut le plus rapide.

– C'est exact, répondit-il.

– Bien entendu, nous y avons passé la matinée entière ! renchérit Mrs Gardener. Une si belle matinée, si enchanteresse ! Une matinée d'été comme une autre, si vous me suivez, mais avec un je ne sais quoi en plus. Et quand on pense que pas un instant – pas un seul ! – nous ne nous sommes doutés de ce qui se passait à deux pas de là, sur cette plage déserte.

– Avez-vous seulement entrevu Mrs Marshall ?

– Non. C'est ce que j'ai dit à Odell : « Où a donc bien pu passer Mrs Marshall ce matin ? » Je le lui ai dit. Je ne te l'ai pas dit, Odell ? Si, vous voyez bien. Son mari la cherchait, et aussi ce beau garçon, Mr Redfern, qui était là, à ronger son frein et à regarder tout le monde de travers. Et je me suis dit : « Est-ce que ça a le sens commun, quand on a une aussi charmante petite moitié, d'aller courir après cette horrible femme ? » Parce que c'est l'effet qu'elle me faisait. Mrs Marshall ne m'a jamais plu, n'est-ce pas, Odell ?

– Non, chérie.

– Comment un homme aussi bien que le capitaine Marshall a pu épouser une créature pareille, ça me dépasse ! Surtout qu'il a une fille tellement mignonne, en pleine adolescence, et qu'on sait à quel point il est important à cet âge-là d'avoir le bon exemple. Mrs Marshall n'était pas du tout la personne adéquate – aucune éducation et des appétits très, très… animaux. Si le capitaine avait eu pour deux sous de bon sens, il aurait épousé miss Darnley, qui est adorable et d'une distinction folle. J'avoue que je l'admire. Il faut voir comment elle a monté sa maison de couture, le succès qu'elle en a fait ! Et ne venez pas me dire qu'une réussite pareille n'exige pas un cerveau ! Elle ruisselle d'intelligence, il suffit de la regarder pour le voir ! Elle réussirait n'importe quoi ! Vraiment, je l'admire plus que je ne saurais le dire. Et comme je le confiais à Mr Gardener l'autre jour, elle aime le capitaine Marshall, ça se voit comme le nez au milieu de la figure. Elle en est folle, c'est ce que je t'ai dit, n'est-ce pas, Odell ?

– Oui, chérie.

– Il paraît qu'ils sont amis d'enfance, et qui sait, maintenant que cette créature est hors de la circulation, peut-être que tout finira bien. Je n'ai pas l'esprit étroit, colonel Weston, je n'ai rien contre le monde du spectacle, n'allez pas croire cela. Du reste, j'ai beaucoup d'amies comédiennes. Mais dès le début, j'ai dit à Mr Gardener qu'il y avait quelque chose de mauvais chez cette femme, et vous voyez, j'avais raison.

Elle se tut, triomphante.

Un léger sourire aux lèvres, Hercule Poirot croisa le regard sagace de Mr Gardener.

– Eh bien, je vous remercie, Mrs Gardener, dit

le colonel d'une voix où perçait le désespoir. Je suppose que vous ou votre mari n'avez rien remarqué, au cours de votre séjour, qui pourrait avoir un rapport quelconque avec notre enquête ?

– Non, je ne pense pas, dit Gardener de son accent traînant. Mrs Marshall passait le plus clair de son temps avec le jeune Redfern, mais ça, tout le monde peut vous le dire.

– Et son mari ? Il prenait ça comment, à votre avis ?

– Le capitaine Marshall est un homme très réservé, dit prudemment Mr Gardener.

– Ça, oui ! confirma Mrs Gardener. Un vrai Britannique !

*

Des émotions contradictoires se livraient bataille sur le visage apoplectique du major Barry. Il faisait de son mieux pour paraître sincèrement horrifié mais ne parvenait pas à réprimer un plaisir vaguement honteux.

– Heureux de vous aider, dit-il de sa voix éraillée, légèrement asthmatique. Je ne sais rien sur cette affaire, notez. Rien de rien. C'est à peine si je connaissais les intéressés. Mais, de mon temps, j'ai pas mal bourlingué – j'ai vécu longtemps en Orient, vous savez ce que c'est, et je peux vous dire qu'après avoir été en poste au fin fond des Indes, ce qu'on ignore encore de la nature humaine ne vaut pas le coup qu'on s'y attarde.

Il s'interrompit pour reprendre son souffle. Puis repartit de plus belle :

– À dire vrai, cette affaire me rappelle une histoire à Simla. Un type qui s'appelait Robinson. Ou bien est-ce que c'était Falconer ? East Wilts, en tout cas, son régiment… Remarquez, c'était peut-être le North Surrey ? Je ne me souviens plus. Sans intérêt, de toute façon. Tranquille comme Baptiste, ce type, toujours le nez dans des bouquins, la crème des hommes. Eh bien toujours est-il qu'un beau soir, il s'est jeté sur sa femme dans leur bungalow, et il l'a à moitié étranglée. Elle le trompait à droite et à gauche et il avait fini par l'apprendre. Bon sang ! Il a bien failli lui régler son compte. Ç'a été moins une. On en est tous restés comme deux ronds de flan. Jamais on ne l'aurait cru capable de ça.

– Et vous voyez là une analogie avec la mort de Mrs Marshall ? parvint à placer Poirot.

– Ben, vous voyez ce que je veux dire : étranglée. Même topo. Le type qui voit rouge d'un seul coup.

– Vous pensez que le capitaine Marshall a vu rouge ? s'enquit Poirot.

– Eh, attention ! Je n'ai pas dit ça.

Le visage du major vira au cramoisi :

– Je n'ai jamais parlé de Marshall, moi. Rien à dire sur ce garçon. Je m'en voudrais de lui porter tort.

– Ah, je vous demande bien pardon, protesta Poirot, mais vous avez bel et bien fait allusion aux réactions d'un mari trompé.

– Ce que je veux dire, c'est qu'elle avait le feu quelque part, vu ? Le petit Redfern, elle en avait fait son jouet. Et ça n'était sûrement pas le premier. Moi, ce qui m'épate toujours, c'est les maris. Comment font-ils pour être aussi bouchés ? Pas croyable ! Ils voient que leur femme plaît à un type mais ils ne voient pas que le type plaît à leur femme. Je me souviens d'une affaire comme ça, à Poona. Joli brin de fille. Bon sang ! On peut dire qu'elle lui en a fait voir de toutes les couleurs, à son mari...

– Oui, oui, très bien, major, coupa le colonel Weston qui donnait quelques signes de nervosité. Pour l'instant, ce que nous cherchons, c'est tout bonnement à établir des faits. Auriez-vous vu ou remarqué quelque chose qui pourrait nous être utile ?

– En toute franchise, Weston, non, je ne peux pas dire. Je l'ai vue avec le jeune Redfern un après-midi à l'anse aux Mouettes.

Il fit un clin d'œil entendu souligné d'un rire épais :

– Pas déplaisant, comme spectacle... Mais ce n'est sûrement pas le genre de témoignage que vous attendez. Ha ! ha !

– Vous n'avez absolument pas vu Mrs Marshall ce matin ?

– Je n'ai vu personne, ce matin. Je suis allé à St Loo. Bien ma veine, ça. Ici, c'est le calme plat pendant des mois, et le jour où il y a enfin du mouvement, je ne suis pas au poste !

Il y avait quelque chose d'obscène dans le ton frustré du major.

Le colonel Weston saisit l'occasion :

– Vous êtes allé à St Loo, disiez-vous ?

– Oui, quelques coups de fil à donner. Il n'y a pas de téléphone, à l'hôtel. Quant à la cabine de Leathercombe, le moins qu'on puisse dire c'est que les conversations privées ne sont pas perdues pour tout le monde.

– C'étaient des communications de nature très confidentielle ?

Le major Barry fit un clin d'œil jovial.

– Eh bien, oui et non. Je voulais appeler un ami pour lui demander de mettre de l'argent sur un cheval. Je n'ai pas réussi à l'avoir. Ça n'était pas mon jour de veine.

– D'où avez-vous appelé ?

– St Loo, poste principale. Et puis, sur le chemin du retour, je me suis perdu. Avec ces fichues routes qui se croisent et s'entrecroisent et se ressemblent toutes comme deux gouttes d'eau… Perdu une heure au bas mot. Vous parlez d'un bled à la noix ! Je suis rentré il y a à peine une demi-heure.

– À St Loo, vous avez parlé à quelqu'un ? Rencontré quelqu'un ?

– Histoire de vérifier mon alibi ? gloussa le major. Négatif. Je ne peux rien pour vous. J'ai bien vu cinquante mille pékins à St Loo, mais ça ne veut pas dire qu'ils se souviendront de moi.

– Désolé, major, dit le chef de la police. Mais ces questions, nous sommes obligés de les poser.

– Et vous faites bien. À votre service de jour comme de nuit. Je serai toujours ravi de vous être utile. Une femme affriolante, la victime. Je ne serais pas fâché de vous aider à coffrer le type qui a fait le coup. « Le meurtre de la plage déserte » – je vois d'ici les gros titres. Ça me rappelle l'époque où…

Cette fois, ce fut l'inspecteur Colgate qui étouffa dans l'œuf cette énième réminiscence en guidant habilement l'intarissable major vers la sortie.

– Difficile de vérifier quoi que ce soit à St Loo en ce moment, dit-il en revenant s'asseoir. On est en pleine saison.

– Donc, impossible de le rayer de la liste, conclut le chef de la police. Ce n'est pourtant pas que je le croie dans le coup. Ce type de raseur court les rues ! J'en ai connu deux ou trois quand je faisais mon service. Mais enfin il subsiste toujours un doute. Vous me vérifierez ça, Colgate. À quelle heure il a pris sa voiture, l'essence, etc. Il aurait pu se garer quelque part dans un coin tranquille, revenir à pied et se faufiler jusqu'à la crique. Mais je n'y crois pas trop. Il y aurait eu trop de risque de se faire voir...

– Pas tant que ça, monsieur, dit l'inspecteur. C'est plein de cars à Leathercombe, aujourd'hui. Il fait beau. Les gens commencent à arriver vers onze heures et demie. La marée haute était à sept heures, la marée basse vers une heure. Ça fait toute une foule éparpillée sur le rivage et la jetée.

– Oui, dit Weston, mais en venant de la jetée, il aurait dû passer devant l'hôtel.

– Pas juste devant. Il a très bien pu bifurquer sur le chemin qui grimpe au sommet de l'île.

– Peut-être... Je ne prétends pas qu'on l'aurait forcément vu, dit Weston d'un air dubitatif. En dehors de Mrs Redfern et de la petite Marshall qui sont allées à l'anse aux Mouettes, la plupart des clients de l'hôtel étaient sur la grande plage. Seules quelques chambres donnent sur le chemin et il y a de fortes chances pour que personne n'ait regardé par la fenêtre à ce moment précis. Et, à la vérité, je suppose qu'on peut très bien monter jusqu'à l'hôtel, traverser le salon et ressortir sans être vu. Mais ce que je veux dire, c'est qu'il ne *pouvait pas* compter là-dessus.

– Il aurait pu se rendre à la crique par mer.

Weston acquiesça :

– Oui, je préfère ça. Admettons qu'il ait eu un bateau à l'abri dans une crique voisine. Il a pu laisser sa voiture à Leathercombe, prendre le bateau, ramer jusqu'à la crique aux Lutins, tuer Arlena Marshall, repartir à la rame, reprendre sa voiture et rentrer à l'hôtel avec cette histoire de téléphone et de temps perdu sur le chemin du retour – histoire dont il savait pertinemment qu'elle serait difficile à démolir, bien sûr.

– Très juste, monsieur.

– Bon, eh bien, à vous de jouer, Colgate. Passez les environs au peigne fin. Vous savez quoi faire. En attendant, voyons miss Brewster.

*

Le témoignage d'Emily Brewster n'apporta aucun élément qu'ils ne connaissent déjà.

– Et vous ne savez rien qui pourrait nous être d'une quelconque utilité ? insista Weston quand elle eut répété son histoire.

Elle ne se départissait jamais de son style lapidaire :

– Non. C'est moche, cette histoire. Enfin ! Vous aurez vite fait d'en voir le bout.

– Je l'espère bien, dit Weston.

– Ça ne devrait pas être sorcier, ironisa-t-elle.

– Qu'entendez-vous par là, miss Brewster ?

– Ne le prenez pas mal. Loin de moi de vous apprendre votre métier. Tout ce que je voulais dire, c'est qu'avec ce genre de bonne femme, il n'y a pas à aller chercher midi à quatorze heures.

– C'est là votre opinion ? s'enquit fort courtoisement Poirot.

– Et comment ! *De mortuis nil nisi bonum,* j'en passe et des meilleures, mais un fait est un fait. Cette femme n'était qu'une moins que rien. À condition d'avoir l'estomac solide, vous n'aurez qu'à fouiller dans son passé.

– Vous ne la portiez pas dans votre cœur, constata Poirot, toujours aimable.

– J'en sais un peu trop sur son compte.

En réponse aux regards interrogateurs fixés sur elle, elle expliqua :

– Mon cousin germain a épousé une Erskine. Vous avez certainement entendu raconter comment cette femme a amené le vieux sir Robert, qui était complètement gâteux, à lui laisser la totalité de sa fortune au détriment de sa propre famille.

– Et la famille en a conçu, hum... quelque rancœur ? demanda Weston.

– Naturellement. Qu'il s'affiche avec elle, c'était déjà scandaleux, mais qu'il lui laisse par-dessus le marché quelque chose comme cinquante mille livres, ça montre bien quel genre de femme c'était. Je sais que ça a l'air dur de parler comme ça, mais à mon avis, on n'a pas de compassion à gaspiller pour des Arlena Stuart. Et il y a aussi un garçon qui a perdu la boule pour elle. Il s'est compromis dans une opération financière douteuse à seule fin d'avoir de l'argent pour l'épater – et ce n'est que de justesse s'il a échappé aux poursuites. Bien sûr, il avait toujours été un peu dissipé, mais c'est elle qui l'a fait basculer. Cette femme détruisait tous ceux qui l'approchaient. Regardez ce qu'elle était en train de faire du petit Redfern ! Non, je m'excuse, je ne verse pas de larmes sur sa mort. J'aurais préféré, bien sûr, qu'elle boive la tasse ou qu'elle dégringole de la falaise. Un meurtre, c'est quand même déplaisant.

– Vous pensez donc que le meurtrier serait lié à son passé ?

– Oui.

– Quelqu'un qui serait venu de Leathercombe sans qu'on le voie ?

– Pourquoi l'aurait-on vu ? Nous étions quasiment tous à la plage. D'après ce que j'ai cru comprendre, la petite Marshall et Christine Redfern étaient à l'anse aux Mouettes. Quant au capitaine Marshall, il travaillait dans sa chambre. Alors qui diable aurait pu voir l'assassin, en dehors peut-être de miss Darnley ?

– Où était miss Darnley ?

– En haut de la falaise, un endroit qu'on appelle Roc-Soleil. Mr Redfern et moi l'avons aperçue en partant vers la crique aux Lutins.

– Vous avez peut-être raison, miss Brewster, dit le colonel.

– Bien sûr que j'ai raison ! trancha miss Brewster, catégorique. Quand une femme n'a toujours été qu'une traînée, c'est dans sa vie – et pas ailleurs – qu'il faut aller chercher l'origine des tuiles qui peuvent lui tomber dessus. Vous n'êtes pas de mon avis, monsieur Poirot ?

Hercule Poirot croisa son regard gris qui ne connaissait pas le doute.

– Oh oui, je suis bien d'accord avec ce que vous venez de dire à l'instant. Seule Arlena Marshall peut nous donner la clé de sa propre mort.

– Vous voyez bien ! conclut-elle.

Elle se leva et leur fit face, bloc de certitude tranquille.

– Soyez assurée, miss Brewster, qu'aucun détail du passé d'Arlena Marshall ne sera laissé de côté, dit Weston.

Emily Brewster sortit.

*

Colgate s'agita dans son fauteuil.

– En voilà une qui ne mâche pas ses mots, remarqua-t-il pensivement. Elle nous l'a proprement arrangée, Mrs Marshall, dites donc.

Il réfléchit un moment et reprit :

– Dommage qu'elle ait un alibi en béton. Avez-vous remarqué ses mains, monsieur ? Aussi larges que celles d'un homme. Et elle est costaud – aussi forte, à mon avis même plus forte que beaucoup d'hommes... Vous dites qu'elle n'a pas quitté la plage de toute la matinée, monsieur Poirot ?

Son regard était presque implorant.

– Mon cher inspecteur, elle est arrivée sur la plage avant que Mrs Marshall ait pu atteindre la crique aux Lutins et je l'ai eue sous les yeux jusqu'à ce qu'elle parte en canot avec Mr Redfern.

– Point final, dit tristement Colgate.
Il en parut très affecté.

*

Comme toujours, Hercule Poirot éprouva un vif plaisir à la vue de Rosamund Darnley.

En sa présence, même une enquête criminelle engluée dans les détails sordides vous prenait un petit air de distinction.

Elle s'assit en face du colonel et leva vers lui son visage grave et intelligent :

– Vous voulez mon nom et mon adresse ? Rosamund Anne Darnley. Je possède une maison de couture : Rose Mond Ltd, au 622, Brooke Street.

– Je vous remercie, miss Darnley. Savez-vous quoi que ce soit qui pourrait nous aider ?

– Je crains que non.

– Votre emploi du temps ?

– J'ai pris mon petit déjeuner à neuf heures et demie, puis je suis montée à ma chambre prendre mon ombrelle et quelques livres et je suis partie m'installer à Roc-Soleil. Il devait être environ dix heures vingt-cinq. Je suis revenue à l'hôtel vers midi moins dix, j'ai pris ma raquette de tennis et je suis allée sur le court où j'ai joué jusqu'à l'heure du déjeuner.

– Entre dix heures et demie et midi moins dix, vous n'avez pas bougé de Roc-Soleil ?

– Non.

– Avez-vous vu Mrs Marshall, ce matin ?

– Non.

– L'avez-vous vue passer dans sa périssoire en direction de la crique aux Lutins ?

– Non, elle a dû le faire avant que je ne sois là-haut.

– Avez-vous remarqué un bateau, un canot, quoi que ce soit, au cours de la matinée ?

– Non. Je lisais. Je relevais les yeux de temps en temps, bien sûr, mais il se trouve qu'à chaque fois la mer était vide.

– Vous n'avez pas même aperçu Mr Redfern et miss Brewster ?

– Non.

– Vous connaissez Mr Marshall, je crois ?

– Le capitaine Marshall est un ami d'enfance. Nos familles étaient voisines. Mais je ne l'avais pas vu depuis longtemps… une douzaine d'années, je crois.

– Et Mrs Marshall ?

– Je n'avais pas échangé plus de trois mots avec elle avant de la rencontrer ici.

– Pour autant que vous le sachiez, Mr et Mrs Marshall s'entendaient bien ?

– Pour autant que je le sache, parfaitement bien.

– Mr Marshall était très attaché à sa femme ?

– C'est très possible. Je n'ai pas grand-chose à vous dire là-dessus. Le capitaine Marshall a un côté vieux jeu. Il ne prend pas son tam-tam pour faire part de ses problèmes conjugaux.

– Mrs Marshall vous était-elle sympathique ?

– Non.

Le mot était tombé, bref et sans fioritures : simple constat de la réalité.

– Pourquoi ça ?

Rosamund eut un demi-sourire :

– Arlena Marshall n'était pas très populaire parmi les représentantes de son sexe, ça n'a pas dû vous échapper ? Elle s'ennuyait à périr en leur compagnie et elle ne le cachait pas. Cela dit, j'aurais aimé l'habiller. Elle avait du chic, une élégance naturelle et beaucoup de goût. J'aurais eu plaisir à l'avoir pour cliente.

– Elle dépensait beaucoup pour ses toilettes ?

– Sans aucun doute. Mais elle avait de l'argent à elle, et puis le moins qu'on puisse dire, c'est que le capitaine Marshall n'est pas dans le besoin.

– Avez-vous entendu dire, ou avez-vous jamais pensé que Mrs Marshall était victime d'un chantage ?

Une intense stupéfaction se peignit sur le visage de Rosamund Darnley :

– Un chantage ? Arlena ?

– L'idée vous surprend tant que cela ?

– Ma foi, oui, plutôt. Ça paraît tellement incongru.

– Mais néanmoins possible ?

– Tout est toujours possible, non ? C'est là un des grands enseignements de la vie. Seulement je ne vois pas pour autant à propos de quoi quelqu'un aurait fait chanter Arlena.

– Il doit bien y avoir des choses que Mrs Marshall aurait préféré cacher à son mari.

– Peut-être…

Son ton manquait à tel point de conviction qu'elle crut bon d'expliquer, avec un sourire :

– J'ai l'air sceptique, mais les frasques d'Arlena étaient de notoriété publique. Elle n'a jamais posé à la dame d'œuvres.

– Vous pensez donc que son mari était au courant de ses, euh… engouements ?

Il y eut un silence. Rosamund hésitait, le sourcil froncé.

– Franchement, je ne sais pas très bien, dit-elle lentement, comme à contrecœur. J'ai toujours supposé que Kenneth acceptait Arlena telle qu'elle était, qu'il n'avait pas d'illusions à son sujet. Mais je peux me tromper.

– Il aurait pu avoir aveuglément confiance en elle ?

Rosamund s'échauffa un peu.

– Les hommes sont tellement stupides ! fit-elle, à la limite de l'exaspération. Et Kenneth Marshall, sous ses airs à la page, ne connaît rien à rien. Je n'exclus pas la possibilité qu'il ait eu en elle une confiance aveugle, qu'il se soit tout bonnement imaginé qu'Arlena n'avait que… que des… admirateurs.

– Vous ne voyez vraiment personne qui aurait pu en vouloir à Mrs Marshall ?

Rosamund Darnley sourit :

– En dehors des femmes jalouses, personne. Mais étant donné la méthode employée, je suppose que l'assassin est un homme.

– Exact.

– Non, vraiment, je ne vois pas, dit-elle après un instant de réflexion. Mais sans doute suis-je assez mal placée pour en juger. Il faudrait poser la question à ses intimes.

– Je vous remercie, miss Darnley.

Rosamund pivota d'un quart de tour dans son fauteuil :

– M. Poirot n'a pas de questions à me poser ?

Hercule Poirot succomba à son petit sourire ironique.

– Je n'en vois aucune, répondit-il, sous le charme.

Rosamund Darnley prit congé et s'en fut.

8

Dans la chambre qui avait été celle d'Arlena Marshall, deux larges baies vitrées donnaient sur un balcon d'où l'on apercevait la grande plage et, au-delà, la mer.

Le soleil, qui inondait la pièce, faisait miroiter sur la coiffeuse une ébouriffante collection de pots et de flacons. Il y avait là toutes les variétés de cosmétiques et d'onguents connues des instituts de beauté.

Trois hommes s'affairaient méthodiquement dans cette atmosphère archiféminine.

L'inspecteur Colgate, qui ouvrait et refermait des tiroirs, annonça d'un grognement qu'il venait de faire une découverte : un paquet de lettres dont il entreprit l'examen avec le colonel Weston.

De son côté, Hercule Poirot avait ouvert les deux battants de la penderie et se trouvait face à une forêt de robes élégantes et de tenues décontractées. Sur des rayons, s'empilait de la lingerie vaporeuse. Un rayonnage plus haut était réservé aux chapeaux : deux de plage en carton bouilli : l'un d'un rouge laque, l'autre d'un jaune pâle, une grande paille de style hawaïen, une chose languissante en linon bleu foncé, trois ou quatre bibis ridicules qui, sans aucun doute, avaient coûté chacun beaucoup plus que leur pesant de guinées, une espèce de béret bleu foncé, un toupillon – il n'y avait pas d'autre mot – de velours noir, un turban gris pâle.

Hercule Poirot les passa en revue, un sourire indulgent aux lèvres.

– Ah, les femmes ! murmura-t-il.

Le colonel Weston repliait les lettres.

– Trois de ce jeune crétin de Redfern, annonça-t-il. Ah là là ! Dans quelques années, il saura qu'on n'écrit pas. Les femmes jurent qu'elles brûlent vos lettres mais elles les gardent toujours. Tiens, en voilà une autre du même tonneau.

Il la tendit au détective.

Arlena chérie,

J'ai un cafard noir. Partir pour la Chine et ne pas te voir pendant des années et des années, peut-être... Je t'aime comme un fou. Je ne savais pas qu'on pouvait aimer à ce point si longtemps. Merci pour le chèque. Il n'y aura pas de poursuites, maintenant. Mais ça n'est pas passé loin. Et tout cela parce que je voulais gagner des millions pour toi. Me pardonneras-tu ? Je voulais accrocher des diamants à tes oreilles, tes oreilles adorables, et mettre à ton cou les plus belles perles du monde... mais il paraît que les perles ne sont plus à la mode. Une émeraude fabuleuse, alors ? Oui, voilà ce que je veux pour toi. Une magnifique émeraude, froide et verte et pleine de feux cachés... Pense à moi, mais tu ne m'oublieras pas, je le sais, tu es à moi, pour toujours.

Adieu, adieu, adieu, J.N.

– Ça serait intéressant de savoir si ce J.N. est réellement parti pour la Chine, dit Colgate. Sinon, il ferait bien l'affaire. Amoureux fou, à plat ventre devant sa déesse et s'apercevant un beau jour qu'elle s'est payé sa tête. Ça ne m'étonnerait pas qu'il s'agisse du garçon dont a parlé miss Brewster. Oui, j'ai l'impression qu'il y a quelque chose à tirer de cette lettre.

Poirot hocha la tête :

– Oui, cette lettre est très importante. Très importante, à mon avis.

Il jeta un dernier regard dans la pièce, enregistrant machinalement la coiffeuse encombrée de flacons, l'armoire ouverte et un gros Pierrot de chiffon qui se prélassait insolemment sur le lit.

Ils passèrent dans la chambre voisine, celle de Kenneth Marshall.

Les deux pièces ne communiquaient pas. La chambre du capitaine, plus petite que celle de sa femme mais avec la même vue, n'avait pas de balcon. Entre les deux fenêtres était accroché un miroir doré. Dans l'angle de celle de droite se trouvait la coiffeuse où étaient disposés deux brosses en ivoire, une brosse à vêtements et un flacon de lotion capillaire. À gauche, sur une table qui servait de bureau, il y avait une machine à écrire avec une pile de papiers rangée à côté.

Colgate les parcourut rapidement.

– Tout ça a l'air parfaitement normal, dit-il. Ah, voilà la lettre dont Marshall a parlé ce matin. Datée du 24, c'est-à-dire d'hier, et voilà l'enveloppe oblitérée à Leathercombe ce matin. Ça me paraît régulier. On va bien voir s'il a pu préparer sa réponse à l'avance, conclut-il en s'asseyant.

– Pendant ce temps, nous allons jeter un œil aux autres chambres, dit Weston. J'ai fait interdire l'accès au couloir, mais ils commencent tous à piaffer.

Le colonel et Poirot entrèrent dans la chambre de Linda. Orientée à l'est, elle donnait sur les rochers qui plongeaient dans la mer.

– Je ne pense pas qu'il y ait grand-chose pour nous ici, dit Weston après un coup d'œil circulaire. Bien sûr. Marshall aurait pu y cacher quelque chose qu'il voulait soustraire aux recherches, mais j'en doute. Après tout, il n'y a pas d'arme à faire disparaître dans cette affaire.

Il sortit.

Poirot s'attarda cependant. La cheminée l'intéressait. On y avait récemment brûlé quelque chose. Il s'agenouilla et tira patiemment des cendres ses trouvailles qu'il aligna sur une feuille de papier. Une plaque informe de bougie fondue, des morceaux de papier ou de carton vert qui semblaient provenir d'un éphéméride car sur un fragment non consumé on voyait un gros « 5 » et sur un autre quelques mots imprimés : «… nobles actions… ». Il y avait également une épingle ordinaire et un conglomérat qui aurait pu être des cheveux carbonisés.

Poirot arrangea proprement sa pêche et la considéra.

– « Tes nobles actions, accomplis-les, ne te contente pas de les rêver », murmura-t-il. Peut-être… Mais quel est le sens de tout ça ? C'est abracadabrant !

Puis il saisit l'épingle, et son regard vert prit un éclat intense :

– Saperlipopette ! Serait-ce possible ?

Il se releva et regarda tout autour de lui avec sur le visage une expression nouvelle. Une expression grave, presque sévère.

À gauche de la cheminée, il y avait une étagère avec une rangée de livres. Il s'approcha et lut les titres : une Bible, un exemplaire fatigué du théâtre de Shakespeare, *Le Mariage de William Ashe* de Mrs Humphry Ward, *La Jeune Belle-Mère* de Charlotte Yonge, *Le Gars du Shropshire, Meurtre dans la cathédrale* d'Eliot, *Sainte Jeanne* de Bernard Shaw, *Autant en emporte le vent* de Margaret Mitchell et *La Chambre ardente* de John Dickson Carr.

Il prit deux de ces livres, *La Jeune Belle-Mère* et *William Ashe*, et examina le tampon à demi effacé sur la page de garde. En les remettant en place, il aperçut, caché derrière les autres, un petit volume relié de cuir marron. Il le prit et l'ouvrit.

– J'avais donc raison, se congratula-t-il en hochant lentement la tête. Oui, j'avais raison. Mais pour l'autre… est-ce possible ? Non, sûrement pas, à moins que…

Il resta là, immobile, lissant ses moustaches, tandis que son esprit fonctionnait à toute allure.

– À moins que…, répéta-t-il à mi-voix.

*

Weston apparut sur le seuil :

– Toujours là, Poirot ?

– J'arrive, j'arrive, s'écria ce dernier en rejoignant à la hâte le colonel dans la chambre des Redfern.

D'un coup d'œil, il releva machinalement les marques de deux personnalités opposées : une netteté méticuleuse, facilement associée à Christine, et un désordre pittoresque qui allait bien avec Patrick. En dehors de cet éclairage sur le caractère de ses occupants, la pièce ne l'intéressa pas.

Dans la chambre suivante, en revanche, celle de Rosamund Darnley, il s'attarda un moment avec délectation. Il nota les livres sur la table de chevet, la luxueuse simplicité des objets de toilette posés sur la coiffeuse. Et le parfum subtil et coûteux de la jeune femme qui flottait dans la pièce.

Au bout du couloir, après la chambre de Rosamund Darnley, une porte-fenêtre ouvrait sur un balcon, avec un escalier extérieur qui descendait jusqu'aux rochers.

– C'est par là que passent les amateurs de baignade matinale, dit Weston. Du moins, ceux que les rochers ne gênent pas.

Une lueur d'intérêt dans le regard, Poirot se pencha au balcon. Un sentier menait à des marches taillées en zigzag dans le roc jusqu'à la mer. Un autre sentier contournait l'hôtel par la gauche.

– On pourrait descendre par là, contourner l'hôtel et rejoindre la route de la jetée, observa-t-il.

– On peut même traverser l'île sans du tout passer par l'hôtel, ajouta Weston… Mais il y a quand même un risque d'être vu d'une fenêtre.

– Laquelle ?

– Deux salles de bains communes ont la vue de ce côté – au nord –, ainsi que la salle de bains du personnel et le vestiaire du rez-de-chaussée. Et aussi la salle de billard.

Poirot hocha la tête :

– Mais à l'exception de la dernière, les vitres sont en verre dépoli. Et on ne joue pas au billard par un beau matin d'été.

– Très juste.

Il y eut un silence.

– Si c'est lui l'assassin, c'est par là qu'il est passé, reprit Weston.

– Vous voulez dire le capitaine Marshall ?

– Oui. Chantage ou pas chantage, pour moi, c'est toujours lui. Et puis son comportement… son comportement est assez fâcheux.

– Sans doute, ironisa Poirot, mais depuis quand le comportement fait-il le meurtrier ?

– Alors, pour vous, il est hors du coup ? gémit Weston.

Poirot secoua la tête :

– Non, je ne serais pas aussi affirmatif.

– Nous verrons bien ce qu'il restera de son alibi après les vérifications de Colgate, décréta Weston. En attendant, je dois interroger la femme de chambre de l'étage. Son témoignage peut être déterminant.

Gladys Narracott, âgée d'une trentaine d'années, rapide, efficace et vive, répondit avec assurance aux questions de la police.

Le capitaine Marshall était monté peu après dix heures et demie. Elle était en train de finir sa chambre. Il lui avait demandé de faire au plus vite. Elle ne l'avait pas vu revenir mais avait entendu le cliquetis de la machine à écrire peu de temps après, vers onze heures moins cinq, estimait-elle. Elle se trouvait alors dans la chambre de Mr et Mrs Redfern. Ensuite, elle avait fait celle de miss Darnley, au bout du couloir. De là, elle ne pouvait pas entendre la machine à écrire. Il devait être alors onze heures : en entrant dans la chambre, elle avait entendu sonner la cloche de l'église de Leathercombe. À onze heures et quart, elle était de retour à l'office pour prendre sa tasse de thé et manger un morceau. Ensuite, elle avait poursuivi son travail dans l'autre aile du bâtiment.

En résumé, elle déclara avoir fait les chambres dans l'ordre suivant : celle de miss Linda d'abord, les deux salles de bains communes, celle de Mrs Marshall, celle du capitaine, celle de Mr et Mrs Redfern, celle de miss Darnley. Toutes comportaient une salle de bains, sauf celles de Mr Marshall et de sa fille.

Non, de chez miss Darnley, elle n'avait entendu personne passer dans le couloir ou emprunter l'escalier extérieur, mais elle n'aurait sans doute rien entendu si quelqu'un avait marché sur la pointe des pieds.

Les questions de Weston portèrent ensuite sur Mrs Marshall.

Non, Mrs Marshall n'était pas matinale en général, et elle, Gladys Narracott, avait été étonnée de trouver la chambre vide à dix heures à peine sonnées. C'était tout à fait inhabituel.

– Mrs Marshall prenait toujours son petit déjeuner au lit ?

– Oh oui, monsieur, toujours. Elle prenait trois fois rien, d'ailleurs. Une tasse de thé, un jus d'orange, un toast. Pour sa ligne, comme beaucoup de dames.

Non, en lui apportant son plateau, elle n'avait rien remarqué de particulier dans le comportement de Mrs Marshall. Elle avait l'air tout ce qu'il y a de normal.

– Que pensiez-vous de Mrs Marshall ? interrogea Poirot.

Gladys Narracott eut l'air choqué :

– Voyons, monsieur, ce n'est pas à moi de dire ça...

– Mais si, c'est à vous. Nous souhaiterions, nous souhaiterions beaucoup avoir votre sentiment.

Gladys chercha un secours du côté du colonel, lequel, en dépit du léger embarras où le mettaient les façons de son collègue étranger, s'efforça de lui exprimer bienveillance et approbation :

– Euh... oui, certainement. Allez-y, mon petit.

Gladys Narracott, que son assurance désertait soudain, se mit à tripoter nerveusement sa robe imprimée :

– Eh bien, Mrs Marshall... on pouvait pas dire que c'était exactement une dame. Enfin, je veux dire, elle était plutôt comme une actrice.

– C'était une actrice, souligna le colonel.

– Oui, monsieur, c'est ce que je disais. Elle se moquait bien de ce qu'on pouvait penser. Elle ne... eh bien, elle ne s'embarrassait pas de politesse si elle n'en avait pas envie. Avec elle, c'était des « mon chou », et puis, l'instant d'après, elle ne trouvait plus quelque chose, ou bien on ne répondait pas assez vite à son coup de sonnette, ou son linge n'était pas prêt ou quoi, et elle vous traitait comme un chien. On ne peut pas dire qu'on l'aimait beaucoup, nous autres, monsieur. Mais elle avait de belles toilettes et puis, bien sûr, elle était très belle ! Alors les gens l'admiraient, c'est normal.

– Navré de devoir vous poser cette question, dit le colonel, mais il s'agit d'un point essentiel. Pouvez-vous nous dire comment cela se passait entre elle et son mari ?

– Vous ne... Ce n'est... Vous ne pensez pas que ce serait... *lui* ? demanda-t-elle après un instant d'hésitation.

– Et vous ? lui retourna Poirot.

– Oh, je m'en voudrais ! C'est un monsieur tellement bien, le capitaine Marshall. Il ne pourrait pas faire une chose pareille. Je suis bien sûre que non...

– Mais pas *entièrement* sûre – cela s'entend à votre voix.

– On lit tellement de choses dans les journaux, avoua-t-elle à contrecœur. Quand la jalousie s'y met... Si ce qu'on disait est vrai – et Dieu sait que ça faisait jaser – sur elle et Mr Redfern, je veux dire. Et la pauvre Mrs Redfern qui est tellement correcte et gentille ! Si c'est pas honteux, quand même ! Et Mr Redfern, c'est un monsieur bien, lui aussi, mais il faut croire que les hommes sont incapables de résister à une femme comme Mrs Marshall – une femme qui a l'habitude d'avoir ce qu'elle veut. Une épouse, ça doit passer sur beaucoup de choses, c'est sûr.

Cette considération arracha un soupir à Gladys Narracott :

– ... Mais si le capitaine s'était rendu compte...

– Oui ? la pressa Weston.

– J'ai souvent pensé que Mrs Marshall avait peur que son mari apprenne la vérité.

– Qu'est-ce qui vous fait dire ça ?

– Oh, rien de précis. C'est juste une impression que j'ai eue parfois… qu'elle avait peur de lui. Il était toujours très courtois et tout, mais il n'était… il n'était pas facile.

– Mais vous n'avez rien de plus précis… des choses qu'ils se seraient dites, par exemple ?

Gladys Narracott secoua lentement la tête.

– Bien, soupira Weston, venons-en au courrier que Mrs Marshall a reçu ce matin. Vous pouvez nous en dire quelque chose ?

– Il y avait six ou sept lettres, monsieur. Je ne pourrais pas dire au juste.

– C'est vous qui les lui avez montées ?

– Oui, monsieur. On me les a données au bureau et je les ai posées sur le plateau du petit déjeuner.

– Quel genre de lettres, vous vous en souvenez ?

– Non, elles n'avaient rien de spécial. Il y avait des factures et aussi des prospectus. J'en ai retrouvés déchirés sur le plateau.

– Qu'en avez-vous fait ?

– Je les ai jetés à la poubelle. Un monsieur de la police est en train de la fouiller.

– Et le contenu des corbeilles à papier, qu'est-il devenu ?

– Il est aussi dans la poubelle.

– Hum. Bon. Je crois que ce sera tout, conclut le colonel en interrogeant Poirot du regard.

Celui-ci se pencha vers Gladys :

– Quand vous avez fait la chambre de miss Linda Marshall ce matin, avez-vous nettoyé la cheminée ?

– Il n'y avait rien à nettoyer, monsieur. Il n'y avait pas eu de feu.

– Il n'y avait rien dans l'âtre ?

– Non, monsieur, c'était tout propre.

– À quelle heure avez-vous fait sa chambre ?

– Vers neuf heures et quart, monsieur, quand elle est descendue prendre son petit déjeuner.

– Savez-vous si elle est remontée dans sa chambre ensuite ?

– Oui, monsieur, vers dix heures moins le quart.

– Et elle est restée dans sa chambre ?

– Je crois bien que oui. Elle n'en est sortie qu'un peu avant dix heures et demie. Elle avait l'air très pressé.

– Vous n'êtes pas retournée dans sa chambre ?

– Non, monsieur. Je l'avais terminée.

Poirot hocha la tête.

– Il y a encore une chose que j'aimerais savoir, dit-il. Qui est allé se baigner avant le petit déjeuner, ce matin ?

– Je ne sais pas pour l'autre aile et l'étage audessus ; seulement pour celui-ci.

– C'est tout ce que je veux savoir.

– Eh bien, Mr Marshall et Mr Redfern, je pense. Ils vont se baigner tous les matins.

– Les avez-vous vus descendre ?

– Non, mais leurs affaires séchaient sur le balcon comme d'habitude.

– Et miss Marshall ? Elle n'est pas allée se baigner ?

– Non, monsieur, tous ses maillots étaient secs.

– Ah ! C'est cela que je voulais savoir.

– Mais elle y va presque tous les matins, précisa d'elle-même Gladys Narracott.

– Et les trois autres ? Miss Darnley, Mrs Redfern et Mrs Marshall ?

– Mrs Marshall, jamais. Miss Darnley, une ou deux fois, je pense. Et Mrs Redfern, c'est rare qu'elle se baigne avant le petit déjeuner, seulement s'il fait très chaud, mais en tout cas, pas ce matin.

Poirot hocha de nouveau la tête :

– Auriez-vous vu, par hasard, s'il manquait une bouteille quelconque dans l'une ou l'autre des chambres de cette aile ?

– Une bouteille ? Quel genre de bouteille, monsieur ?

– Malheureusement, je l'ignore. Mais si une bouteille – ou un flacon, pourquoi pas ! – avait disparu, vous le remarqueriez ?

– Sûrement pas chez Mrs Marshall en tout cas, monsieur. Il y en a une telle collection !

– Et dans les autres chambres ?

– Eh bien, chez miss Darnley, je ne suis pas sûre, elle a pas mal de crèmes et de lotions, elle aussi. Mais dans les autres chambres, oui, je le verrais. À condition que je fasse attention, évidemment – je veux dire : si je regardais exprès.

– Et vous n'avez rien remarqué ?

– Non, mais je ne faisais pas attention, justement.

– Alors, peut-être pourriez-vous aller jeter un coup d'œil ?

– Tout de suite, monsieur.

Dès qu'elle s'en fut allée dans un froufrou empressé, Weston se tourna vers Poirot :

– À quoi rime tout cela ?

– C'est mon esprit ordonné, murmura Poirot, il se tourmente pour des broutilles. Ce matin, miss Brewster s'est baignée en bas des rochers et elle dit qu'elle a failli être assommée par une bouteille jetée d'une des fenêtres de l'hôtel. Eh bien, je veux savoir qui a jeté cette bouteille et pourquoi.

– Mon cher ami, n'importe qui peut l'avoir jetée !

– Pas du tout ! Pour commencer, elle n'a pu être jetée que d'une des fenêtres de la façade est, c'est-à-dire de l'une des chambres que nous venons de visiter. Maintenant, je vous le demande : si vous avez une bouteille ou un flacon vide sur votre coiffeuse ou dans votre salle de bains, qu'en faites-vous ? Je vais vous le dire, moi : vous jetez l'objet inutile dans la corbeille. Vous ne prenez pas la peine de sortir sur votre balcon pour l'envoyer dans la mer. D'abord, vous pourriez blesser quelqu'un, ensuite c'est se donner beaucoup de mal pour rien. Sauf *si vous tenez à ce que personne ne mette la main sur cette bouteille ou sur ce flacon-là*.

Weston le regarda fixement.

– L'inspecteur Japp, avec qui j'ai travaillé il n'y a pas bien longtemps sur une affaire, parle à qui veut l'entendre de votre fichu esprit tortueux. Aussi je vous en prie, ne venez pas me dire qu'Arlena Marshall n'a pas été le moins du monde étranglée, mais bel et bien empoisonnée au moyen d'une mystérieuse drogue provenant d'un mystérieux flacon.

– Non, non, je ne pense pas qu'il y avait du poison dans le flacon en question.

– Alors quoi ?
– Je n'en ai pas la moindre idée. C'est pour ça que ça m'intéresse.
Gladys Narracott ne tarda pas à revenir, légèrement essoufflée :
– Je suis désolée, monsieur, je ne vois rien qui manque. Je suis sûre que rien n'a disparu des chambres du capitaine Marshall, de miss Linda et de Mr et Mrs Redfern, et pratiquement sûre qu'il ne manque rien dans les affaires de miss Darnley non plus. Mais pour celles de Mrs Marshall, je ne pourrais pas affirmer. Il y en a trop, comme je le disais.
Poirot haussa les épaules :
– Tant pis. N'en parlons plus.
– Y a-t-il autre chose, messieurs ? demanda Gladys Narracott en tournant son regard de l'un à l'autre.
– Je ne crois pas, merci, dit Weston.
– Non, je vous remercie, dit Poirot. Vous êtes bien sûre, n'est-ce pas, que vous n'avez rien oublié ?
– À propos de Mrs Marshall, monsieur ?
– À propos de n'importe quoi. N'importe quoi d'inhabituel, d'insolite, d'inexplicable, de légèrement surprenant, d'un peu curieux – bref, n'importe quoi qui vous aurait fait penser ou dire à une collègue : « Tiens, c'est drôle... »
– Eh bien... mais ce n'est sûrement pas ce à quoi vous pensez, répondit Gladys d'une voix incertaine.
– Peu importe à quoi je pense ! Vous ne savez pas à quoi je pense. Il est donc vrai qu'à un moment donné, aujourd'hui, vous vous êtes dit,

ou vous avez dit à une collègue : « Tiens, c'est drôle ! » ?

Il y avait mis le ton – désinvolte, vaguement étonné.

– En réalité, c'était trois fois rien. Juste une baignoire qui se vidait. Et j'ai dit à Elsie, à l'office, que c'était drôle que quelqu'un prenne un bain sur le coup de midi.

– Quelle baignoire ? Qui prenait un bain ?

– Ça, je ne saurais vous dire, monsieur. Nous avons entendu une baignoire se vider, c'est tout, et j'ai fait cette remarque à Elsie.

– Vous êtes sûre qu'il s'agissait bien d'une baignoire, pas d'un lavabo ?

– Oh, tout à fait, monsieur, impossible de confondre.

Poirot n'ayant plus rien à lui demander, Gladys Narracott reçut la permission de se retirer.

– Vous ne pensez quand même pas que cette histoire de baignoire est importante, Poirot ? Je veux dire, c'est sans rapport avec le meurtre. Il n'y avait pas de taches de sang à nettoyer. C'est ça le…

Weston s'interrompit.

– L'avantage de la strangulation, n'est-ce pas ? acheva Poirot. Pas de taches de sang, pas d'arme, rien à cacher ni à détruire. Tout ce qu'il faut, c'est de la force – *et une âme d'assassin.*

Il y avait une telle fureur dans cette remarque que Weston ne put se retenir de sursauter un brin.

Hercule se fendit d'un petit sourire d'excuse :

– Quoi qu'il en soit, c'est sans importance. N'importe qui peut avoir pris un bain. Mrs Redfern avant d'aller jouer au tennis, Mr Marshall, miss Darnley. Absolument n'importe qui. Il n'y a rien de louche là-dedans.

On frappa à la porte et un policier passa sa tête :

– C'est miss Darnley, monsieur. Elle demande si elle peut vous voir un instant. Il y a quelque chose qu'elle a oublié de vous dire.

– Nous descendons, dit Weston.

*

Au rez-de-chaussée, ils tombèrent sur un Colgate au visage sombre :

– Juste une minute, monsieur.

Ils le suivirent dans le bureau de Mrs Castle.

– J'ai vérifié cette histoire de machine à écrire avec Heald, leur déclara l'inspecteur. Aucun doute : il faut une heure au minimum pour taper ce courrier. Plus, si vous devez vous arrêter par-ci par-là pour réfléchir. Pour moi, ça règle la question. Et écoutez ça.

Il brandit une lettre :

Mon cher Marshall,

Désolé de te déranger pendant tes vacances mais nous avons un problème totalement imprévu avec les contrats Burley & Tender...

– Etc., etc. Datée du 24, d'hier donc. L'enveloppe a été oblitérée hier soir à Londres EC1 et à Leathercombe ce matin. Lettre et enveloppe tapées sur la même machine, et, vu le contenu, il est rigoureusement impossible que Marshall ait préparé sa réponse à l'avance : il y reprend les chiffres qui figurent dans cette lettre, et le tout est très compliqué.

– Hum, fit Weston, déçu. Ça met apparemment Marshall hors de cause. Il va donc falloir chercher ailleurs. Bon. J'ai là miss Darnley, qui attend un supplément d'entretien.

Rosamund, un peu nerveuse, affichait un sourire contrit :

– Je suis navrée. C'est sans doute sans importance. Mais on a des absences, parfois…

– Oui, miss Darnley ? fit Weston en lui désignant un siège.

Elle refusa d'un mouvement de tête qui fit danser sa chevelure brune :

– Oh, je ne vais pas m'asseoir pour si peu. Voilà : je vous ai dit que j'avais passé la matinée à Roc-Soleil. Ce n'est pas tout à fait exact. J'avais oublié qu'à un moment j'avais fait un saut jusqu'à l'hôtel, et retour.

– Quelle heure était-il, miss Darnley ?

– Environ onze heures et quart.

– Vous avez donc, à ce moment-là, fait un saut jusqu'à l'hôtel, dites-vous ?

– Oui. J'avais oublié mes lunettes de soleil. Je me suis d'abord dit tant pis, et puis j'ai fini par avoir mal aux yeux alors je me suis décidée à aller les chercher.

– Vous avez juste fait l'aller et retour ?

– Oui. Enfin, en repartant, j'ai passé le nez chez Ken… chez le capitaine Marshall. Je l'entendais taper à la machine et je trouvais idiot de rester enfermé par un temps pareil. Je voulais lui dire de profiter du soleil.

– Et qu'a-t-il répondu ?

La jeune femme eut un sourire délicieusement confus :

– Eh bien, en fait, quand j'ai ouvert la porte, il tapait avec une telle ardeur, il avait un air si furieusement concentré, que je suis repartie sur la pointe des pieds. Je ne pense pas qu'il m'ait vue.

– Et cela se passait… à quelle heure, miss Darnley ?

– Onze heures vingt. J'ai regardé la pendule dans le hall, en sortant.

*

– Eh bien, voilà qui clôt le chapitre, grommela l'inspecteur Colgate. Gladys Narracott a entendu Marshall taper jusqu'à onze heures moins cinq, miss Darnley l'a vu à onze heures vingt et la victime est morte à midi moins le quart. Marshall déclare avoir passé une heure dans sa chambre à taper son courrier et le fait est apparemment qu'il était bel et bien en train de taper dans sa chambre. On peut oublier Marshall et…

Il s'interrompit et regarda Poirot avec curiosité :

– M. Poirot a soudain l'air bien sérieux. Quelque chose qui ne va pas ?

– Je me demandais pourquoi miss Darnley a éprouvé le besoin soudain de nous offrir ce supplément de preuve, répondit ce dernier, songeur.

– Ça vous paraît louche ? demanda Colgate, l'oreille dressée. Il n'y a pas plus d'« oubli » que de beurre en branche, vous croyez ?

Il prit son temps pour examiner la question, puis dit lentement :

– Voyons les choses ainsi, voulez-vous ? Supposons que miss Darnley n'était pas à Roc-Soleil ce matin comme elle l'affirme, que cette histoire est de la pure invention. Maintenant, supposons qu'après nous avoir raconté ce bobard, elle découvre que quelqu'un l'a vue autre part ou bien que quelqu'un est allé à Roc-Soleil et ne l'y a pas trouvée. Vite, elle imagine une autre histoire et vient nous la livrer toute chaude, pour couper court aux questions. Elle a bien pris soin de préciser que Mr Marshall ne l'avait pas vue, vous avez remarqué ?

– Oui, j'ai remarqué ça, murmura Poirot.

– Vous êtes en train de suggérer que miss Darnley est impliquée là-dedans ? s'écria Weston d'une voix incrédule. Absurde. Je n'y crois pas un instant. Et d'abord quelle raison aurait-elle ?

Colgate toussota :

– Rappelez-vous ce qu'a dit l'Américaine, Mrs Gardener. Elle a laissé entendre que miss Darnley en pinçait pour le capitaine Marshall. Ça nous ferait un mobile, monsieur.

– Arlena Marshall n'a pas été tuée par une femme ! s'impatienta le colonel. C'est un homme que nous cherchons, alors, s'il vous plaît, tenons-nous-en strictement aux hommes.

Colgate laissa échapper un soupir :

– Exact, vous avez raison, monsieur. Pas moyen de sortir de là.

– Occupons-nous plutôt de chronométrer les trajets. Mettez un agent là-dessus. Combien de temps de l'hôtel au sommet de l'échelle. En courant et en marchant. Même chose pour descendre l'échelle. Et on ferait bien de vérifier aussi le temps nécessaire pour aller en canoë de la grande plage à la crique.

– C'est comme si c'était fait, monsieur, s'empressa Colgate.

– Bien. Je pense que je vais aller à la crique, maintenant, voir où en est Phillips. Et puis il y a cette grotte. Il faudrait vérifier si on n'y trouve pas les traces de quelqu'un qui y aurait séjourné. Hein, Poirot, qu'en pensez-vous ?

– Tout à fait. C'est une possibilité.

– Si quelqu'un de l'extérieur s'est faufilé sur l'île, ça lui aurait fait la cachette idéale. À condition, bien sûr, qu'il en ait entendu parler. Les gens du coin connaissent son existence, je suppose ?

– Pas les jeunes, à mon avis, dit Colgate. Depuis la création de l'hôtel, les criques sont propriété privée. On n'y va plus pêcher ni pique-niquer. Et puis le personnel n'est pas de la région. Mrs Castle elle-même est londonienne.

– Nous pourrions emmener Redfern, dit Weston. C'est lui qui en a parlé. Vous êtes de la partie, Poirot ?

Poirot hésita.

– C'est que je suis comme miss Brewster et Mrs Redfern, moi, baragouina-t-il dans un anglais que l'émotion rendait plus abominable encore que d'ordinaire. J'ai horreur de descendre des échelles à la verticale.

– Allez-y en bateau, suggéra Weston, arrangeant.

Un soupir douloureux échappa à Poirot :

– Mon estomac réprouve les excursions en mer.

– Allez, allez, soldat ! tonna Weston. Beau fixe. Mer d'huile. Vous n'allez pas nous lâcher comme ça, pas question !

Hercule Poirot ne semblait pas du tout tenté de céder à ces britanniques exhortations.

C'est alors que Mrs Castle fit voir ses mines distinguées et sa coiffure élaborée par la porte entrouverte :

– J'espère ne pas vous déranger, messieurs, mais le révérend Lane vient de rentrer. J'ai cru de mon devoir de vous en informer.

– Ah, très bien, Mrs Castle. Nous allons le recevoir tout de suite.

Mrs Castle fit un pas plus avant :

– J'ignore s'il est utile que je vous en parle, mais il paraît qu'on ne doit négliger aucun détail, si infime soit-il…

– Oui ? l'interrompit Weston impatiemment.

– C'est juste à propos d'un monsieur et d'une dame qu'on a vus ici vers une heure. Ils venaient de Leathercombe. Pour déjeuner. Ils ont été informés qu'un accident ayant eu lieu, nous ne servions pas de repas.

– Vous avez une idée de qu'il s'agissait ?

– Je ne saurais vous dire. Ils n'ont pas donné de nom, cela va de soi. Ils ont paru déçus et ont manifesté une certaine curiosité quant à la nature de l'accident sus-nommé. Mais je n'ai pas cru devoir me montrer plus explicite, comme vous le pensez bien. Ils m'ont semblé, personnellement, être un couple de touristes du meilleur genre…

– Merci de nous avoir prévenus, coupa Weston. Sans importance, probablement, mais tout à fait judicieux de nous informer.

– C'est pourtant bien naturel, se rengorgea Mrs Castle. Je tiens à faire mon Devoir !
– Très bien, très bien. Dites à Mr Lane de venir.

*

Stephen Lane, grand marcheur devant l'Éternel, investit le bureau en trois enjambées vigoureuses.
– Mr Lane, dit Weston, je suis le chef de la police du comté. Je suppose qu'on vous a mis au courant ?
– Oui… Oh oui… Dès mon retour. C'est effroyable… Effroyable…
Sa longue carcasse fut prise d'un tremblement. Sa voix se fit plus caverneuse encore qu'à l'accoutumée :
– Sans cesse… depuis le premier jour… je sens… je sens avec une effroyable intensité la présence des forces du mal. Je les sens ici… tout près.
Ses yeux, que dévorait un feu intérieur, se posèrent sur Poirot :
– Vous vous rappelez, monsieur Poirot ? Notre conversation, il y a quelques jours ? Au sujet de la réalité du mal ?
Weston observait non sans une certaine perplexité cette haute silhouette ascétique. Difficile de déchiffrer le bonhomme. Le regard de Lane croisa celui du colonel.
– Je gage que tout ceci doit vous paraître extravagant, monsieur, dit le révérend, avec un sourire inquiétant. Plus personne ne croit au Mal, de nos jours. On ne sait plus rien du Feu de l'En-

fer ! On tourne le Diable en dérision ! Et pourtant, Satan et ses émissaires n'ont jamais été plus puissants !

– Euh, oui, sans doute, bredouilla Weston. Ça, c'est votre domaine, Mr Lane. Le mien est plus prosaïque : j'ai un meurtre sur les bras.

– Meurtre ! vitupéra Stephen Lane. Quel mot terrible ! L'un des premiers péchés commis sur cette terre – le sang d'un frère innocent répandu sans pitié…

Ses yeux se fermèrent sur quelque terrifiante vision. Puis il demanda d'une voix presque normale :

– En quoi puis-je vous être utile ?

– Eh bien, commençons par ce que vous avez fait ce matin, Mr Lane.

– Volontiers. Je suis parti tôt pour une de mes randonnées. J'aime la marche. J'ai déjà pas mal exploré les environs. Aujourd'hui, je suis allé à St Petrock-in-the-Combe. À dix kilomètres d'ici environ – un parcours très agréable le long de petits chemins qui serpentent à travers les collines du Devon. J'avais emporté des sandwiches, je me suis arrêté dans un bosquet. Ensuite, j'ai visité l'église qui possède des fragments – rien que des fragments, hélas – d'ancien vitrail, et aussi un panneau peint, très intéressant.

– Merci, Mr Lane. Avez-vous rencontré quelqu'un sur votre route ?

– Personne à qui j'aie parlé. Une charrette m'a dépassé, ainsi que deux garçons à bicyclette et quelques vaches. Mais, sourit-il, si c'est une preuve que vous cherchez, j'ai inscrit mon nom sur le livre de l'église.

– Vous n'avez vu personne, dans ladite église ? Le vicaire ? Le gardien ?

Lane secoua la tête :

– Non, il n'y avait personne et j'étais le seul visiteur. St Petrock est loin de tout. Le village lui-même se trouve à presque un kilomètre de là.

– Ne vous formalisez pas, dit Weston avec bonhomie. Nous vérifions tous les emplois du temps. La routine, la routine et encore la routine. Pas moyen de faire autrement dans une affaire de ce genre.

– Oh, je comprends parfaitement, dit Lane, accommodant.

– Bien. Maintenant, savez-vous quoi que ce soit qui puisse nous éclairer ? À propos de la victime ? Un détail qui pourrait nous mettre sur la voie ? Quelque chose que vous auriez vu ou entendu ?

– Entendu, non, rien du tout. Tout ce que je peux vous dire, c'est ceci : dès que j'ai vu Arlena Marshall, j'ai su qu'elle était habitée par le mal. Elle était le mal incarné. La femme peut être le recours et l'inspiration de l'homme. Elle peut aussi être sa ruine. Elle peut le rabaisser au rang de la bête. La morte était de ces femmes. Elle entraînait les hommes à se vautrer dans l'abjection. Comme Jézabel et Aholibah. Et maintenant… la voilà frappée à mort dans sa dépravation !

– Pas frappée, réagit Poirot… *Étranglée* ! Étranglée, Mr Lane, par une paire de mains humaines.

Les mains du pasteur se mirent à trembler. Ses doigts se crispèrent, se raidirent, comme tétanisés.

– C'est horrible… Horrible, chuchota-t-il, la voix brisée. Faut-il vraiment employer ces mots ?

– Ils ne sont que la vérité. À qui appartenaient ces mains, Mr Lane, en avez-vous une idée ?

Le révérend secoua éperdument la tête :

– Je ne sais rien… rien…

– Bien, dit Weston en se levant et en échangeant un bref regard avec Colgate, il est temps d'aller à la crique.

– C'est donc là-bas que… que ça s'est passé ?

Weston fit signe que oui.

– Puis-je… puis-je venir avec vous ?

Le colonel, qui s'apprêtait à répondre par la négative, fut devancé par Poirot :

– Mais certainement, Mr Lane. Accompagnez-moi en bateau. Nous partons tout de suite.

9

Pour la deuxième fois de la journée, Patrick Redfern ramait en direction de la crique aux Lutins. Face à lui, se tenaient Hercule Poirot, très pâle, une main sur l'estomac, et Stephen Lane. Pendant ce temps, le colonel Weston coupait à travers l'île. Retardé en chemin, il atteignit la crique au moment où la barque heurtait le rivage. Un agent en tenue et un sergent en civil vinrent au rapport, bientôt rejoints par Redfern, Lane et Poirot.

– Je crois bien que j'ai retourné toute la plage, monsieur, était en train de dire le sergent Phillips.

– Bon. Quelque chose d'intéressant ?

– J'ai tout rassemblé là. Si vous voulez bien me suivre…

Une collection d'objets hétéroclites était disposée en bon ordre sur un rocher. Il y avait là une paire de ciseaux, un paquet de cigarettes « Gold Flake » vide, cinq capsules métalliques, un certain nombre d'allumettes consumées, trois bouts de ficelle, deux morceaux de papier journal, un fragment de pipe cassée, quatre boutons, un pilon de poulet et un flacon vide d'huile solaire. Weston inspecta ce butin avec intérêt :

– Hum… Plutôt modeste, par les temps qui courent. Les gens ont de plus en plus tendance à confondre plage et décharge publique. À en juger par l'état de l'étiquette, ça doit faire un bout de temps que cette bouteille est là. J'en dirais volontiers autant du reste. Sauf pour les ciseaux, qui ont l'air flambant neuf. Eux, ils n'ont certainement pas reçu la pluie d'hier. Vous les avez trouvés où ?

– Au pied de l'échelle. Le morceau de pipe aussi.

– Quelqu'un a dû les faire tomber de sa poche en montant ou en descendant. Rien qui permette d'identifier leurs propriétaires ?

– Rien, monsieur. Les ciseaux à ongles sont d'un modèle courant. La pipe de bruyère devait être de toute première qualité et valoir assez cher.

– Le capitaine Marshall ne nous a-t-il pas dit avoir égaré la sienne ? murmura Poirot.

– Marshall n'est pas dans le coup, décréta Weston. Et puis il n'est pas le seul au monde à fumer la pipe.

Le regard de Poirot se posa sur Stephen Lane qui venait de porter la main à sa poche pour l'en retirer aussitôt.

– Vous fumez également la pipe, Mr Lane ? s'enquit-il, affable.

Le pasteur tressaillit :

– Oui. Oui, bien sûr. Ma pipe m'est une vieille et fidèle compagne…

Glissant de nouveau la main à sa poche, il en sortit une pipe qu'il bourra de tabac et alluma.

Poirot rejoignit Redfern qui semblait pétrifié au milieu de la plage.

– Dieu merci… ils l'ont enlevée, murmura le malheureux.

– Où l'a-t-on retrouvée ? questionna Lane.

– À peu près là où vous êtes, monsieur, répondit le sergent avec entrain.

Lane fit un bond de côté et fixa d'un œil exorbité le coin de plage qu'il venait de libérer.

– Compte tenu de l'endroit où la périssoire avait été tirée et si on se fie à la marée, la victime est bien arrivée ici vers onze heures moins le quart, reprit Phillips. La mer redescend, maintenant.

– Tous les clichés ont été pris ? demanda Weston.

– Oui, monsieur.

Le colonel se tourna vers Redfern :

– Et maintenant, mon vieux, où donc se cache l'entrée de votre fameuse grotte ?

Patrick Redfern, dont le regard halluciné était toujours rivé à l'endroit où s'était tenu Lane, revint brutalement sur terre.

– Par ici, dit-il.

Il se dirigea vers un éboulis de rochers au pied de la falaise. Entre deux gros blocs dressés l'un contre l'autre, apparaissait une étroite anfractuosité.

– La voilà, l'entrée.

– Là ? fit Weston. Vous croyez vraiment qu'on peut se faufiler là-dedans ?

– Ne vous fiez pas aux apparences, monsieur. Vous verrez qu'on y arrive très bien.

Weston y alla prudemment. L'ouverture, moins exiguë qu'il n'y paraissait, s'élargissait presque aussitôt en une salle assez spacieuse pour qu'on puisse s'y tenir debout et s'y mouvoir à son aise.

Poirot et Lane lui emboîtèrent le pas. Les autres restèrent sur la plage.

La lumière du jour s'infiltrait par la brèche, mais Weston alluma néanmoins une puissante torche électrique qu'il promena lentement sur les parois :

– Pas mal, comme endroit. De l'extérieur, on ne s'en douterait jamais.

Continuant à jouer de sa torche, il entreprit d'en balayer le sol.

Hercule Poirot, cependant, était fort occupé à humer l'air d'une narine palpitante.

Ce que remarquant, Weston crut bon de faire observer :

– L'air est frais. Ça ne sent pas le renfermé, et encore moins le poisson ou les algues. Normal, nous sommes situés ici très au-dessus du niveau de la marée haute.

Mais, pour l'odorat raffiné de Poirot, l'air n'était pas seulement frais, il était suavement imprégné d'un parfum subtil qu'à sa connaissance deux personnes utilisaient…

La torche de Weston s'immobilisa.

– Bon, eh bien, je ne vois rien d'anormal, conclut le colonel.

Le regard de Poirot se posa alors sur une saillie de la paroi, un peu au-dessus de sa tête, et qui formait une sorte de corniche.

– On pourrait peut-être vérifier s'il n'y a rien là-haut ? suggéra-t-il à mi-voix.

– S'il y avait quelque chose, grommela Weston, il faudrait qu'on l'y ait mis exprès. Enfin, vous n'avez pas tort : mieux vaut y jeter un coup d'œil…

– Vous êtes, je crois, le plus grand d'entre nous, dit Poirot au pasteur. Auriez-vous l'obligeance de vous assurer que rien n'a été déposé là-haut ?

Lane tendit le bras sans pouvoir atteindre le fond de la saillie. Avisant une crevasse de la paroi, il y cala le bout du pied et se hissa en s'agrippant d'une main.

– Tiens ! Une boîte ! annonça-t-il.

Quelques instants plus tard, le petit groupe retrouvait la lumière du soleil pour examiner la trouvaille du pasteur.

– Attention, recommanda Weston. Ne la manipulez pas trop. Il peut y avoir des empreintes.

C'était une boîte en fer vert foncé, sur le couvercle de laquelle s'étalait le mot « Sandwiches ».

– Vestige d'un quelconque pique-nique, je suppose, dit Phillips en soulevant ledit couvercle avec un mouchoir.

À l'intérieur, il y avait trois petits récipients en fer blanc marqués « sel », « poivre » et « moutarde », et deux grandes boîtes carrées, manifestement destinées aux « sandwiches ». Le sergent ôta le couvercle du récipient marqué « sel » : il était plein à ras bord. Il passa à celui marqué « poivre ».

– Tiens, dans celui-là aussi c'est du sel, commenta-t-il.

Et c'était également du sel que contenait le récipient marqué « moutarde ».

Soudain en alerte, le sergent ouvrit une boîte à sandwiches : elle était elle aussi remplie de la même poudre fine, blanche et cristalline. Il y posa un doigt précautionneux qu'il porta à sa langue.

– Ça n'a rien à voir avec du sel, monsieur ! s'écria-t-il. Mais alors pas du tout ! Goût amer.

Ce serait de la drogue que ça ne m'étonnerait pas.

– La troisième hypothèse..., grommela le colonel Weston.

Les trois hommes étaient de retour à l'hôtel et se trouvaient de nouveau dans le bureau de Mrs Castle.

– S'il y a une bande de trafiquants de drogue dans le tableau, poursuivit le chef de la police, voilà qui nous ouvre de nouvelles perspectives. D'abord, la victime faisait peut-être partie de la bande. Ça vous paraît vraisemblable ?

– Possible, répondit prudemment Poirot.

– Ou alors elle était toxicomane ?

– Ça non, ça m'étonnerait, objecta Poirot. Elle était parfaitement équilibrée, rayonnante de santé et aucune trace de piqûre n'a été relevée sur son corps (encore que ça ne prouve rien : il y a des gens qui prisent cette saleté). Mais non, je ne pense pas qu'elle se droguait.

– Dans ce cas, dit Weston, elle a pu tomber par hasard sur les trafiquants qui ne lui ont pas laissé le temps de dire ouf. Nous n'allons pas tarder à savoir de quelle drogue il s'agit. J'ai fait remettre la boîte à Neasden. Ce qui est sûr, c'est que ces gars-là ne font pas de détail et...

La porte venait de s'ouvrir et Mr Horace Blatt fit une entrée bruyante.

Mr Blatt était en nage. Il s'épongeait le front avec un mouchoir. Sa grosse voix joviale emplit la petite pièce.

– J'arrive à l'instant et je viens d'apprendre la nouvelle ! claironna-t-il. C'est vous le chef de la police ? On m'a dit que je vous trouverais ici. Je m'appelle Blatt, Horace Blatt. Je peux vous être utile à quelque chose ? Remarquez, ça m'étonnerait. Je n'ai pas quitté mon rafiot de la matinée. Ce qui fait que j'ai loupé tout le spectacle. Le jour où il se passe quelque chose dans ce trou perdu, il faut que je sois en vadrouille. C'est bien la vie, hein ? Tiens, Poirot, je ne vous avais pas vu. Vous êtes sur le coup ? Mais oui, bien sûr. Sherlock Holmes contre police locale, c'est ça ? Ha, ha ! Lestrade et compagnie. Je crois que ça va me plaire de vous voir jouer les détectives surdoués.

Mr Blatt finit par se laisser choir sur une chaise, sortit son étui à cigarettes et le tendit au colonel Weston qui secoua la tête.

– Merci, dit ce dernier avec un petit sourire, je suis un fumeur de pipe inconditionnel.

– Moi pareil ! Je ne déteste pas la cigarette, mais rien ne vaut une bonne pipe.

– En ce cas, allez-y, mon vieux, ne vous gênez pas pour nous, fit Weston, soudainement très cordial.

– Je n'ai pas ma pipe sur moi, soupira Blatt. Mais éclairez ma lanterne. Tout ce que je sais, c'est qu'on a retrouvé Mrs Marshall assassinée sur une des plages de l'île.

– À la crique aux Lutins, précisa Weston en l'observant.

S'il s'était attendu à une réaction spectaculaire, il en fut pour ses frais.

– Et elle avait été étranglée ? se contenta de s'enquérir le joyeux drille avec un bonheur évident.

– Exact, Mr Blatt.

– Mince ! C'est moche ! Remarquez, elle l'a cherché. Volcanique, la pépée... Très olé olé, comme on disait chez vous de votre temps, pas vrai, Poirot ? Qui a fait le coup ? Vous avez une petite idée ou bien on n'a pas droit aux questions ?

Le colonel réprima un sourire :

– Vous savez, les questions, ici, c'est nous qui sommes censés les poser.

Mr Blatt agita sa cigarette :

– Pardon, excuse ! Eh bien, allez-y, posez.

– Ce matin, vous êtes sorti en mer. À quelle heure ?

– Dix heures moins le quart.

– Seul ?

– Eh oui. Tout seul comme un grand.

– Où êtes-vous allé ?

– J'ai longé la côte en direction de Plymouth. J'avais emporté mon déjeuner. Il n'y avait pas beaucoup de vent, ce qui fait que je ne suis pas allé très loin.

Après une ou deux questions du même ordre, le colonel changea son fusil d'épaule :

– Et en ce qui concerne les Marshall ? Sauriez-vous quelque chose qui soit susceptible de nous aider ?

– Ma foi, je vous ai donné mon opinion sur l'affaire dans son ensemble. *Crime passionnel*. Et tout ce que je peux vous dire, c'est que ce n'est pas *moi* qui suis dans le bain. La belle Arlena n'avait pas d'emploi pour bibi. Elle affichait complet. Son beau gosse à l'œil azuréen, elle l'avait déjà. Et, si vous voulez mon avis, Marshall commençait à avoir des lueurs sur le sujet.

– Vous avez une preuve de ce que vous avancez ?

– Je l'ai vu une ou deux fois regarder le jeune Redfern de travers. Drôle d'olibrius, Marshall. On le jurerait doux, pacifique et à moitié endormi la plupart du temps, mais à la City, on ne le connaît pas du tout comme ça, je vous en fiche mon billet ! J'en ai entendu des vertes et des pas mûres, sur son compte. Un jour, il a bien failli comparaître pour coups et blessures. Attention, hein, le gars en question lui avait joué un vrai tour de cochon. Marshall avait confiance en lui et l'autre zigoto lui avait fait un enfant dans le dos. Une belle vacherie, je crois. Marshall est allé le trouver et l'a laissé à moitié mort sur le carreau. Le type n'a pas porté plainte – bien trop peur qu'on mette le nez dans ses petites affaires. Enfin, je vous le donne pour ce que ça vaut.

– Vous pensez donc que le capitaine. Marshall aurait pu étrangler sa femme ? interrogea Poirot.

– Pas du tout. Je n'ai jamais rien dit de pareil. Je vous expliquais simplement que c'est le genre de type qui peut bouffer du lion à l'occasion.

– Mr Blatt, reprit Poirot, nous avons des raisons de penser que Mrs Marshall s'est rendue ce matin à la crique aux Lutins pour y retrouver quelqu'un. Avez-vous une idée de qui il pouvait bien s'agir ?

Blatt cligna de l'œil :

– Vous parlez d'une devinette ! Redfern, bien sûr.

– Ce n'était pas Mr Redfern.

Mr Blatt manqua s'en étrangler.

– Dans ce cas, je ne vois pas, non, vraiment, bafouilla-t-il… Ce qu'il y a de sûr, c'est que ce n'est pas moi. Pas cette veine !

Peu à peu, il retrouvait sa gouaille et son aplomb :

– Voyons, ça ne peut pas être Gardener. Sa mégère le surveille de trop près. Ce vieux raseur de Barry ? Quelle blague ! Et ça ne serait tout de même pas le pasteur. Remarquez, le Très Révérend ne se gênait pas pour la reluquer, je l'ai vu à l'œuvre. Tout de sainte réprobation, mais néanmoins sensible aux rondeurs bien placées, pas vrai ? Un beau ramassis d'hypocrites, ces gens d'Église. Vous avez lu cette histoire, le mois dernier ? Le pasteur et la fille du bedeau ! Ça vous éclaire sur la religion !

Il s'esclaffa.

– Vous ne voyez rien d'autre concernant cette affaire ? demanda Weston, glacial.

– Non, rien de rien… Ça va faire du remous, j'imagine. La presse va en faire ses choux gras. Ça sera peut-être un peu moins prout ma chère par ici, à l'avenir. *Jolly Roger*, tu parles ! Ce qui s'y passe n'est pas joli-joli, et pour ce qui est s'y amuser…

– Vous n'avez pas aimé votre séjour ? questionna Poirot d'une voix douce.

La face enluminée de Mr Blatt prit une nuance ponceau :

– Eh bien, non, si vous voulez le savoir. Question mer, paysage, service, nourriture, rien à dire. Mais il n'y a pas de *convivialité* ici, vous comprenez ? Ce que je veux dire, c'est que mon argent est aussi bon que celui des autres. Et qu'on est tous là pour prendre du bon temps. Alors, pourquoi ne pas faire bloc et s'y mettre tous ensemble ? Tous ces petits clans, ces gens qui restent dans leur coin et vous lâchent des « bonjour » et des « bonsoir » glacés, et des « oui, quel beau temps » du bout des lèvres ! Aucune joie de vivre. Un tas d'empaillés !

Mr Blatt se tut – veines saillantes et visage apoplectique.

Il s'épongea encore une fois le front.

– Ne faites pas attention, s'excusa-t-il. J'ai toujours été du genre soupe au lait.

*

– Eh bien, très cher ? s'enquit Poirot. Que pensez-vous de Mr Blatt ?

Le colonel Weston fit la grimace :

– Dites-moi plutôt ce que *vous* en pensez. Vous l'avez fréquenté plus que je n'ai pu le faire.

– Quelle que soit la précarité de mon anglais, je connais bon nombre d'expressions pour le décrire : mal dégrossi, arriviste, nouveau riche, parvenu ! Il est, au choix, pathétique, ridicule ou odieux. Le tout est question de point de vue. Personnellement, j'incline à penser qu'il est aussi autre chose.

– Et quoi donc ?

Hercule Poirot leva les yeux au plafond :

– Je le trouve surtout… *inquiet*.

*

– J'ai fait déterminer les temps ainsi que vous me l'aviez demandé, dit l'inspecteur Colgate. De l'hôtel à l'échelle de la crique aux Lutins : trois minutes. Calcul établi en marchant jusqu'à être hors de vue de l'hôtel et en courant ventre à terre ensuite.

Weston haussa les sourcils :

– C'est moins que je ne l'imaginais.

– Du haut de l'échelle à la plage : une minute trois quarts. En sens inverse : deux minutes. Ce sont les temps de l'agent Flint, qui passe pour un athlète. Pour aller de l'hôtel à la crique, descente de l'échelle comprise, à une allure normale, il faut compter pas loin d'un quart d'heure.

Weston opina du bonnet.

– Bien, dit-il. Vous êtes-vous également occupé de cette histoire de pipe ?

– Blatt fume la pipe. Idem pour Marshall et le pasteur. Redfern fume la cigarette, l'Américain préfère le cigare. Le major Barry, lui, ne fume pas. Il y a une pipe dans la chambre de Marshall, deux chez Blatt, une chez le pasteur. Gladys Narracott affirme que Marshall possède deux pipes. L'autre camériste n'a pas inventé la poudre. Elle est incapable de préciser combien Lane et Blatt ont de pipes. Il lui semble en avoir vu deux ou trois dans leurs chambres.

– Quoi d'autre ?

– Pour ce qui est du personnel, j'ai fait les vérifications d'usage. Ils paraissent tous OK. Henry, le barman, confirme que Marshall est venu bavarder à onze heures moins dix. William, qui veille au bon ordre des plages, a passé la plus grande partie de la matinée à réparer l'échelle scellée dans le roc au pied de l'hôtel. George a marqué le court de tennis, puis s'est occupé du jardin du côté de la salle à manger. Ni l'un ni l'autre n'aurait pu voir quelqu'un venir de Leathercombe par la jetée.

– À quelle heure la jetée a-t-elle été à découvert ?

– Aux alentours de neuf heures et demie, monsieur :

Weston tirailla sa moustache :

– Il n'est pas impossible que quelqu'un soit effectivement venu par là. Nous avons du nouveau, Colgate.

Le colonel mit l'inspecteur au courant de la trouvaille effectuée dans la grotte.

*

On frappa à la porte.

– Entrez, dit Weston.

C'était le capitaine Marshall :

– Pourriez-vous me préciser quelles dispositions je peux prendre pour les obsèques ?

– Nous ferons notre possible pour que l'enquête judiciaire ait lieu après-demain, capitaine.

– Merci.

L'inspecteur Colgate intervint :

– Pardonnez-moi, monsieur, puis-je vous remettre ceci ?

Il lui tendit ses trois lettres.

Marshall les prit avec un sourire quelque peu sarcastique :

– Les services de police ont vérifié ma vitesse de frappe ? J'espère que j'ai mon certificat de bonne conduite.

– Tout à fait, dit plaisamment Weston. Vous avez brillamment passé l'examen. Il a fallu une bonne heure pour venir à bout de ces trois lettres. En outre, la femme de chambre vous a entendu taper jusqu'à onze heures moins cinq et un témoin vous a vu en plein travail à onze heures vingt.

– Vraiment ? marmonna Marshall. Tout semble donc pour le mieux.

– Oui. Miss Darnley est entrée dans votre chambre à onze heures vingt. Vous étiez si absorbé par votre courrier que vous ne l'avez pas vue.

Marshall demeura de marbre :

– C'est ce qu'a déclaré miss Darnley ?

Il se tut, puis reprit :

– En fait, elle se trompe. Même si elle ne s'en est pas rendu compte, je l'ai bel et bien vue entrer. Je l'ai vue dans la glace.

– Mais vous n'avez pas jugé bon de vous interrompre ? susurra Poirot.

– Non, jeta brièvement Marshall. Je voulais terminer.

Il marqua un temps, puis lança d'un ton abrupt :

– Rien d'autre à me demander ?

– Non, merci infiniment, capitaine Marshall.

Kenneth Marshall salua et sortit.

Weston poussa un soupir à fendre l'âme :

– Exit notre meilleur suspect – lavé de tout soupçon ! Ah, voilà Neasden.

Les yeux du médecin légiste brillaient d'excitation :

– Rien qu'avec le contenu de votre boîte à sandwiches, il y a de quoi faire passer pas mal de monde de vie à trépas, dites-moi !

– Qu'est-ce que c'est au juste ?

– Ce que c'est au juste ? Diacétylmorphine. Héroïne, de son petit nom.

Colgate émit un sifflement :

– Cette fois, nous tenons le bon bout. Cette histoire de drogue, c'est la clé de l'affaire, je vous en fiche mon billet.

10

Une petite foule quittait l'auberge du *Taureau Rouge*. Après une courte audience, l'enquête préliminaire venait de prendre fin – renvoyée à quinzaine.

Rosamund Darnley rejoignit le capitaine Marshall.

– Ça ne s'est pas trop mal passé, hein, Ken ? dit-elle à mi-voix.

Il ne répondit pas tout de suite. Sans doute avait-il trop conscience des regards de tout le village braqués sur lui, des doigts que démangeait l'envie de se tendre…

« *C'est lui, j'te dis* », « *C'est l'mari, là* », « *Ça doit ben êt'lui* », « *R'garde, c'est çui-là qui s'en va…* »

Il ne distinguait pas les mots, mais il pouvait les deviner. C'était un supplice – une manière de pilori des temps modernes. Quant à la presse, il l'avait déjà rencontrée : des jeunes gens accrocheurs et tenaces, experts à démolir le mur de silence, de « Rien à déclarer » dont il avait essayé de se protéger. Même les rares monosyllabes qu'il avait lâchés en pensant qu'il n'y aurait pas là matière à interprétation, avaient été repris dans les journaux du lendemain, totalement déformés.

« Invité à se prononcer sur le fait que le mystère de la mort de sa femme ne pouvait s'expliquer autrement que par la présence fortuite d'un maniaque homicide, le capitaine Marshall a déclaré etc., etc. »

Les appareils photo l'avaient mitraillé sans répit. Et là, à l'instant même, le bruit familier lui fit lever la tête : un jeune homme souriant lui adressait un petit salut comme pour dire : merci, c'est dans la boîte !

– *Le capitaine Marshall et une amie quittant l'auberge après l'audience,* murmura Rosamund.

Marshall grimaça.

– Ça ne sert à rien, Ken. Il faut te faire une raison. Je ne parle pas seulement de la mort d'Arlena, mais de toute cette saleté autour : les regards avides, les racontars, les articles racoleurs. La meilleure façon de le supporter, c'est de trouver ça drôle. Sors-leur tous les vieux clichés, les inepties qu'ils attendent, et ricane intérieurement.

– C'est ta politique ?

– Oui. Pas la tienne, je sais. Toi, c'est : défense passive, profil bas et couleur de muraille. Mais c'est impossible ici. Tu ne peux pas te fondre dans le décor. Tu es en plein milieu de la scène, avec un projecteur braqué sur toi. Un tigre à rayures sur une toile blanche. *Le mari de la femme assassinée !*

– Pour l'amour du Ciel, Rosamund…

– Cher idiot, dit-elle gentiment, je me mets en quatre pour essayer de t'aider.

Ils firent quelques pas sans parler. Puis Marshall dit d'un ton radouci :

– Je sais que c'est ce que tu essaies de faire. Je n'en ai peut-être pas l'air, mais j'apprécie, Rosamund.

Ils étaient sortis du village. Les regards les suivaient toujours, mais de plus loin.

Rosamund tenta une variante de sa première remarque. Mais cette fois, sa voix manqua s'y briser :

– Ça ne s'est pas si mal passé, n'est-ce pas ?

Il resta un bon moment silencieux. Puis :

– Je n'en sais rien.

– Que dit la police ?

– Ils ne se prononcent pas.

Après un nouveau silence, Rosamund l'interrogea :

– Ce petit homme – Poirot –, il s'occupe vraiment de l'affaire ?

– L'autre jour, le chef de la police locale semblait ne jurer que par lui.

– Je sais… mais fait-il réellement quelque chose ?

– Comment diable le saurais-je, ma pauvre ?

– Il est vieux comme Hérode, dit-elle pensivement. Plus ou moins gâteux, j'imagine.

– Probablement.

Ils arrivaient à la jetée. En face, l'île s'étendait, sereine, sous le soleil d'été.

– Tout semble si irréel, parfois, dit soudain Rosamund. Là, maintenant, je n'arrive pas à croire que c'est arrivé…

– Je sais, acquiesça lentement Marshall. La nature est un monstre d'indifférence. Une fourmi de moins… ce n'est pas ça qui va changer la face du monde.

– Oui… Et c'est après tout la seule façon raisonnable d'envisager les choses.

Il lui jeta un bref coup d'œil.

– Ne te mets pas martel en tête, mon chou, dit-il à voix basse. Il n'y a pas de problème. *Il n'y a aucun problème*.

*

Au bout de la jetée, ils virent Linda accourir à leur rencontre en s'emmêlant les pieds. Des cernes profonds creusaient son visage adolescent, ses lèvres étaient sèches.

– Comment cela s'est-il passé ? interrogea-t-elle, le souffle court. Que… qu'est-ce qu'ils ont dit ?

– Enquête ajournée à quinzaine, répondit brièvement son père.

– Ça veut dire… que… qu'ils n'ont rien décidé ?

– Oui. Il faut un supplément d'information.

– Mais… mais qu'est-ce qu'ils pensent ?

Son père sourit malgré lui :

– Oh, ma chérie, qui le sait ? Et d'abord, qu'entends-tu par « ils » ? Le coroner, le jury, la police, les journalistes, les pêcheurs de Leathercombe ?

– La… la police, fit-elle lentement.

– Eh bien, ce qu'ils pensent, ils le gardent pour eux, grinça Marshall.

Sans un mot de plus, il gagna l'hôtel.

Comme Rosamund Darnley s'apprêtait à en faire autant, Linda appela :

– Rosamund !

La jeune femme se retourna. Émue par la détresse de l'adolescente, elle la prit par le bras et l'entraîna sur le chemin qui menait à l'autre bout de l'île.

– Tâche de ne pas trop prendre ça au tragique, Linda, dit-elle gentiment. Je sais que c'est un choc terrible, que c'est affreux et tout ce que tu voudras, mais ça ne sert à rien d'en faire une montagne. Et puis, dis-toi bien que la seule chose qui puisse te frapper dans cette histoire, c'est son côté horrible. Parce qu'au fond, tu n'aimais pas du tout Arlena, tu le sais bien.

Elle sentit le frisson qui secoua le corps tout entier de Linda tandis qu'elle répondait :

– Non, je ne l'aimais pas.

– Perdre quelqu'un qu'on aime, c'est différent, poursuivit-elle. *Ça*, oui, c'est difficile à surmonter. Mais un choc – fût-il abominable –, il suffit pour s'en remettre de cesser d'y penser tout le temps.

– Vous ne comprenez pas, fit Linda d'un ton âpre.

– Mais si, ma chérie.

Linda secoua la tête :

– Non, vous ne comprenez pas du tout. Christine non plus. Vous êtes gentilles, toutes les deux, mais vous ne pouvez pas comprendre ce que je ressens. Vous trouvez que c'est morbide, vous croyez que je ressasse sans aucune raison…

Elle s'interrompit. Puis reprit d'une voix frémissante :

– Mais ça n'est pas ça du tout. Si vous saviez ce que je sais…

Rosamund se figea. S'interdisant de trembler, raidie dans l'effort qu'elle faisait pour dissimuler toute émotion, elle dégagea son bras :

– C'est quoi, ce que tu sais, Linda ?

La jeune fille la dévisagea, puis secoua la tête.

– Rien, marmonna-t-elle.

Rosamund la saisit par les poignets en serrant si fort qu'elle lui arracha une grimace :

– Fais attention, Linda. Fais très, très attention.

Le visage de Linda était pâle comme la mort :

– Je fais attention… tout le temps.

– Écoute-moi, Linda, ce que je t'ai dit tout à l'heure, ça reste vrai, encore mille fois plus vrai, même, dit Rosamund d'un ton pressant. Chasse tout ça de ta tête. N'y pense plus. Oublie, oublie… Tu peux si tu veux. Arlena est morte et rien ne la fera revenir. Oublie tout, pense à demain. Et surtout, *tiens ta langue*.

Linda parut se recroqueviller :

– On dirait que vous savez… que vous savez tout.

– Je ne sais *rien de rien*, répliqua Rosamund avec une énergie farouche. En ce qui me concerne, l'assassin d'Arlena est un fou qui rôdait sur l'île. C'est l'explication la plus vraisemblable et la police finira bien par l'admettre. C'est ce qui a dû se passer. C'est ce qui *s'est* passé.

– Si papa…

– Tais-toi.

– Il faut que je vous dise quelque chose. Ma mère…

– Eh bien quoi, ta mère ?

– Elle a été accusée de meurtre, n'est-ce pas ?

– Oui.

– Et ensuite papa l'a épousée, comme si, pour lui, un meurtre, ce n'était pas vraiment grave – enfin, pas toujours...

– Ne dis pas des choses pareilles ! s'emporta Rosamund. Même à moi ! La police n'a rien contre ton père. Il a un alibi, un alibi inattaquable. Il n'a rien à craindre.

– Ils ont cru un moment que papa ?...

– Peu importe ce qu'ils ont cru ! s'écria Rosamund. Maintenant, ils savent que *ça ne peut pas être lui*. Tu comprends ? *Ça ne peut pas être lui*.

Sa voix impérieuse, son regard imposèrent le silence à Linda qui poussa un long soupir tremblé.

– Tu vas bientôt pouvoir partir d'ici, reprit Rosamund. Tu oublieras tout... tout !

– Je n'oublierai jamais.

Linda avait hurlé sa phrase dans un accès de violence inattendue.

Elle s'arracha à l'étreinte de la jeune femme et courut vers l'hôtel.

Stupéfaite, Rosamund resta clouée sur place, sans réaction.

*

– Il est quelque chose, madame, que j'aimerais savoir.

Christine Redfern posa sur Poirot un regard absent :

– Oui ?

Hercule Poirot ne se formalisa pas de cet accueil. Il avait remarqué la façon dont elle suivait des yeux son mari qui faisait les cent pas sur la terrasse, devant le bar. Mais, pour l'instant, les problèmes strictement conjugaux ne l'intéressaient pas. Il voulait des renseignements :

– Oui, madame. Il s'agit d'une phrase – une phrase que vous avez prononcée l'autre jour et qui a attiré mon attention.

– Oui, qu'ai-je dit ? fit-elle, les yeux toujours rivés sur son mari.

– En réponse à une question du chef de la police du comté, vous avez déclaré que vous étiez passée voir miss Marshall le matin du crime, que sa chambre était vide et qu'elle était revenue sur ces entrefaites. Sur quoi le chef de la police vous a demandé d'où elle revenait.

– Et j'ai répondu qu'elle était allée se baigner, c'est cela ? fit Christine sans dissimuler son agacement.

– Eh non, chère petite madame, eh non ! Vous n'avez pas dit : « Elle était allée se baigner. » Vous vous êtes très exactement exprimée dans les termes suivants : « Elle m'a dit qu'elle était allée se baigner. »

– C'est la même chose, non ?

– Ce n'est absolument pas la même chose ! La formulation même de votre réponse nous éclaire avec précision sur votre impression du moment. Linda Marshall est entrée dans sa chambre, elle portait un peignoir de bain, et pourtant, pour une raison que j'ignore, vous n'avez pas pensé d'emblée qu'elle s'était baignée. C'est cela que suggère cette phrase : « Elle a *dit* qu'elle était allée se baigner. » Qu'avait-elle donc – était-ce son comportement, quelque chose qu'elle portait ? un mot qu'elle a prononcé ? – qui a fait que vous avez été surprise de l'entendre déclarer qu'elle était allée se baigner ?

Cessant pour un temps d'observer son mari, Christine accorda soudain toute son attention à Poirot. La signification profonde de sa tirade l'intéressait.

– Vous êtes très perspicace, reconnut-elle. C'est vrai, à la réflexion, que j'ai été surprise – oh, un tout petit peu – en entendant Linda dire qu'elle était allée se baigner.

– Mais pourquoi, madame ? Pourquoi ?

– Oui, pourquoi ? C'est ce dont j'essaie de me souvenir. Ah oui... ça doit être à cause du paquet qu'elle avait à la main.

– Elle avait un paquet à la main ?

– Oui.

– Que contenait-il ? Vous le savez ?

– Eh bien, oui, justement. La ficelle s'est défaite. Attachée à la va-vite, comme ils font au village. C'étaient *des bougies*. Elles ont roulé par terre. Je l'ai aidée à les ramasser.

– Tiens donc ! s'exclama Poirot. Des bougies !

Christine le dévisagea avec stupeur :

– Vous me paraissez bien exalté, monsieur Poirot.

– Linda vous a-t-elle confié pourquoi elle avait acheté des bougies ?

Christine réfléchit un instant :

– Non, je ne crois pas. Je suppose que c'était pour lire le soir. Peut-être que la lumière ne marche pas bien dans sa chambre.

– Oh non, madame, sûrement pas. Il y a une lampe de chevet en parfait état de marche.

– Alors je ne vois pas ce qu'elle voulait en faire.

– Comment a-t-elle réagi quand les bougies sont tombées par terre ?

– Eh bien, dit lentement Christine, elle a eu l'air plutôt gênée… mal à l'aise.

Poirot hocha la tête. Puis il s'enquit :

– Avez-vous remarqué un calendrier dans sa chambre ?

– Un calendrier ? Quel genre de calendrier ?

– Un calendrier vert, peut-être – un éphéméride.

Paupières plissées, Christine cherchait dans sa mémoire :

– Un calendrier vert… d'un vert plutôt vif… Oui, j'en ai vu un, mais où, je ne sais plus. Peut-être dans la chambre de Linda, mais je ne peux pas l'affirmer.

– Mais vous êtes sûre d'en avoir vu un tel que je vous l'ai décrit ?

– Oui.

De nouveau, Poirot hocha la tête.

– Où voulez-vous en venir, monsieur Poirot ? interrogea Christine. Pourquoi ces questions ?

Pour toute réponse, Poirot brandit un petit livre relié de cuir brun défraîchi :

– Et ce livre, l'avez-vous déjà vu quelque part, lui aussi ?

– Eh bien… je crois… je ne suis pas sûre… Montrez… Oui… Linda le feuilletait l'autre jour à la boutique du village. Mais elle l'a remis précipitamment en place quand je suis arrivée. Je me suis demandé ce que ça pouvait bien être.

Sans un mot, Poirot montra le titre :

Histoire secrète de la magie noire, de la sorcelle-

rie, et de la fabrication de quelques poisons indécelables.

– Je ne comprends pas, dit Christine. Qu'est-ce que cela veut dire ?

– Ah, madame, cela peut signifier bien des choses, répondit gravement Poirot.

Elle lui jeta un regard intrigué, mais il ne fit aucun commentaire.

– Une question encore, madame, reprit-il. Le matin du crime, avez-vous pris un bain avant votre partie de tennis ?

Christine ouvrit des yeux ronds :

– Un bain ? Mon Dieu, non. Je n'en aurais pas eu le temps, et puis je n'en avais pas besoin – pas avant une partie de tennis. Après, peut-être.

– Vous n'avez pas du tout utilisé votre salle de bains en rentrant de l'anse aux Mouettes ?

– Je me suis essuyé les mains et la figure, c'est tout.

– Vous n'avez pas fait couler d'eau dans la baignoire ?

– Non, je vous assure.

Poirot dodelina de la tête.

– Tant pis, dit-il. C'est sans importance.

*

Hercule Poirot s'était planté devant la table où Mrs Gardener livrait contre un puzzle un combat sans merci. Levant le nez, elle sursauta :

– Oh, monsieur Poirot, vous faites si peu de bruit… Je ne vous avais pas entendu. Vous revenez seulement de l'enquête ? Rien que d'y penser m'a mise dans tous mes états. Je ne savais pas quoi faire pour m'étourdir, si bien que je me suis attelée à ce puzzle. De toute façon, j'aurais été incapable d'aller sur la plage comme d'habitude. Quand rien ne va plus, Mr Gardener le sait bien, il n'y a qu'un puzzle pour me calmer. Voyons... où va cette pièce blanche ? Ça doit être un morceau du tapis de fourrure, mais je ne vois pas...

Poirot lui prit délicatement la pièce des mains :

– Elle va *ici*, madame. C'est un morceau du chat.

– Impossible, c'est un chat noir.

– C'est un chat noir, je n'en disconviens pas, mais vous remarquerez vous-même que le bout de la queue de ce chat noir-là est blanc.

– Mais c'est ma foi vrai ! Quel œil, monsieur Poirot ! N'empêche, ne me dites pas que ces fabricants de puzzles ne sont pas vicieux. Ils feraient n'importe quoi pour vous embrouiller.

Elle plaça une autre pièce et reprit :

– Vous savez, monsieur Poirot, je vous ai observé ces derniers jours. Je voulais vous voir en train de... de « détecter », si je peux m'exprimer ainsi – non pas que cela n'ait pas l'air sans cœur d'en parler comme ça, comme s'il s'agissait d'un jeu, avec cette pauvre femme, qui après tout a bel et bien été assassinée... Seigneur Dieu ! Chaque fois que j'ai le malheur d'y penser – et je ne pense qu'à ça –, c'est bien simple : j'ai des palpitations ! Du reste, pas plus tard que ce matin, j'ai dit à Mr Gardener qu'il *fallait* que je m'en aille d'ici, et maintenant que l'enquête a eu lieu, il pense que nous serons à même de partir demain. Et c'est un soulagement, c'est bien le cas de le dire. Mais pour en revenir à la « détection », j'aimerais tant connaître vos méthodes... je me sentirais tellement *comblée* si vous consentiez à me les expliquer.

– C'est un peu comme votre puzzle, madame. On assemble les pièces. C'est comme une mosaïque – pleine de couleurs et de motifs différents – et chaque petit élément, si biscornu soit-il, doit y trouver sa place.

– Mais comme c'est intéressant ! Vous expliquez magnifiquement, monsieur Poirot.

Poirot poursuivit :

– Et parfois, c'est comme avec la pièce blanche de votre puzzle. On dispose les pièces très méthodiquement, on les trie selon les couleurs, et puis on s'aperçoit qu'une pièce qui aurait dû logiquement appartenir, mettons, au tapis de fourrure, est en réalité un morceau de la queue du chat noir.

– Mais n'est-ce pas fascinant ? Et il y a beaucoup de pièces, monsieur Poirot ?

– Oui, madame. Pratiquement tout le monde, ici, m'a fourni une pièce du puzzle. Vous, entre autres.

– Moi ?

La voix de Mrs Gardener était montée dans le suraigu.

– Oui, l'une de vos remarques, madame, m'a été d'un secours inestimable. Je dirai même qu'elle m'a été une illumination.

– Mais c'est divin, monsieur Poirot ! Divin ! Ne pouvez-vous pas m'en dire davantage ?

– Hélas, madame, je réserve toujours mes explications pour le dernier chapitre.

– Oh, c'est trop dommage ! trémola Mrs Gardener.

*

Hercule Poirot toqua discrètement à la porte de Mr Marshall. On entendait, à travers le battant, le cliquetis de sa machine à écrire.

Un bref « Entrez ! » en couvrit un instant le bruit, et Poirot ne se le fit pas dire deux fois.

Assis au bureau placé entre les deux baies vitrées, le capitaine lui tournait le dos. Son regard croisa celui de Poirot dans le miroir qui lui faisait face.

– Oui, monsieur Poirot, que voulez-vous ? lança-t-il avec humeur.

– Mille pardons, dit précipitamment Poirot. Vous êtes occupé ?

– Plutôt, oui, rétorqua Marshall, acerbe.

– J'aurais juste une toute petite question à vous poser.

– Bon sang, j'en ai assez des questions ! J'ai répondu à celles de la police. Je ne vois pas la nécessité de répondre aux vôtres.

– Juste une, très simple. Voilà. Le matin du crime, avez-vous pris un bain entre le moment où vous avez fini de taper votre courrier et celui où vous êtes allé jouer au tennis ?

– Un bain ? Quelle idée ! J'étais allé nager une heure avant.

– Merci, c'est tout.

– Mais, attendez, oh…

Poirot avait déjà refermé la porte sans bruit.
– Ce type est cinglé, décréta Marshall.

*

Devant le bar, Poirot rencontra Mr Gardener chargé de deux cocktails. De toute évidence, il allait retrouver son épouse aux prises avec son puzzle.

Il adressa à Poirot un sourire chaleureux :

– Nous feriez-vous le plaisir de vous joindre à nous, monsieur Poirot ?

Poirot déclina l'offre et s'enquit :

– Qu'avez-vous pensé de l'enquête, Mr Gardener ?

Ce dernier baissa la voix :

– Ça m'a semblé un peu confus. La police garde quelque chose dans sa manche, je parie ?

– Je n'irai pas jusqu'à jurer le contraire, confia Poirot.

Mr Gardener baissa encore davantage le ton :

– Entre nous, je serais heureux de pouvoir emmener Mrs Gardener loin d'ici. C'est une femme très, très impressionnable et cette affaire ne lui vaut rien. Elle est à bout.

– Puis-je me permettre, Mr Gardener, de vous poser une question ?

– Mais certainement, monsieur Poirot. Ravi de vous aider de mon mieux.

Poirot se pencha vers lui :

– Vous êtes un homme d'expérience – un homme, je crois, d'une grande perspicacité… En toute franchise, que pensiez-vous de Mrs Marshall ?

De surprise, les sourcils de Mr Gardener grimpèrent d'un cran cependant que sa voix baissait une fois encore d'autant.

– Eh bien, monsieur Poirot, chuchota-t-il en promenant alentour un regard prudent, j'ai surpris quelques-uns des ragots qui ont été colportés sur son compte, si vous me comprenez à demi-mot – et ce, surtout parmi ces dames…

Poirot acquiesça d'un hochement de tête.

– Mais si c'est mon sentiment personnel que vous voulez, conclut Mr Gardener dans un souffle quasi inaudible, alors là, très franchement, je vous dirai en toute sincérité que notre femme fatale n'était en fait que la reine des gourdes.

– Que voilà enfin un point de vue intéressant, marmonna Poirot, tout songeur.

*

– Alors, cette fois, c'est mon tour ? dit Rosamund Darnley.

– Je vous demande pardon ?

Elle se mit à rire.

– L'autre jour, le chef de la police du comté conduisait les interrogatoires tandis que vous vous contentiez d'observer. Mais aujourd'hui, j'ai comme l'impression que vous menez votre propre enquête. Je vous ai observé. D'abord Mrs Redfern. Ensuite Mrs Gardener : je vous ai aperçu par la fenêtre du salon, penché sur son horrible puzzle. Maintenant, c'est mon tour.

Hercule Poirot prit place sur le banc. Ils étaient à Roc-Soleil. La mer, en contrebas, était d'un vert profond. Au large, c'était une nappe éblouissante, d'un bleu presque blanc, et qui, à l'horizon, se confondait avec le ciel.

– Vous êtes très intelligente, mademoiselle, déclara Poirot en préambule. Je l'ai tout de suite pensé. J'aurais grand plaisir à discuter avec vous de cette affaire.

– Vous voulez savoir ce que je pense de toute cette histoire ? s'enquit Rosamund d'une voix douce.

– Cela m'intéresserait infiniment, oui.

– Je crois que c'est en réalité très simple. La clé du mystère, c'est dans le passé de cette femme qu'elle se trouve.

– Dans son passé ? Pas le présent ?

– Oh, pas forcément dans un passé très lointain. Moi, je vois les choses comme ça. Arlena Marshall était belle, d'une beauté que l'on pourrait qualifier de fatale. Elle « traînait tous les cœurs après soi ». Mais qui sait si elle ne se lassait pas vite de ses conquêtes trop faciles ? Parmi ses… – ses admirateurs, dirons-nous –, il s'en est trouvé un qui l'a mal pris. Oh, ne vous méprenez pas, je ne songe aucunement à un de ces Adonis qu'on repère à des kilomètres à la ronde. Non, je verrais plutôt quelque gnome insignifiant, vaniteux et susceptible – du genre à ruminer sa rancœur. Pour moi, il l'a suivie jusqu'ici, il a attendu son heure et il l'a tuée. Voilà.

– Vous voulez dire que c'était un étranger à notre petite colonie de l'île ? qu'il est venu de Leathercombe ?

– Oui. Il a dû se cacher dans cette grotte en attendant son heure.

Poirot secoua la tête :

– Et elle serait allée retrouver un homme tel que vous venez de décrire ? Non, elle aurait ri en haussant les épaules.

– Elle aurait pu ne pas savoir qu'il s'agissait de lui, rétorqua Rosamund. Il aurait pu lui faire parvenir un message signé d'un autre nom.

– C'est possible..., se laissa aller à admettre mollement Poirot.

Il se reprit néanmoins bien vite :

– Mais vous oubliez un élément d'importance, mademoiselle. Un homme décidé à tuer n'aurait pas pris le risque de traverser la jetée et de passer devant l'hôtel en plein jour. On aurait pu le voir.

– Peut-être, mais pas nécessairement. À mon avis, il a très bien pu venir sur l'île sans se faire remarquer.

– Que cela ait été faisable, je vous l'accorde bien volontiers. En revanche, le point capital, c'est qu'il ne pouvait absolument pas compter sur un aussi heureux concours de circonstances.

Rosamund Darnley se fit un brin sarcastique :

– Ne seriez-vous pas, à votre tour, en train d'oublier « un élément d'importance », monsieur Poirot ?... Le temps.

– Le temps ?

– Oui, le jour du crime, il faisait un temps superbe, mais la veille, rappelez-vous, il y avait de la pluie et du brouillard. N'importe qui pouvait venir sur l'île sans être vu. Il ne suffisait plus à l'intrus que de descendre sur la plage et passer la nuit dans la grotte. Ce brouillard, monsieur Poirot, vous ne pouvez pas ne pas le prendre en compte.

Poirot l'observa quelques instants d'un air songeur. Puis il articula :

– Vous savez qu'il y a du vrai dans ce que vous dites ?

Rosamund rougit :

– En tout cas, c'est ma théorie. Maintenant, dites-moi la vôtre.

– Ah ! soupira Poirot.

Son regard alla se perdre dans la mer :

– Soit, mademoiselle, se décida-t-il enfin. Voyez-vous, je ne suis pas quelqu'un de compliqué. J'ai toujours tendance à croire que c'est le coupable le plus plausible qui en définitive a bel et bien commis le crime. Au tout début, il m'a semblé que cette personne était clairement désignée.

La voix de Rosamund prit une intonation rauque :

– Continuez.

– Seulement voilà, poursuivit Poirot, il y a ce qu'il est convenu d'appeler vulgairement un os ! Il est apparemment impossible que ladite personne ait commis le meurtre.

Il l'entendit pousser une sorte de soupir.

– Alors ? demanda-t-elle d'une voix toujours altérée.

Il haussa les épaules :

– Alors comment nous tirer de cette impasse ? C'est là tout mon problème.

Il marqua un temps, puis reprit :

– Puis-je vous poser une question ?

– Bien sûr.

Elle lui fit face, attentive, sur ses gardes. Mais la question qui vint n'était pas de celles auxquelles elle aurait pu s'attendre :

– Le matin du meurtre, avant de vous changer pour le tennis, avez-vous pris un bain ?

Elle le regarda, éberluée :

– Un bain ? Que voulez-vous dire ?

– Ce que je dis : un bain. Vous savez, ce réceptacle en porcelaine, on tourne les robinets pour le remplir, on y entre, on en sort et – glou, glou, glou –, l'eau s'en va dans les tuyaux.

– Monsieur Poirot, seriez-vous réellement fou ?

– Non, je suis parfaitement sain d'esprit.

– Si c'est vous qui le dites… Quoi qu'il en soit, je n'ai pas pris de bain.

– Tiens donc ! fit Poirot. Si je comprends bien, personne n'a pris de bain. C'est extrêmement intéressant, ça.

– Mais pourquoi qui que ce soit aurait-il pris un bain ?

– Pourquoi donc, en effet.

L'exaspération gagnait Rosamund :

– C'est votre côté Sherlock Holmes ou quoi ?

Hercule Poirot sourit.

Puis il leva un nez frémissant et, non sans ostentation, huma l'air ambiant :

– Me permettez-vous de me montrer impertinent, mademoiselle ?

– Je suis certaine que vous ne sauriez l'être, monsieur Poirot.

– C'est très gentil à vous. Dans ce cas, oserai-je vous dire que votre parfum est délicieux ? Il a un je ne sais quoi – un charme suave, insaisissable…

Aériennes, les mains de Poirot s'étaient mises à danser.

– Gabrielle n° 8, n'est-ce pas ? ajouta-t-il de son ton soudain le plus prosaïque.

– Quel connaisseur vous faites ! Oui, je le porte toujours.

– Ainsi que feu Mrs Marshall, qui s'en inondait. Très chic, n'est-il pas vrai ? Et extrêmement coûteux, non ?

Rosamund haussa les épaules avec un petit sourire.

– Le matin du crime, reprit-il, vous étiez là où nous sommes. Miss Brewster et Mr Redfern vous ont aperçue de leur bateau, vous, ou du moins votre ombrelle. Ce matin-là, très chère mademoiselle, êtes-vous certaine de ne pas être allée par hasard à la crique aux Lutins, ni d'être entrée dans la grotte, la fameuse grotte aux Lutins ?

Rosamund affronta son regard.

– Êtes-vous en train de me demander si j'ai tué Arlena Marshall ? demanda-t-elle tout uniment.

– Non. Tout ce que je vous demande, c'est si vous êtes entrée dans cette grotte.

– Je ne sais même pas où elle se trouve. Pourquoi y serais-je allée ? Pour quelle raison ?

– Le jour du crime, mademoiselle, quelqu'un qui usait de Gabrielle n° 8 a pénétré dans cette grotte.

– Mais vous venez de dire vous-même qu'Arlena Marshall s'inondait de Gabrielle n° 8. Elle était sur cette plage. Sans doute est-elle entrée dans la grotte.

– Oui, mais pourquoi ? C'est sombre, exigu et très inconfortable…

Rosamund prit la mouche :

– Ce n'est pas à moi qu'il faut demander la raison des faits et gestes de tout un chacun. Puisqu'il va de soi qu'elle était à la crique, il va forcément de soi que c'est elle qui est allée dans la grotte. Moi, je vous l'ai déjà dit et répété, je n'ai pas bougé d'ici de toute la matinée.

– Sauf quand vous êtes retournée à l'hôtel pour vous introduire dans la chambre du capitaine Marshall, lui rappela Poirot.

– Oui, c'est vrai. J'oubliais.

– D'ailleurs, vous vous trompiez en pensant que le capitaine ne vous avait pas vue.

– Kenneth m'a vue ? s'exclama-t-elle, incrédule. Il… Il vous a dit ça ?

Poirot hocha la tête :

– Il vous a aperçue, mademoiselle, dans le miroir qui est au-dessus de la table.

– Oh ! Je comprends.

Poirot avait cessé de contempler la mer. Ses yeux s'étaient posés sur les mains de miss Darnley qu'elle avait croisées sur ses genoux. C'étaient de belles mains fermes et élégantes, aux longs doigts fins.

– Mes mains vous intéressent ? fit-elle d'un ton cassant en surprenant son regard. Est-ce que… Est-ce que vous vous imagineriez par hasard que… ?

– Est-ce que je m'imaginerais… quoi, mademoiselle ?

Rosamund Darnley secoua la tête :

– Rien.

*

Quelque chose comme une heure plus tard environ, Poirot déboucha au sommet du sentier en lacet qui dévalait vers l'anse aux Mouettes.

Quelqu'un se trouvait sur la plage. Une frêle silhouette en chemisier rouge et short bleu marine.

Poirot s'engagea dans le raidillon d'un pas prudent, eu égard à l'étroitesse de ses élégantes bottines.

Linda Marshall se retourna brusquement. Il crut la voir se recroqueviller un peu.

D'un œil méfiant d'animal traqué, elle surveilla son arrivée, son installation précautionneuse sur les galets. Dans un serrement de cœur, il se rendit compte à quel point elle était jeune et vulnérable.

– Qu'est-ce qu'il y a ? l'interrogea-t-elle. Qu'est-ce que vous voulez ?

Il ne répondit pas tout de suite.

– L'autre jour, préluda-t-il enfin, vous avez déclaré à la police que votre belle-mère était gentille avec vous et que vous l'aimiez bien.

– Et alors ?

– Ce n'était pas vrai, n'est-ce pas, mademoiselle ?

– Si, c'était vrai.

– Elle ne faisait sans doute pas preuve de méchanceté agissante – cela, j'y consens. Mais vous ne l'aimiez pas pour autant – oh que non ! Vous la détestiez cordialement. Cela crevait les yeux.

– Peut-être que je ne l'aimais pas beaucoup. Mais on ne doit pas parler comme ça de quelqu'un qui est mort. C'est contraire aux convenances.

Poirot poussa un profond soupir :

– C'est ce qu'on vous a appris dans votre collège ?

– Plus ou moins, oui.
– Quand quelqu'un a été tué, décréta Poirot, la vérité importe plus que les convenances.
– J'aurais pu parier que vous diriez un truc de ce genre.
– Vous auriez gagné votre pari. Et je le dis. Découvrir qui a tué Arlena Marshall, c'est mon travail, voyez-vous.
– Je voudrais oublier tout ça, marmotta Linda. C'est tellement atroce.
La voix de Poirot se fit d'une douceur extrême :
– *Seulement vous êtes dans l'incapacité absolue d'y parvenir, n'est-ce pas ?*
Linda ferma les yeux :
– C'est un fou qui l'a tuée. Un fou furieux, ça ne peut être que ça.
– Non, murmura Poirot, je ne pense pas un instant que les choses se soient passées ainsi.
Linda avala sa salive :
– Vous parlez comme si… comme si vous *saviez*.
– Peut-être bien que je sais, en effet.
Il laissa passer un temps, puis :
– Me feriez-vous suffisamment confiance, mon enfant, pour me permettre de vous aider dans l'état de trouble profond où vous vous débattez ?
Linda se leva d'un bond :
– Je ne suis pas troublée pour deux sous. Je n'ai pas besoin qu'on m'aide, ni vous ni personne. Je ne sais même pas de quoi vous parlez.
Poirot la fixa au plus profond des yeux.
– Je parle de *bougies,* articula-t-il lentement.
Il vit ses pupilles s'emplir de terreur.
– Taisez-vous ! hurla-t-elle. Taisez-vous !

Et elle s'enfuit comme une gazelle vers les lacets du sentier qu'elle gravit à toute allure.

Poirot secoua la tête. Il avait le visage grave et soucieux.

11

L'inspecteur Colgate faisait son rapport au chef de la police du comté :

– J'ai du nouveau, monsieur. Et du sensationnel. C'est au sujet de l'argent de Mrs Marshall. Je me suis plongé dans ses comptes avec ses avoués. Ils n'en sont pas encore revenus, c'est le moins qu'on puisse dire ! J'ai la preuve qu'on la faisait chanter. Vous vous rappelez que le vieil Erskine lui avait laissé cinquante mille livres ? Eh bien, tout ce qu'il en reste n'atteint même pas quinze mille.

Le chef de la police ne put retenir un sifflement :

– Mince alors, où est passé le magot ?

– C'est là que ça devient intéressant, monsieur. Elle réalisait des valeurs à intervalles réguliers, et chaque fois elle retirait l'argent en liquide. Autrement dit, elle remettait cet argent à quelqu'un et elle ne voulait pas qu'on puisse remonter la piste. Chantage, à tous les coups.

Le chef de la police hocha la tête :

– Ça m'en a tout l'air. Et le maître chanteur est ici, dans cet hôtel. C'est donc l'un de nos trois hommes. Vous avez quelque chose de plus sur l'un ou l'autre ?

– Rien de très concluant, monsieur. Le major Barry est, comme il l'a déclaré, officier en retraite. Il habite un petit appartement, touche une petite pension et tire un petit revenu des quelques actions qu'il possède. *Mais* il a déposé des sommes considérables sur son compte l'an dernier.

– Prometteur. Comment explique-t-il ça ?

– Il prétend avoir gagné aux courses. Il est exact qu'on le voit à toutes les réunions importantes. Exact aussi qu'il prend ses paris sur le champ de course sans passer par un bookmaker.

Le chef de la police se rembrunit :

– Difficile à réfuter, tout ça. Enfin, à voir.

Colgate reprit son exposé :

– Ensuite, le révérend Stephen Lane. Il ne raconte pas d'histoires. Il a bel et bien été pasteur, à St Helen's Whiteridge, dans le Surrey. Il a abandonné sa charge, il y a un peu plus d'un an, pour raisons de santé. Par « raisons de santé » il faut entendre séjour d'un an dans une clinique pour malades mentaux.

– Intéressant, commenta Weston.

– Oui, monsieur. J'ai essayé de faire parler le médecin qui s'est occupé de lui, mais vous connaissez les toubibs – difficile de leur tirer quoi que ce soit d'un peu précis. Enfin, d'après ce que j'ai compris, la maladie du révérend, c'est qu'il était obsédé par le Démon. Il le voyait partout, et en particulier sous l'apparence d'une femme – la femme perdue, la putain de Babylone.

– Hum, fit Weston. C'est le genre d'obsession qui peut vous mener tout droit à la folie homicide. Il y a des précédents.

– Oui, monsieur. Il me semble que Stephen Lane soit à tout le moins une possibilité à ne pas écarter. Chevelure flamboyante, comportement peu orthodoxe et mœurs apparemment à l'avenant, feu Mrs Marshall devait passer, aux yeux d'un ecclésiastique porté à l'exaltation, pour le type même de la « femme perdue ». Il aurait pu se persuader que son devoir sacré était de la supprimer. Enfin, s'il est vraiment timbré.

– Rien qui collerait avec la théorie du chantage ?

– Non, monsieur. Pour ça, Lane ne me paraît pas dans le coup. Des moyens modestes, et pas d'enrichissement soudain.

– Et pour ses déplacements le jour du crime ?

– Impossibles à confirmer. Personne ne se souvient d'avoir croisé un pasteur dans les chemins creux. Quant au livre de l'église, la dernière signature avant lui remontait à trois jours et personne n'y avait jeté un œil depuis. Rien n'empêche donc qu'il ait signé la veille ou même l'avant-veille en datant sa visite du 25.

Weston acquiesça de la tête :

– Et le troisième homme ?

– Horace Blatt ? Aucun doute pour moi qu'il y ait quelque chose de louche de ce côté-là, monsieur. Il paie des impôts sur le revenu sans commune mesure avec ce qu'il tire de son affaire de quincaillerie en gros. Oh, c'est un malin. Il pourra sûrement nous servir une histoire plausible – qu'il joue en Bourse ou qu'il a des intérêts occultes dans une ou deux affaires parallèles… Ça, comptez sur lui, il trouvera bien une explication. Le fait n'en demeure pas moins que, depuis plusieurs années, il encaisse de grosses sommes d'origine inconnue.

– En fait, résuma Weston, l'idée serait que Mr Blatt exerce la lucrative profession de maître chanteur ?

– Ça ou la drogue, monsieur. J'ai vu l'inspecteur Ridgeway, des Stupéfiants, et il n'avait pas assez d'oreilles pour m'écouter. Il semblerait qu'il y ait eu de gros arrivages d'héroïne ces derniers temps. Les Stupéfiants surveillent les petits revendeurs et savent plus ou moins qui est à l'autre bout, mais comment la drogue entre en Angleterre, ça, ils n'ont pas encore réussi à trouver.

– Si la mort de Mrs Marshall découle de ses relations, innocentes ou non, avec un quelconque trafic de drogue, maugréa Weston, nous serions bien avisés de refiler le bébé à Scotland Yard. C'est eux que ça regarde, non ?

– Je crains que vous n'ayez raison, admit Colgate à contrecœur. La drogue, c'est l'affaire du Yard.

– Oui, conclut Weston après quelques secondes de réflexion, c'est sans aucun doute la drogue qui représente la piste la plus vraisemblable.

Colgate hocha la tête d'un air dépité :

– Sans aucun doute, ça n'est que trop vrai… Marshall est définitivement hors de cause. Dommage, j'aurais eu quelques informations intéressantes si son alibi n'était pas aussi solide. Apparemment, sa société est dans une mauvaise passe. Ce n'est pas sa faute ni celle de ses associés, juste une conséquence de la crise de l'année dernière et de la conjoncture commerciale et financière. À priori, il pouvait tabler sur cinquante mille si sa femme passait l'arme à gauche – et cinquante mille livres, ça lui aurait tiré une belle épine du pied.

Il soupira :

– Il n'y a pas à dire, avoir sous le nez un type avec deux mobiles en or sans qu'on puisse rien lui reprocher, on aurait le cafard à moins.

Weston sourit :

– Allez, Colgate, ne faites pas cette tête. Nous n'avons pas dit notre dernier mot. Il y a encore cette histoire de chantage, et puis le cinglé de Dieu. Personnellement, je vous l'ai dit, je penche pour l'hypothèse de la drogue. Mais si Mrs Marshall a été éliminée par les trafiquants, nous aurons aidé Scotland Yard. En définitive, dans un sens comme dans l'autre, nous tirons notre épingle du jeu.

Colgate retrouva un semblant de sourire :

– Voilà, monsieur, tout est là. Ah si, au passage, j'ai pris mes renseignements sur l'auteur de la lettre qu'on a trouvée dans sa chambre. Celui qui signe J.N. Rien de ce côté-là. Il est en Chine, et il n'a pas l'air de broncher. C'est ce loustic dont parlait miss Brewster. Un jeune propre à rien, un peu voyou sur les bords. J'ai passé en revue les autres amis de Mrs Marshall. Ça ne mène nulle part. Tout ce qu'il y a d'un peu consistant, nous l'avons déjà, monsieur.

– Bon. À nous donc de prendre une décision, conclut Weston qui ajouta : Et notre collègue belge ? Vous l'avez mis au courant de tout ce que vous venez de me dire ?

– Drôle de zigoto, fit Colgate avec un petit sourire. Vous ne devineriez jamais ce qu'il m'a demandé avant-hier ! Tout ce que je pouvais lui trouver sur les cas de strangulation au cours de ces trois dernières années.

Le colonel se redressa :

– Allons, bon ! Il vous a demandé ça ? Après tout, je me demande bien si…

Après un silence, il reprit :

– Quand avez-vous dit que le révérend Lane était entré dans sa clinique pour malades mentaux ?

– L'an dernier, à Pâques, monsieur.

– Il y a eu un cas, en effet, dit Weston en faisant travailler ses méninges. Le corps d'une jeune femme trouvé du côté de Bagshot. Elle avait rendez-vous avec son mari, mais elle n'est jamais arrivée. Et puis il y a eu aussi ce que les journaux ont appelé le Mystère du Hallier Solitaire. Tous les deux dans le Surrey, si ma mémoire est bonne.

Leurs regards se croisèrent.

– Le Surrey ? dit Colgate. Ma parole, ça collerait ! Moi aussi, j'en viens à me poser des questions…

*

Hercule Poirot était assis dans l'herbe au point culminant de l'île.

Un peu plus loin, sur sa gauche, se trouvait le départ de l'échelle de fer qui descendait à la crique aux Lutins. Quelques gros rochers masquaient quiconque se serait proposé de l'emprunter. Quant à la plage, le surplomb de la falaise ne permettait pas d'en voir grand-chose.

Il eut un long hochement de tête.

Les pièces du puzzle s'ordonnaient peu à peu. Mentalement, il les passa en revue, l'une après l'autre, soigneusement.

Un matin sur la terrasse au-dessus de la grande plage, quelques jours avant la mort d'Arlena Marshall.

Une, deux, trois, quatre, cinq remarques faites par différentes personnes.

Une partie de bridge, un soir. Patrick Redfern, Rosamund Darnley et lui autour de la table. Christine faisait le mort, elle était sortie prendre l'air et avait surpris une conversation. Qui d'autre se trouvait au salon à ce moment-là ? Qui en était absent ?

La veille du crime. La conversation qu'il avait eue après le dîner avec Christine et la scène dont il avait été le témoin en regagnant l'hôtel.

Gabrielle n° 8.

Une paire de ciseaux.

Un tuyau de pipe cassé.

Un flacon jeté par une fenêtre.

Un calendrier vert.

Un paquet de bougies.

Un miroir et une machine à écrire.

Une pelote de laine magenta.

La montre d'une jeune fille.

Une baignoire qui se vide.

Chacun de ces éléments sans lien devait trouver sa place. Sans laisser de blanc.

Et puis, les faits concrets enfin casés à l'endroit qui leur revenait, passer à l'étape suivante : écouter son instinct qui flairait sur l'île la présence du Mal.

Le Mal…

Il baissa les yeux sur les feuilles dactylographiées qu'il tenait à la main.

Nellie Parsons – découverte étranglée dans un petit bois des environs de Chobham. Aucun indice. Affaire classée.

Nellie Parsons ?

Alice Corrigan.

Il lut avec la plus grande attention les circonstances de la mort d'Alice Corrigan.

*

À Roc-Soleil, Hercule Poirot, dans sa niche qui dominait la mer jusqu'au fin fond de l'horizon, vit venir à lui l'inspecteur Colgate.

Il aimait bien Colgate. Il aimait bien son visage taillé à coups de serpe, ses yeux matois, sa façon de faire, sans hâte, à son rythme.

L'inspecteur s'assit.

– Vous en tirez quelque chose ? demanda-t-il en désignant du menton les papiers que Poirot avait à la main.

– Je les ai étudiés... oui.

L'inspecteur se releva, fit quelques pas jusqu'à la niche voisine et revint :

– Prudence est mère de sûreté. Je ne tiens pas à ce qu'on nous entende.

– Sagement parlé !

– Je peux bien vous le dire, monsieur Poirot, je n'aurais sans doute pas pensé à ces rapports si vous ne me les aviez pas demandés, mais ils m'ont beaucoup intéressé. Un en particulier.

– Alice Corrigan ?

– Alice Corrigan, en effet... Je suis allé rendre

une petite visite à la police du Surrey au sujet de cette affaire, je voulais en connaître les tenants et aboutissants.

– Racontez-moi ça, mon bon ami. Vous m'intéressez… vous m'intéressez prodigieusement.

– Je pensais bien que ce serait le cas. Le corps d'Alice Corrigan a été découvert au lieu-dit Caesar's Grove, un petit bois de Blackridge Heath à moins de quinze kilomètres de Marley Copse où l'on avait trouvé Nellie Parsons – or, ces deux endroits sont situés dans un rayon de vingt kilomètres de Whiteridge où Mr Lane était pasteur.

– Parlez-moi du meurtre d'Alice Corrigan.

– Au début, la police n'a pas fait le lien avec le meurtre de Nellie Parsons. Ils étaient partis sur l'idée que le mari était coupable. Je ne sais pas trop pourquoi, si ce n'est qu'on ne savait pas grand-chose de lui, d'où il venait, qui il était, etc., « l'homme mystère », comme disent les journaux. Alice Corrigan l'avait épousé contre la volonté de ses parents. Elle avait un peu d'argent et avait souscrit une assurance-vie dont il bénéficiait. Tout ça ne prêchait pas en sa faveur, vous avouerez.

Poirot opina.

– Seulement voilà, quand on s'est mis à chercher la petite bête, le mari s'est retrouvé blanc comme neige. Le corps avait été découvert par une randonneuse, une de ces jeunes femmes sportives qui déambulent en short. Témoin parfaitement fiable et compétent : professeur d'éducation physique dans une école du Lancashire. Donc elle note l'heure à laquelle elle trouve le corps, quatre heures et quart. La mort, d'après elle, ne devait pas remonter à plus de dix minutes, c'est ce qu'elle déclarera. Estimation confirmée plus tard par le médecin légiste qui examinera le corps à six heures moins le quart. Elle fait bien attention de ne toucher à rien et coupe à travers champs pour arriver plus vite au poste de police de Bagshot où elle signale le meurtre. Or, entre trois heures et quatre heures dix de l'après-midi, Edward Corrigan est dans le train qui le ramène de Londres où il s'est rendu pour affaires. Dans son compartiment, il y a quatre autres personnes. À la gare, il prend le bus local avec deux de ses compagnons de voyage et descend au café du *Grand Pin* où il a rendez-vous avec sa femme. Il est alors quatre heures vingt-cinq. Il commande deux thés mais demande qu'on ne les serve qu'à l'arrivée de sa femme. En attendant, il va faire les cent pas au-dehors. À cinq heures, elle n'est toujours pas là et il commence à s'inquiéter – qui sait si elle ne s'est pas foulé la cheville en chemin. Ce qui était convenu, c'était qu'elle vienne à pied par la lande – à la suite de quoi ils rentraient ensemble en bus. Caesar's Grove n'est pas très loin du café, et ce qu'on pense, c'est qu'elle était en avance sur le rendez-vous, qu'elle s'est assise un moment pour profiter du paysage et qu'elle a été agressée par un rôdeur ou un fou. Une fois le mari hors de cause, on a rapproché ce meurtre de celui de Nellie Parsons, la petite bonne un peu délurée qu'on avait retrouvée étranglée à Marley Copse. La police a présumé que les deux crimes étaient l'œuvre du même homme. Mais on ne l'a jamais attrapé. Et non seulement ça, mais on n'a jamais eu le moindre petit commencement de piste. Chou blanc.

Après un court silence, Colgate reprit :

– Et aujourd'hui, nous voici avec une troisième femme étranglée… et, dans le paysage, certain individu que nous ne nommerons pas !

Il posa ses petits yeux malins sur Poirot et attendit, confiant, sa réaction.

Les lèvres de Poirot remuaient. Colgate tendit l'oreille.

– … si difficile de savoir ce qui appartient au tapis et ce qui va dans la queue du chat…

– Je vous demande pardon ? fit Colgate, interloqué.

– Toutes mes excuses, dit vivement Poirot. Je suivais le cours de mes pensées.

– Qu'est-ce que c'est que cette histoire de tapis et de chat ?

– Rien – rien du tout… Dites-moi, inspecteur, si vous soupçonniez quelqu'un de vous raconter des mensonges, un tas de mensonges, sans pouvoir le prouver, que feriez-vous ?

Colgate réfléchit :

– Pas facile. Mais je pense que quand on raconte trop de mensonges, on finit toujours par s'emmêler les pinceaux.

Poirot dodelina de la tête :

– Oui, c'est très juste, ce que vous me dites-là. Seulement, voyez-vous, ce n'est que dans ma tête que certaines déclarations sont des mensonges. Je suis *persuadé* qu'on a cherché à me mener en bateau, comme on dit vulgairement, mais je ne le *sais* pas. Bah ! peut-être pourrait-on faire un test sur un détail insignifiant. Et s'il s'avérait qu'il s'agissait bien d'un mensonge, on saurait alors que les autres en étaient aussi.

L'inspecteur le regarda avec intérêt :

– Votre esprit fonctionne d'une drôle de façon, mais il faut bien admettre qu'au bout du compte, ça marche. Excusez ma curiosité, mais qu'est-ce qui vous a donné l'idée de vous renseigner sur les cas de strangulation en général ?

– Il y a une expression dans ma langue : *rondement mené*. C'est l'impression que j'ai eue – un crime rondement mené. Et j'en ai conclu que le meurtrier n'en était probablement plus à son coup d'essai.

– Je vois.

– Alors je me suis dit : examinons les crimes du même genre commis ces dernières années, et s'il s'en trouve un qui ressemble beaucoup à celui-ci, eh bien nous aurons mis la main sur une indication précieuse…

– Quand vous évoquez les « crimes du même genre », c'est à la façon de tuer que vous faites allusions ?

– Non, non, bien plus que cela. La mort de Nellie Parsons, par exemple, ne m'apprend rien. En revanche, celle d'Alice Corrigan… Inspecteur, vous n'avez pas remarqué une ressemblance frappante avec l'affaire Marshall ?

Colgate réfléchit longuement à la question.

– Non, monsieur, répondit-il enfin. J'avoue que non. Si ce n'est que, dans les deux cas, le mari a un alibi inattaquable.

– Ah, dit doucement Poirot, vous avez donc bel et bien remarqué ça ?

*

– Ha ! Poirot. Heureux de vous voir. Entrez. Vous êtes l'homme qu'il me faut.

Hercule Poirot ne laissa pas passer aussi aimable invitation.

Le chef de la police du comté poussa sur le bureau un coffret à cigarettes, en prit une lui-même et l'alluma.

– J'ai plus ou moins pris une décision, dit-il entre deux bouffées. Mais j'aimerais votre opinion avant de faire quoi que ce soit.

– Je vous écoute, mon bon ami.

– J'ai décidé de contacter Scotland Yard et de leur refiler le dossier. À mon avis, même si nous pouvons retenir des faits contre une ou deux personnes, tout tourne autour du trafic de drogue. Cette grotte aux Lutins est une cache pour la marchandise, c'est clair comme de l'eau de roche.

Poirot hocha la tête :

– Tout à fait d'accord.

– Parfait. Et je n'ai guère de doute sur l'identité de notre trafiquant. Horace Blatt.

De nouveau, Poirot opina du bonnet :

– Là aussi, je partage votre point de vue.

– Je constate que nous sommes sur la même longueur d'ondes. Blatt a l'habitude de sortir faire de la voile. S'il lui arrive d'inviter à l'occasion quelqu'un à son bord, il effectue en règle générale des sorties solitaires. Son bateau est équipé de voiles rouges plutôt voyantes, mais nous en avons découvert également un jeu de blanches dans la cale. J'estime que, selon un calendrier préétabli, il se rend à un point convenu où le rejoint un autre bateau – yacht ou vedette à moteur, peu importe. La marchandise change de mains. Puis,

Blatt accoste à la crique aux Lutins à un moment propice de la journée...

– Oui, oui, à une heure et demie, enchaîna en souriant Poirot. À l'heure sacro-sainte du lunch, quand tout bon Anglais ne saurait être ailleurs qu'à la salle à manger. Les touristes ne viennent pas pique-niquer à la crique aux Lutins. Les gens de l'hôtel y emportent parfois un thermos de thé l'après-midi, quand le soleil est là. Mais s'ils ont envie de pique-niquer, ils vont beaucoup plus loin, dans la campagne.

Le colonel acquiesça :

– Exactement. Donc, Blatt accoste avec son petit voilier, entrepose la marchandise sur cette saillie, dans la grotte, et quelqu'un vient l'y récupérer en temps opportun.

Le visage de Poirot s'éclaira :

– Vous vous souvenez ? Le jour du meurtre, il y a un couple qui est venu à l'hôtel pour déjeuner. Ça pourrait être une façon de prendre livraison. Des estivants descendus dans un hôtel de St Loo ou d'ailleurs viennent déjeuner sur l'île des Contrebandiers. Ils réservent une table au *Jolly Roger*, mais font d'abord le tour de l'île. Quoi de plus facile que de descendre dans la crique, ramasser la boîte à sandwiches, la cacher, par exemple, dans le sac de plage de Madame, et de retourner déjeuner à l'hôtel, un peu tardivement peut-être – mettons vers deux heures moins dix –, après une bonne promenade apéritive pendant que tout le monde se trouvait dans la salle à manger ?

Weston approuva :

– Oui, une telle façon de faire ne devrait pas

soulever de difficultés. Pour le reste, eh bien, les trafiquants de drogue ne sont pas des enfants de chœur. Le gaffeur qui se trouve là où il ne devrait pas et voit des choses qu'il n'aurait pas dû, je ne donne pas cher de sa peau. C'est la seule explication que je vois à la mort d'Arlena Marshall. Ce matin-là, Blatt était sans doute en train de cacher la drogue que ses complices devaient venir ramasser dans la journée. Arlena Marshall arrive dans sa petite périssoire, elle le voit se diriger vers la grotte avec la boîte. Elle pose une question déplacée, il lui règle son compte et il met les voiles – c'est le cas de le dire – au plus vite.

– Vous êtes convaincu que Blatt est l'assassin ?

– Ça me paraît la meilleure explication. Il est possible aussi qu'Arlena ait découvert le pot aux roses plus tôt, qu'elle ait parlé imprudemment à Blatt et qu'un autre membre de la bande lui ait fixé un faux rendez-vous pour la supprimer. En résumé, je pense qu'il faut passer l'affaire à Scotland Yard. Ils ont plus de chance que nous d'établir le lien entre Blatt et les trafiquants.

Hercule Poirot demeurait songeur.

– Vous êtes d'accord ? C'est la meilleure conduite à tenir, non ? interrogea Weston.

Poirot semblait ailleurs.

– Peut-être, dit-il finalement.

– Bon sang, Poirot, vous avez quelque chose dans votre manche, oui ou non ?

– Quand cela serait, répondit gravement ce dernier, je n'en serais pas autrement avancé : je ne suis pas sûr de rien pouvoir prouver.

– Allons, mon bon, allons ! s'exclama Weston. Je sais très bien que Colgate et vous avez vos petites idées. Moi, ça me paraît un peu tiré par les cheveux, même si je suis prêt à reconnaître qu'il y a quelque chose là-dedans. Mais même en admettant que vous ayez raison, je continue de penser que ça concerne le Yard. On leur transmet le dossier et ils reprennent le tout en collaboration avec la police du Surrey. Ce n'est pas une affaire pour nous, voilà mon sentiment présent. Ça dépasse les limites du comté…

Il s'interrompit, puis reprit :

– Qu'en pensez-vous, Poirot ? Que croyez-vous que nous devions faire ?

– Je sais ce que *j'aimerais* faire, dit celui-ci comme s'il émergeait d'un songe.

– Dites-moi tout, mon vieux.

La voix de Poirot se fit murmure :

– J'aimerais faire un pique-nique.

Le colonel Weston en demeura bouche bée.

12

– Un pique-nique, monsieur Poirot ?

Emily Brewster le regarda comme s'il avait perdu la tête.

– Cela vous paraît terriblement déplacé, n'est-ce pas ? Mais moi, je trouve que c'est au contraire une idée sensationnelle, insista Poirot de son ton le plus engageant. Nous avons tous besoin de nous replonger dans le quotidien, le familier, de reprendre une vie normale, de nous comporter comme nous le faisions avant. Personnellement, j'ai très envie de visiter Dartmoor. Il fait beau. Cela... Comment dire ?... cela nous redonnera un peu de cœur au ventre à tous. Aidez-moi, je vous en conjure. Tâchez de les convaincre.

Le projet rencontra un succès inattendu. Tous avaient commencé par faire la moue, pour finir par admettre qu'après tout ce n'était peut-être pas une si mauvaise idée.

On ne proposa pas au capitaine Marshall d'être de la partie. Il avait d'ailleurs lui-même annoncé qu'il devait se rendre à Plymouth pour la journée.

Déterminé à jouer les boute-en-train, Mr Blatt souscrivit au projet avec enthousiasme. À part lui s'inscrivirent miss Brewster, les Redfern, Stephen

Lane, les Gardener – qui avaient accepté de remettre leur départ au lendemain –, Rosamund Darnley et Linda.

Poirot avait déployé toute son éloquence pour obtenir le concours de Rosamund, en soulignant le bien que cela ferait à Linda de se changer un peu les idées. Rosamund en avait convenu :

– Vous avez raison. Ç'a été un choc terrible pour une fille de son âge. Elle est à bout de nerfs.

– C'est normal, très chère mademoiselle. Mais quel que soit l'âge, on oublie vite. Persuadez-la de venir. Vous en avez le pouvoir, je le sais.

Quant au major Barry, il avait opposé un refus catégorique. Il n'aimait pas les pique-niques :

– Des monceaux de paniers à transbahuter. Et pour ce qui est du confort, on peut repasser. Non merci, moi, je mange les pieds sous la table, avait-il expliqué en gros.

On se rassembla à dix heures. Trois voitures avaient été louées pour l'occasion. Mr Blatt, en pleine forme, faisait le guide :

– Par ici, messieurs-dames, par ici pour Dartmoor ! Bruyères et baies sauvages, crème fraîche et forçats ! Amenez vos épouses, messieurs, ou l'élue du moment ! Bienvenue à tous. Vous ne serez pas déçus du voyage. Allez, allez, en voiture !

Rosamund Darnley arriva à la dernière minute, l'air contrarié :

– Linda ne vient pas. Elle dit qu'elle a un mal de tête épouvantable.

– Mais le grand air lui ferait du bien, s'écria Poirot. Insistez, mademoiselle.

– Inutile, trancha Rosamund. Elle ne changera

pas d'avis. Je lui ai donné de l'aspirine et elle est allée se coucher. Je crois bien que je vais rester, moi aussi, ajouta-t-elle d'une voix hésitante.

– Oh, mais je ne le permettrai, petite madame, il n'en est pas question ! s'écria Blatt en lui prenant le bras d'un geste bouffon. La haute couture doit nous faire l'honneur de sa présence. Pas d'échappatoire ! Vous êtes ma prisonnière, ha, ha ! Condamnée à Dartmoor !

Et il la mena fermement à la première voiture. Rosamund décocha un regard noir à Poirot.

– Je reste avec Linda, dit Christine Redfern. Ça ne me dérange pas.

– Oh, allez, Christine, viens ! plaida son mari.

– Non, non, il faut venir, madame, dit Poirot. Avec un mal de tête, on est beaucoup mieux seul. Allons-y !

Les trois voitures s'ébranlèrent. Ils partirent d'abord à la découverte de la vraie grotte aux Lutins, celle de Sheepstor, et s'amusèrent à en chercher l'entrée en s'aidant d'une carte postale.

Escalader les rochers était plutôt périlleux. Hercule Poirot ne s'y risqua pas. Il se contenta d'observer ses compagnons, un sourire indulgent aux lèvres. Mrs Redfern, son mari jamais très loin d'elle, sautait comme un cabri d'une pierre à l'autre. Participaient également aux recherches miss Darnley et miss Brewster qui glissa et se fit une légère entorse. Infatigable, Stephen Lane promenait sa longue silhouette ascétique au milieu des rochers. Quant à Mr Blatt, il se contentait de crier des encouragements en prenant des photos.

Les Gardener et Poirot restèrent sagement assis au bord du chemin, bercés par le flot de paroles qui s'écoulait des lèvres de Mrs Gardener, uniquement ponctué, de temps à autre, par les « oui, chérie » dociles de son époux :

– ... et ce que je n'ai jamais supporté, monsieur Poirot, c'est cette odieuse manie qu'ont les gens de vous prendre en photo. Sauf, bien entendu, quand on se trouve entre amis. Et Mr Gardener est bien de mon avis. Ce Mr Blatt n'a aucune espèce de manières. Il vient se planter devant vous, il vous saoule de paroles et vous photographie sous tous les angles. Comme je le disais à Mr Gardener, c'est d'une invraisemblable grossiereté ! C'est bien ce que je t'ai dit, n'est-ce pas, Odell ?

– Oui, chérie.

– Cette photo qu'il a prise de nous tous sur la plage, ça part d'un bon sentiment, mais il aurait pu nous demander d'abord. Du coup, miss Brewester, qui s'est relevée juste à ce moment-là, a franchement une drôle d'allure !

– Ça, on ne peut dire le contraire, commenta Mr Gardener avec un étrange sourire.

– Et lui, il s'en va distribuer des épreuves à la ronde sans se gêner. Il vous en a donné une, monsieur Poirot, je l'ai remarqué...

Poirot esquissa un petit salut :

– J'attache à ce portrait de groupe plus de prix que je ne saurais dire.

– Et aujourd'hui... non, mais regardez-le ! On n'entend que lui. D'une vulgarité ! Mon Dieu, c'est à frémir. Vous auriez dû vous arranger pour laisser cet individu à l'hôtel, monsieur Poirot.

– Hélas, madame, c'eût été difficile.

– Ça, je vous crois sans peine. Il faut toujours

qu'il se faufile partout. Il n'a pas une once de savoir-vivre.

Des clameurs, en contrebas, saluèrent la découverte de l'entrée de la grotte.

Le petit groupe poursuivit sa route, sur les indications de Poirot, jusqu'à un cul-de-sac où ils laissèrent les voitures avant de continuer à pied pour découvrir, au bas d'une colline tapissée de bruyères, un endroit ravissant bordé par un torrent qu'enjambait une étroite passerelle en planches.

Poirot et Mr Gardener réussirent à convaincre Mrs Gardener de franchir la passerelle afin de gagner, en face, un coin enfoui dans la bruyère, dépourvu du moindre ajonc aux épines acérées et qui semblait idéal pour pique-niquer.

Arrivée à bon port, elle se laissa choir, entreprenant avec volubilité l'analyse de ses sensations. Soudain, il y eut un cri de détresse.

Tout le monde était passé sans encombre, à l'exception de miss Brewster qui, paralysée au milieu de la passerelle, fermait les yeux et vacillait d'avant en arrière.

Poirot et Redfern se précipitèrent à son secours.

Rouge de confusion, elle s'en voulait à mort et serait volontiers rentrée sous terre :

– Merci, merci de votre aide. Je suis grotesque. Le vide, ça va encore, mais je n'ai jamais été à l'aise au-dessus de l'eau qui court. Ça m'a flanqué le vertige. C'est vraiment trop bête.

On étala les provisions, et on se restaura.

Tous étaient secrètement surpris de constater à quel point ils appréciaient cet intermède. C'était comme une évasion réussie loin du soupçon et de la peur. Ici, avec le murmure de l'eau, la légère odeur de tourbe, la chaude couleur des bruyères et des genêts, l'univers d'où ils venaient – univers de meurtre, d'interrogatoires, de suspicion – semblait aussi effacé, balayé, que s'il n'avait jamais existé. Jusqu'à Mr Blatt qui en oubliait son emploi de joyeux drille et ne semblait plus le moins du monde enclin à mettre à tout prix de l'ambiance. Après le déjeuner, il s'écarta même pour faire une sieste et ses ronflements étouffés ne tardèrent pas à témoigner d'une bienheureuse torpeur.

Et puis, la journée touchant à sa fin, on rangea la vaisselle du pique-nique, et, une vive reconnaissance au cœur, on félicita Poirot de sa bonne idée.

Le soleil déclinait quand les voitures reprirent la route du retour qui serpentait à travers la lande. Du haut de la colline de Leathercombe, ils entrevirent, un court instant, l'île et son hôtel tout blanc.

Que ce lieu semblait paisible et innocent dans le couchant !

Mrs Gardener, pour une fois peu loquace, poussa un soupir d'aise :

– Merci mille fois encore du fond du cœur, monsieur Poirot. Je me sens si détendue. C'est merveilleux.

*

Le major Barry sortit les accueillir :

– Alors, bonne journée ?

– Divine ! s'écria Mrs Gardener. La campagne

est d'une beauté ! J'en reste sans voix. Tellement anglaise, tellement « vieux monde ». Et l'air, d'un vivifiant ! Un pur délice... Vous devriez avoir honte d'être resté à traîner dans votre coin.

– Très peu pour moi, ricana le major. J'ai passé l'âge d'aller m'asseoir dans la gadoue pour manger des sandwiches.

Une femme de chambre venait de surgir de l'hôtel. Elle semblait hors d'haleine. Elle parut hésiter, puis se précipita vers Mrs Redfern.

Poirot reconnut Gladys Narracott.

– Excusez-moi, madame, dit-elle en avalant ses mots, mais c'est la jeune demoiselle qui m'inquiète. Miss Marshall. Je viens de lui monter du thé et je n'arrive pas à la réveiller, et elle a l'air vraiment... vraiment bizarre.

Christine jeta des regards éperdus autour d'elle. Poirot fut aussitôt là.

– Allons-y, dit-il en la prenant par le bras.

Ils grimpèrent quatre à quatre et gagnèrent au pas de course la chambre de Linda.

Au premier coup d'œil, ils comprirent que quelque chose n'allait pas du tout. Linda avait une drôle de couleur et sa respiration était quasi imperceptible. Poirot lui tâta le pouls. Son regard rencontra alors une enveloppe posée contre la lampe, sur la table de chevet. Elle lui était adressée.

Le capitaine Marshall fit irruption dans la chambre.

– Qu'est-ce qui se passe, Linda ? lança-t-il. Qu'est-ce qu'elle a ?

Christine Redfern étouffa un sanglot effrayé.

Poirot se détourna du lit et s'adressa à Marshall :

– Appelez un médecin, vite, sans perdre une seconde ! J'ai même déjà peur, très peur… qu'il ne soit trop tard.

Il saisit la lettre à son nom et en déchira l'enveloppe. À l'intérieur, quelques lignes tracées d'une écriture appliquée de collégienne.

Je crois que c'est la meilleure solution. Demandez à Papa d'essayer de me pardonner. C'est moi qui ai tué Arlena. Je croyais que je serais heureuse après, mais je me trompais. Je demande pardon pour tout.

*

Ils étaient tous réunis dans le salon : Marshall, les Redfern, miss Darnley et Hercule Poirot.

Ils attendaient en silence.

La porte s'ouvrit et le Dr Neasden entra. Ses mots tombèrent comme un couperet :

– J'ai fait mon possible. Il se peut qu'elle s'en sorte, mais je suis forcé de vous dire qu'il n'y a pas grand espoir.

Et ce fut tout.

– Où a-t-elle trouvé cette saleté ? demanda Marshall, visage figé, regard glacial.

Neasden rouvrit la porte et fit un signe de main. La femme de chambre entra. Elle avait pleuré.

– Répétez ce que vous m'avez dit, la pria le médecin.

– Je n'ai pas pensé…, dit-elle en reniflant. Je n'ai pas pensé un instant que c'était grave. Bien sûr, la demoiselle avait l'air bizarre, mais…

Sur un geste impatient du médecin, elle accéléra le tempo :

– Elle était dans la chambre de l'autre dame. Mrs Redfern. Dans votre chambre, madame. Devant le lavabo. Elle a pris un petit flacon. Quand je suis entrée, elle a sursauté. Ça m'a étonnée de la trouver chez vous en votre absence, mais je me suis dit qu'elle était venue reprendre quelque chose à elle. Elle a juste dit : « Ah, voilà ce que je cherchais », et elle est sortie.

– Mes somnifères, murmura Christine, atterrée.

– Comment savait-elle que vous en aviez ? demanda Neasden, brutal.

– Je lui en avais donné un. Le soir du crime. Elle n'arrivait pas à dormir. Je l'entends encore me demander : « Est-ce qu'un, ça suffira ? » Je lui ai répondu que oui, qu'ils étaient forts, qu'on m'avait dit de faire attention à n'en prendre jamais plus de deux à la fois.

– Elle ne voulait pas se rater, dit Neasden : elle en a avalé six.

Christine éclata en sanglots :

– Oh, mon Dieu ! c'est ma faute. J'aurais dû les enfermer à clé.

Le médecin haussa les épaules :

– Ç'aurait été plus sage, en effet, Mrs Redfern.

– Elle va mourir, et c'est ma faute, hoqueta Christine, désespérée.

– Vous n'avez rien à vous reprocher, dit Kenneth Marshall. Linda savait ce qu'elle faisait. Elle a pris ces cachets en connaissance de cause. Peut-être… peut-être est-ce mieux ainsi…

Il baissa les yeux sur la feuille toute froissée dans sa main, la lettre que Poirot lui avait tendue sans un mot.

– Je ne crois pas un mot de tout ça ! s'écria Rosamund. Linda n'a pas tué Arlena. C'est impossible. Il y a les témoignages…

– C'est vrai, reprit avec véhémence Christine, elle n'a pas pu la tuer. Elle était en état de choc, elle a tout imaginé…

La porte s'ouvrit et le colonel Weston entra :

– Qu'est-ce que j'apprends ?

Neasden prit la lettre des mains de Marshall et la lui tendit.

– Quoi ? Mais c'est absurde ! s'exclama Weston après l'avoir parcourue. Ça ne tient pas debout. C'est impossible ! Impossible, répéta-t-il catégorique. N'est-ce pas, Poirot ?

Hercule Poirot se manifesta pour la première fois.

– Non, malheureusement, je crains que non, dit-il tristement.

– Mais j'étais avec elle, monsieur Poirot ! s'insurgea Christine. Nous sommes restées ensemble jusqu'à midi moins le quart. Je l'ai dit dans ma déposition.

– Votre témoignage la couvrait, en effet, acquiesça Poirot. Mais sur quoi reposait-il ? Sur l'heure donnée par *la montre de Linda Marshall.* Vous n'avez pas vu de *vos propres yeux* qu'il était midi moins le quart quand vous l'avez quittée – vous le savez seulement parce qu'elle vous l'a dit. N'avez-vous pas signalé vous-même que le temps avait semblé passer très vite ?

Christine ouvrit de grands yeux.

– Essayez de vous souvenir, madame, poursuivit Poirot, vous marchiez vite ou lentement en rentrant à l'hôtel ?

– Je… eh bien, plutôt lentement, je crois.
– Et vous avez un souvenir précis de ce chemin du retour ?
– Pas vraiment… J'étais perdue dans mes pensées. Je réfléchissais.
– Je suis désolé de vous demander ça, mais pouvez-vous nous dire à quoi vous pensiez ?
Christine piqua un fard :
– Eh bien… si c'est nécessaire… Je me disais que j'allais partir d'ici, m'éclipser, sans prévenir mon mari. Je… j'étais trop malheureuse, vous comprenez.
Patrick Redfern poussa un cri :
– Oh, Christine, je sais… je sais…
La petite voix précise de Poirot les coupa :
– Voilà ! coupa Poirot. Vous étiez sur le point de prendre une décision difficile. Vous étiez, en quelque sorte, aveugle et sourde à ce qui vous entourait. Vous deviez marcher lentement en vous arrêtant de temps à autre pour réfléchir.
Christine hocha la tête :
– C'est ça, c'est exactement ça, monsieur Poirot ! En arrivant à l'hôtel, j'ai eu l'impression de sortir d'un rêve. Je me suis précipitée dans le hall, j'étais persuadée d'être très en retard, mais en voyant la pendule, je me suis rendu compte que j'avais tout le temps.
– Voilà ! dit encore Poirot.
Il se tourna vers Marshall :
– Il me faut à présent vous parler de ce que j'ai trouvé dans la chambre de votre fille, après le meurtre. Dans la cheminée, il y avait un gros morceau de cire fondue, des cheveux brûlés, des fragments de carton et de papier et une épingle

ordinaire. Les morceaux de papier et de carton n'avaient peut-être aucun rapport, mais les trois autres éléments étaient très éloquents, en particulier lorsque j'ai découvert, caché dans l'étagère, un petit volume emprunté à la bibliothèque de Leathercombe qui traite de magie noire et de sorcellerie. Il s'est ouvert tout seul à une page. On y décrit comment provoquer la mort d'un ennemi au moyen d'une figurine de cire. Cette figurine est censée représenter la personne visée. On peut la faire fondre lentement jusqu'à disparition complète. Ou encore la transpercer d'une aiguille en plein cœur. La mort s'ensuit inévitablement. J'ai appris plus tard, de la bouche de Mrs Redfern, que Linda, ce matin-là, était sortie tôt pour acheter des bougies à Leathercombe, et avait semblé très embarrassée quand le contenu de son paquet s'était répandu par terre. Il n'est pas difficile d'imaginer la suite. Linda a modelé un personnage de cire, l'a peut-être orné de quelques cheveux roux appartenant à Arlena pour lui donner davantage de pouvoir magique, l'a transpercé d'une épingle en plein cœur et l'a fait fondre dans la cheminée en mettant le feu à des bouts de carton.

» C'était un geste grossier, puéril, irrationnel, mais qui révélait une chose : le désir de tuer.

» Était-il possible qu'il y ait eu plus qu'un simple désir ? Linda Marshall aurait-elle pu passer à l'acte ?

» À première vue, elle avait un alibi parfait, mais en réalité, comme je l'ai fait remarquer, c'est Linda *elle-même* qui a indiqué l'heure qui la mettait à l'abri. Elle aurait très bien pu décréter qu'il était un quart d'heure de plus qu'il n'était en réalité. Rien n'empêchait donc qu'elle soit partie sur les talons de Mrs Redfern, qu'elle ait coupé à travers l'île jusqu'à l'échelle de fer, rejoint sa belle-mère sur la plage, l'ait étranglée et soit repartie par l'échelle avant que ne surgissent miss Brewster et Mr Redfern en canot. Ensuite, elle n'avait plus qu'à retourner à l'anse aux Mouettes, se baigner et regagner tranquillement l'hôtel.

» Mais cela impliquait deux choses : qu'elle sache où trouver Mrs Marshall et qu'elle ait la force nécessaire pour accomplir ce geste. Soit. La première condition ne posait pas de problème si Linda avait donné elle-même rendez-vous à sa belle-mère en signant d'un nom d'emprunt. Quant à la seconde, ses mains sont grandes et fortes, quasiment des mains d'homme. De plus, elle est à un âge difficile, propice aux déséquilibres. Or, un déséquilibre mental va souvent de pair avec une force anormale. Et il y avait un autre élément à prendre en compte : la mère de Linda a été accusée et jugée pour meurtre.

Kenneth Marshall releva le front.

– Et également acquittée, jeta-t-il avec hargne.

– Et acquittée, admit Poirot.

Marshall martela d'un ton rude :

– Mettez-vous bien ça dans la tête, monsieur Poirot : Ruth, ma femme, était innocente. De cela, je suis totalement et absolument certain. J'ai partagé sa vie, je sais de quoi je parle. Ruth a été la victime innocente d'un concours de circonstances... Et je ne crois pas un instant que Linda ait tué Arlena. C'est grotesque, absurde !

– Cette lettre est donc à votre avis un faux ? interrogea Poirot.

Marshall tendit la main vers Weston qui lui remit la lettre. Il l'étudia attentivement.

– Non, c'est bien l'écriture de Linda, conclut-il à contrecœur.

– Dans ce cas, il n'y a que deux explications. Ou bien elle l'a écrite de bonne foi parce qu'elle était coupable, ou bien… ou bien *elle s'est accusée sciemment pour protéger quelqu'un* – quelqu'un qu'elle croyait suspect.

– C'est-à-dire moi ? demanda Marshall.

– C'est une éventualité, non ?

Marshall réfléchit un moment.

– Non, finit-il par déclarer posément. Je n'y crois pas. Linda s'est sans doute rendu compte que j'étais le principal suspect au début de l'enquête. Mais il n'était plus question de ça, elle savait parfaitement que la police ne remettait pas mon alibi en cause et suivait d'autres pistes.

– Et à supposer que ce qui tourmentait votre fille, ce n'était pas tant de vous croire suspect que de vous savoir coupable ?

Après un moment de stupeur, le capitaine éclata d'un rire bref :

– C'est absurde.

– Je n'en suis pas si sûr. Il y a, vous le savez, plusieurs hypothèses quant au meurtre de Mrs Marshall. Il y a la théorie du chantage : elle serait allée ce matin-là retrouver son maître chanteur qui l'aurait tuée. Il y a la théorie du trafic de drogue qui s'opérait à la crique aux Lutins : elle aurait été tuée parce qu'elle en savait trop. Il y a une troisième possibilité : ce crime serait l'œuvre d'un fanatique religieux. Et il y en a une quatrième… La mort de votre femme devait vous rapporter gros, n'est-ce pas capitaine Marshall ?

– Je viens de vous dire que…

– Oui, oui, je sais… et je suis bien d'accord : il est exclu que vous ayez pu tuer votre femme – *du moins, si vous agissiez seul.* Mais supposons que quelqu'un vous ait aidé ?

– Bon Dieu de bois, qu'est-ce que vous nous chantez là ? Que signifient ces élucubrations ?

Marshall, la placidité faite homme, venait pour la première fois de sortir de ses gonds. Son ton était menaçant. Et une lueur dangereuse brillait au fond de ses prunelles.

– Elles signifient, reprit flegmatiquement Poirot, que ce meurtre n'a pas été commis par une seule personne. Il y avait un complice. Il est tout à fait exact que vous n'avez pas pu taper votre courrier et vous rendre en même temps à la crique. Mais vous auriez eu le temps de rédiger une réponse en sténo que quelqu'un aurait dactylographiée dans votre chambre pendant que vous partiez pour votre expédition criminelle.

Hercule Poirot tourna son regard vers Rosamund Darnley :

– Miss Darnley a déclaré avoir quitté Roc-Soleil à onze heures dix et vous avoir vu en plein travail dans votre chambre. Mais, à peu près au même moment, Mr Gardener est remonté à l'hôtel chercher une pelote de laine pour sa femme et n'a ni croisé ni même aperçu miss Darnley. Étonnant, non ? Comme si miss Darnley n'avait jamais quitté Roc-Soleil. Ou bien serait-ce qu'elle était rentrée beaucoup plus tôt et se trouvait dans votre chambre en train de taper à la machine avec ardeur ? Autre chose : vous avez déclaré *avoir vu miss Darnley dans votre miroir* quand elle a passé la tête à votre porte à onze heures et quart. Mais, le jour du crime, votre bureau n'était pas sous le miroir entre les deux fenêtres, il se trouvait dans l'angle de la pièce près de la fenêtre de gauche. C'était donc un mensonge délibéré de votre part. Par la suite, vous avez déplacé votre bureau, mais trop tard. Je savais que miss Darnley et vous aviez menti.

La voix de Rosamund s'éleva, basse mais parfaitement intelligible :

– Vous êtes vraiment d'une ingéniosité diabolique !

– Mais pas aussi diabolique ni aussi ingénieux que l'homme qui a tué Arlena Marshall ! répliqua Poirot en haussant le ton. Tâchez de vous souvenir. Qui Arlena Marshall allait-elle retrouver ce matin-là ? J'ai pensé, tout le monde a pensé la même chose : *Patrick Redfern.* Ce n'était pas avec un maître chanteur qu'elle avait rendez-vous. L'expression de son visage était là pour le clamer haut et fort. Oh non, c'était son amant qu'elle allait retrouver, du moins le croyait-elle.

» Oui, j'en avais la certitude. Arlena Marshall allait retrouver Patrick Redfern. Pourtant, quelques instants plus tard, Redfern surgissait sur la plage, manifestement à sa recherche. Alors quoi ?

– Un salopard quelconque s'est servi de mon nom, gronda Redfern, contenant la colère qui semblait l'habiter.

– Vous étiez manifestement surpris et déçu de

ne pas la voir, reprit Poirot, imperturbable. Un peu trop manifestement peut-être. Car ma théorie à moi, Mr Redfern, c'est qu'elle est allée à la crique aux Lutins pour vous retrouver vous, que vous l'y avez bel et bien rejointe *et que vous l'avez étranglée comme vous l'aviez projeté*.

Patrick Redfern le regarda sans comprendre.

– Vous êtes cinglé ou quoi ? fit-il avec son accent irlandais plein de gouaille. J'étais sous vos yeux, je n'ai pas quitté la plage avant de partir faire le tour de l'île avec miss Brewster.

La réplique de Poirot ne se fit pas attendre :

– Vous l'avez tuée après que miss Brewster est allée prévenir la police. Arlena Marshall n'était pas morte quand vous avez débarqué sur la crique. Elle attendait, cachée dans la grotte, que vous soyez seul.

– Mais le corps ! Je l'ai vu. Miss Brewster aussi !

– Il y avait un corps, oui, mais pas un *cadavre*. Il s'agissait du *corps bien vivant* de votre complice, les bras et les jambes teints d'un hâle artificiel et le visage dissimulé sous un grand chapeau de carton vert jade. Le corps de Christine, votre femme – ou, sinon votre épouse légale, du moins votre acolyte –, qui vous a aidé à commettre ce crime, comme elle l'avait fait auparavant, en « découvrant » le corps d'Alice Corrigan une bonne vingtaine de minutes avant que celle-ci ne meure, assassinée par son mari, Edward Corrigan... vous !

La voix de Christine se fit entendre, froide, dure :

– Fais très attention, Patrick. Surtout, ne t'énerve pas.

Poirot négligea l'interruption :

– Il vous intéressera sans doute d'apprendre que la police du Surrey vous a tout de suite reconnus sur une photo de groupe prise sur la plage. Et qu'elle vous a tous deux identifiés comme étant Edward Corrigan et Christine Deverill, la jeune femme qui avait trouvé le corps.

Redfern s'était levé d'un bond. Congestionné, aveuglé par la rage, son beau visage était méconnaissable. C'était le visage d'un tueur, d'une bête féroce éructante :

– Saloperie de misérable vermine fouineuse…

Il se rua les mains en avant, crachant des injures, tandis que ses doigts se refermaient comme des serres sur le cou de Poirot.

13

C'était un matin où nous bavardions à la plage, se remémorait Poirot. Nous parlions de ces corps allongés au soleil comme de la viande à l'étal, et je m'étais fait la réflexion que rien ne ressemble plus à un corps qu'un autre corps. Au regard attentif, peut-être pas, mais au regard distrait qui ne s'attarde pas ? Une jeune femme normalement constituée est très semblable à une autre jeune femme normalement constituée. Deux jambes bronzées, deux bras bronzés, un petit morceau de maillot au milieu – rien qu'un corps étendu au soleil. Dans la démarche d'une femme, dans sa façon de parler, dans son rire, dans un mouvement de la tête, un geste de la main, là, oui, il y a une personnalité, une individualité. Mais sous le sacro-saint rituel du bain de soleil, il n'y a rigoureusement plus rien.

» C'est également ce matin-là que nous avons parlé du mal. "Le mal qui sévit partout sous le soleil", comme a dit Mr Lane. Mr Lane est un individu d'une sensibilité à fleur de peau et que le mal fait vibrer, il en perçoit la présence avec une grande acuité, mais bien qu'il soit bon détecteur, il n'a pas su en localiser exactement la source. À ses yeux, le mal avait élu domicile en la personne d'Arlena Marshall et presque tout le monde s'accordait à lui donner raison.

» Mais, pour moi, si le mal rôdait, Arlena Marshall n'en était pas l'incarnation. Il lui était lié, certes, mais pas comme on aurait pu le croire. Dès le début et jusqu'à la fin, j'ai vu en elle une *victime*. L'éternelle victime, la victime désignée. Parce qu'elle était belle, séduisante et célèbre, parce que les hommes se retournaient sur son passage, on tenait pour acquis qu'elle était de ces femmes fatales qui brisent les cœurs et perdent les âmes. Mais je ne la voyais pas du tout comme ça. Ce n'était pas elle qui attirait les hommes, c'étaient les hommes qui l'attiraient. Elle était de ces femmes dont on s'éprend facilement et dont on se lasse aussi vite. Et tout ce qu'on m'a dit, ou que j'ai découvert à son sujet n'a fait que renforcer ma conviction. La première chose qu'on ait mentionnée, c'est que l'homme dont elle avait toute raison de croire qu'il divorcerait pour elle n'avait pas honoré sa promesse. C'est alors qu'intervint un homme chevaleresque, incurablement chevaleresque, le capitaine Marshall, qui lui demanda de devenir sa femme. Pour un homme fier et réservé comme lui, n'importe quelle espèce de déballage public de son être le plus intime équivaudrait à la torture. D'où l'amour et la compassion qu'il porta à sa première femme, accusée et traînée en justice pour un meurtre qu'elle n'avait pas commis. Ils ne vécurent pas longtemps ensemble, mais assez pour qu'il sache qu'il ne s'était pas trompé sur elle. À sa mort, voilà une autre femme, belle aussi, peut-être un peu du même type – les cheveux cuivrés de Linda sont sans doute un héritage maternel –, livrée à l'ignominie publique. Et Marshall réitère son numéro de sauvetage. Mais, cette fois-ci, il ne trouve pas grand-chose pour alimenter sa flamme. Arlena est stupide, c'est un cœur d'artichaut qui ne mérite pas l'amour et la protection dont il l'entoure. Je pense néanmoins que Marshall avait toujours su à quoi s'en tenir. Et même après qu'il eut cessé depuis longtemps de l'aimer, si sa présence lui pesait, il éprouvait toujours pour elle un sentiment de pitié. Elle était à ses yeux comme une enfant incapable d'aller au-delà d'une certaine page dans le livre de la vie.

» En Arlena Marshall, avec son goût immodéré pour les hommes, j'ai reconnu la proie prédestinée d'un certain type d'individu sans scrupules. Et en Patrick Redfern avec sa beauté, son aisance, son indéniable séduction, j'ai tout de suite reconnu l'aventurier qui, d'une façon ou d'une autre, vit des femmes. Ce matin-là, en les regardant, j'ai bien vite été convaincu qu'Arlena était non pas le prédateur, mais bel et bien la proie. Et cette sensation de mal diffus, ce n'est pas à Arlena Marshall que je l'ai associée, mais à Patrick Redfern.

» Arlena avait récemment hérité une petite fortune d'un vieil admirateur qui n'avait pas eu le temps de se lasser d'elle. Elle était femme à se faire immanquablement plumer par le premier mâle venu. Miss Brewster nous a parlé d'un garçon à qui elle aurait "fait perdre la boule" et qu'elle aurait poussé à commettre des actions frauduleuses. Mais nous avons retrouvé une lettre de ce triste sire qui, s'il y exprime – ça ne coûte pas grand-chose – le désir de la couvrir de bijoux, y fait surtout état d'un chèque de sa main à elle, grâce auquel il compte bien échapper aux poursuites judiciaires. En somme, un gigolo. J'imagine que Redfern n'a eu aucun mal à se faire donner de grosses sommes sous prétexte d'investissements. Il l'aura éblouie avec des histoires d'occasions mirifiques, de plans imparables qui feraient leur fortune à tous deux. Les femmes seules sont des proies rêvées pour ce genre d'aigrefin qui se volatilise un beau jour avec le butin. Mais quand il y a un frère, un mari ou un père dans les parages, les choses risquent de mal finir pour notre escroc ; et le jour où le capitaine Marshall découvrirait ce qu'il était advenu de la fortune de sa femme, Redfern irait au-devant de sérieux problèmes.

» Cependant, cette perspective ne le tracassait pas outre mesure car il envisageait froidement de supprimer Arlena le moment venu. Il y était encouragé par un meurtre précédent perpétré en toute impunité : celui de la jeune femme qu'il avait épousée sous le nom de Corrigan, et convaincue de contracter une grosse assurance sur la vie.

» Dans ce projet, il est secondé et même inspiré par la jeune femme qui s'est fait passer ici pour son épouse et à qui il est profondément attaché. Une personne aussi différente de ses victimes qu'il est possible de l'imaginer : froide, calme, sans passion, mais totalement dévouée à cet homme et douée d'un indéniable talent de comédienne. Depuis le premier jour de son arrivée ici, Christine Redfern a joué un rôle, celui de la "pauvre petite chose", fragile, vulnérable, tout dans la tête, rien dans les jambes. Souvenez-vous comment, par touches successives, elle compose son personnage. Elle ne supporte pas le soleil, d'où la blancheur de sa peau. Elle est sujette au vertige – l'anecdote de la cathédrale de Milan, etc. Elle est frêle et délicate, tout le monde parle de la "petite Mrs Redfern". Or, si ses extrémités sont petites, elle est en réalité aussi grande qu'Arlena Marshall. Elle prétend avoir été professeur dans un collège, ce qui accentue le côté cérébral, pas sportif pour deux sous, du personnage. En fait, elle a bel et bien enseigné, mais comme professeur de gymnastique et, rompue aux exercices physiques, elle grimpe comme un chat et court comme un athlète.

» Le crime lui-même a été parfaitement préparé et synchronisé. Un crime enlevé, "rondement mené", comme je l'ai déjà dit. Le minutage, en particulier, est un chef-d'œuvre.

» Tout d'abord, quelques scènes préliminaires : une, jouée à Roc-Soleil parce que les Redfern me savent installé dans la niche voisine – les reproches classiques d'une femme jalouse à son mari. Un peu plus tard, Christine reprend ce rôle dans une scène où je suis le confident. Je me souviens d'une vague impression d'avoir déjà lu tout ça quelque part. Ça ne semblait pas *réel*. Quoi de plus normal : ça ne l'était pas. Puis, vient le jour du crime. Il fait beau : élément essentiel. Très tôt le matin, Redfern sort en catimini de l'hôtel en passant par la porte-fenêtre du couloir. Il ne remet pas le verrou intérieur : si on s'aperçoit que la porte est ouverte, on pensera que quelqu'un est allé faire un petit plongeon matinal. Sous son peignoir, il dissimule un chapeau de carton bouilli vert jade, la réplique de celui qu'Arlena a l'habitude de porter. Il court à travers l'île, dévale l'échelle et dissimule le chapeau à un endroit convenu, derrière quelque rocher. Acte I.

» La veille au soir, il a donné rendez-vous à Arlena. Mrs Marshall redoutant un peu les réactions de son mari, les amants entouraient leurs rencontres de moult précautions. La crique aux Lutins paraît sans danger : elle est déserte le matin. Elle ira tôt, Redfern la rejoindra dès qu'il aura l'occasion de s'éclipser discrètement. Si elle entend quelqu'un descendre l'échelle ou si un bateau est en vue, la consigne est de se glisser dans la grotte dont il lui a montré l'entrée en attendant que tout danger soit écarté. Acte II.

» Pendant ce temps, Christine se faufile dans la chambre de Linda en comptant bien que celle-ci sera allée se baigner. Elle avance sa montre de vingt minutes. Bien sûr, il y a un risque que Linda s'en aperçoive, mais ça n'aurait pas une telle importance. Le véritable alibi de Christine, c'est la taille de ses mains qui exclut qu'elle ait pu commettre le crime. Néanmoins, un alibi supplémentaire ne serait pas inutile. C'est alors qu'elle avise dans la chambre de Linda un livre de sorcellerie ouvert à une certaine page. Elle en prend connaissance et quand Linda, de retour de son prétendu bain, laisse tomber un paquet de bougies, elle comprend immédiatement ce que la jeune fille a en tête. Cette découverte lui ouvre de nouveaux horizons. Au départ, c'est sur le capitaine Marshall que les meurtriers avaient l'intention d'attirer les soupçons, d'où la disparition de la pipe dont un morceau sera déposé au pied de l'échelle de la crique aux Lutins.

» Après avoir facilement décidé Linda à l'accompagner à l'anse aux Mouettes, Christine regagne sa chambre, extrait d'une valise fermée à clé une lotion de hâle artificiel, s'en enduit soigneusement le corps et jette par la fenêtre le flacon vide – "bouteille" que miss Brewster manque recevoir sur la tête. L'acte II s'est déroulé sans anicroche. Rideau.

» Christine revêt ensuite un maillot de bain blanc et enfile par-dessus un vaste pyjama de plage pour cacher son bronzage tout neuf.

» À dix heures et quart, Arlena part pour son rendez-vous. Quelques minutes plus tard, apparition de Redfern qui nous fait le numéro de la surprise, de la contrariété, etc. La tâche de Christine est enfantine. Tenant cachée sa propre montre, à onze heures vingt-cinq elle demande l'heure à Linda, laquelle consulte son poignet, répond qu'il est midi moins le quart et qu'elle va se baigner. Christine rassemble ses affaires de dessin et, dès que Linda a le dos tourné, remet à l'heure la montre que la jeune fille a forcément enlevée avant d'aller à l'eau. Puis elle gravit rapidement le sentier qui montre à la falaise, court jusqu'à l'échelle de la crique, enlève pantalon et veste qu'elle cache derrière un rocher avec ses affaires de dessin et, en gymnaste accomplie, descend l'échelle en quatrième vitesse.

» Sur la plage, Arlena, qui se demande pourquoi Patrick tarde tant, entend quelqu'un arriver. Elle jette un coup d'œil prudent et, à son grand dépit, découvre cette créature fâcheuse entre toutes : l'épouse ! Elle file dans la grotte.

» Christine sort de sa cachette le chapeau, agrémenté pour la circonstance de faux cheveux roux agrafés au bord, et s'allonge sur les galets, tête et nuque dissimulées. Le minutage est parfait. Quelques instants plus tard, le canot de Redfern et miss Brewster contourne la pointe. Rappelez-vous, c'est *Patrick* qui s'agenouille pour examiner le corps, *Patrick*, sonné, foudroyé, anéanti par la mort de sa dame. Il a bien choisi son témoin. Miss Brewster, sujette au vertige, est incapable d'affronter l'échelle. Pour aller prévenir la police, elle repartira à la rame. Et c'est Redfern, bien entendu, qui reste auprès du corps "au cas où le meurtrier rôderait dans les parages". Miss Brewster hors de vue, Christine revient à la vie, découpe le chapeau en morceaux avec des ciseaux apportés par Redfern, les fourre dans son maillot, escalade l'échelle en deux temps trois mouvements, se rhabille et rentre à l'hôtel ventre à terre. Un bain rapide pour effacer son hâle et elle saute dans sa tenue de tennis. Elle a encore une chose à faire : brûler les morceaux de chapeau vert et les cheveux dans la cheminée de Linda, en ajoutant des feuilles d'éphéméride pour brouiller les pistes. Pour les enquêteurs, ce ne sera pas un *chapeau*, ce sera un *calendrier* qu'on aura fait brûler. Comme elle le soupçonnait, Linda s'est essayée à la magie : de la cire fondue et une épingle en témoignent.

» Et hop, la voilà sur le court de tennis, bonne dernière mais fraîche et rose et ne montrant aucun signe d'agitation.

» Pendant ce temps, Redfern est allé à la grotte. Arlena n'a rien vu et presque rien entendu – un canot, des voix. Elle est restée prudemment cachée. Mais voilà enfin Patrick qui l'appelle :

» – Tout va bien, chérie !

» Elle sort, et les mains de Redfern se referment sur son cou… et c'est la fin de cette pauvre ravissante idiote d'Arlena Marshall…

La voix de Poirot s'éteignit.

Dans la pièce régnait un profond silence.

– On s'y croirait, murmura Rosamund Darnley en frissonnant. Mais ça, c'est l'histoire reconstituée. Ce que vous ne nous avez pas dit, c'est *comment* vous êtes arrivé à la vérité.

Hercule Poirot sourit :

– Ne vous ai-je pas confié un jour que j'étais quelqu'un de très simple ? D'emblée, il m'a semblé que l'assassin ne pouvait être que *la personne la plus plausible*. Et cette personne était Patrick Redfern. Il était le suspect par excellence – le type d'homme qui profite de femmes comme Arlena Marshall, le type même du tueur qui va s'emparer des économies de sa victime et lui trancher la gorge pour tout remerciement.

» Qui Arlena allait-elle retrouver ce matin-là ? Son sourire, son comportement, les quelques mots qu'elle m'a adressés, tout clamait : *Patrick Redfern*. Il s'ensuivait nécessairement que l'assassin ne pouvait être que lui.

» Mais je me suis immédiatement heurté à une impossibilité – Redfern ne pouvait pas l'avoir tuée puisqu'il était sur la plage et ensuite en compagnie de miss Brewster jusqu'à la découverte du corps. J'ai donc cherché d'autres solutions – et il y en avait plusieurs. Elle aurait pu être tuée par son mari, avec la complicité de miss Darnley – tous deux avaient menti sur un point qui paraissait louche. Elle aurait pu être éliminée par les trafiquants de drogue qu'elle aurait surpris à l'œuvre, par un fanatique religieux, comme je l'ai dit, ou encore par sa belle-fille. J'avoue que pendant un temps cette dernière hypothèse m'a paru la bonne. Le comportement de Linda lors de son premier interrogatoire était révélateur. Un entretien que j'ai eu plus tard avec elle me confirma un point : elle se considérait coupable.

– Vous voulez dire qu'elle pensait réellement avoir tué Arlena ?

Rosamund n'en croyait pas ses oreilles.

– Oui. N'oubliez pas que c'est encore une adolescente. Elle lit ce traité de sorcellerie, n'y croit qu'à demi, mais comme Arlena lui inspire une haine farouche, elle fabrique néanmoins une figurine de cire, la transperce d'une épingle, la détruit après avoir prononcé les formules magiques – *et le jour même, Arlena meurt*. Des gens bien plus âgés et bien plus avisés que Linda ont cru à la magie. Oui, bien sûr, elle a cru que c'était vrai – qu'elle avait tué sa belle-mère en faisant abracadabra.

– Oh, la pauvre gosse ! s'écria Rosamund. Moi qui me figurais... Je m'étais imaginé tout autre chose... qu'elle savait quelque chose qui...

Elle s'interrompit.

– Je sais à quoi vous pensiez, reprit Poirot. En fait, votre attitude a achevé de la terrifier. Elle a été définitivement convaincue que ses manipulations avaient provoqué la mort d'Arlena et que vous le saviez. Christine Redfern a joué là-dessus, en lui mettant en tête cette histoire de somnifères, lui laissant entrevoir un moyen rapide et indolore d'expier son crime. Voyez-vous, dès l'instant que l'alibi du capitaine Marshall n'était plus mis en doute, il fallait absolument trouver un autre bouc émissaire. Nos deux criminels ignoraient tout du trafic de drogue. Ils choisirent donc Linda.

– Mais cette femme est un démon ! s'exclama Rosamund.

– Vous avez raison. Froide et cruelle comme un serpent. Quant à moi, j'avais un gros problème. Linda s'en était-elle tenue à sa puérile tentative de sorcellerie ou la haine l'avait-elle poussée plus loin, jusqu'à l'acte ? J'ai essayé de la confesser. En vain. Je ne savais plus que faire. Le colonel Weston penchait pour l'hypothèse des trafiquants de drogue. Je ne pouvais accepter cette solution. Je reconsidérai donc une fois de plus les données du problème. J'avais à l'esprit, voyez-vous, une collection d'événements isolés, de petits faits épars, comme les pièces chantournées d'un puzzle. Il fallait que tous s'emboîtent à leur place pour former un tableau complet et satisfaisant. Il y avait les ciseaux trouvés sur la plage, un flacon vide jeté par une fenêtre, un bain que personne n'avouait avoir pris – autant d'éléments remarquablement anodins, mais qui, du seul fait que personne ne voulait les admettre, n'en devenaient que plus significatifs. On s'ingéniait à les nier, ils *devaient* donc avoir une importance capitale. Les théories impliquant la culpabilité du capitaine Marshall, de Linda ou des trafiquants de drogue ne les expliquaient pas. Et pourtant, *ils avaient bien un sens*.

» Je retournai à ma première hypothèse, celle de la culpabilité de Redfern. Existait-il des éléments pour l'étayer ? Oui. La fortune d'Arlena Marshall avait littéralement fondu. Cet argent, où était-il passé ? Dans la poche de Redfern, bien sûr. Si Arlena était du genre à se faire avoir par le premier beau garçon qui passe, elle n'était pas de celles qu'on fait chanter. Elle était beaucoup trop transparente, incapable de garder un secret. Je n'avais jamais cru à cette histoire de chantage. Pourtant il y avait bel et bien eu cette conversation surprise… – tiens ! mais surprise par qui, au fait ? *Par la femme de Patrick Redfern*. Cette conversation n'existait que par son seul témoignage. Pourquoi l'aurait-elle inventée ? La réponse m'apparut en un éclair : pour expliquer la disparition de l'argent d'Arlena !

» Patrick et Christine Redfern. Ils étaient tous les deux dans le coup. Christine n'avait ni la force physique ni la structure mentale pour tuer de cette façon. Non, c'était Patrick qui l'avait fait… mais c'était impossible ! Il pouvait justifier de chaque minute de son temps jusqu'à la découverte du corps.

» Le corps. Ce mot fut comme un déclic… Des corps allongés sur la plage – *tous semblables*. Patrick Redfern et Emily Brewster étaient arrivés à la crique et avaient vu un corps qui gisait. Un corps – et si ce n'était pas celui d'Arlena ; mais celui de quelqu'un d'autre ? La tête était cachée par le grand chapeau chinois…

» Cependant il n'y avait qu'un cadavre : celui

d'Arlena. Alors ? Et s'il s'agissait d'un corps *vivant* ? Quelqu'un qui aurait fait semblant d'être mort ? Arlena se serait-elle prêtée à cette mystification sur les instances de Redfern ? Je repoussai cette idée. Trop risqué. Un corps vivant – celui de qui ? Quelle femme aurait prêté son concours à Redfern ? Sa femme, bien sûr. Oui, mais c'était une blanche et délicate créature… Seulement on vend des lotions qui imitent le bronzage… des lotions en flacon… le flacon vide ! Je retrouvais une pièce de mon puzzle. Oui, et après, bien sûr, un bain pour faire disparaître cette teinture accusatrice avant la partie de tennis. Et les ciseaux ? Eh bien, pour découper le chapeau en carton, accessoire encombrant dont il faut se débarrasser, et, dans la précipitation, les ciseaux restent sur la plage. Le seul oubli des assassins.

» Mais où était Arlena pendant tout ce temps ? Là encore, la réponse s'imposait. Je savais, parce qu'elles utilisaient le même parfum, que soit miss Darnley, soit Mrs Marshall était entrée dans la grotte aux Lutins. Ça ne pouvait pas être miss Darnley. C'était donc Arlena qui attendait que la voie soit libre.

» Une fois Emily Brewster repartie à la rame, Redfern avait la plage pour lui tout seul – et tout le temps pour commettre son crime. Arlena Marshall a été tuée après midi moins le quart. Mais ce qui intéressait la police, et ce qu'établissait le rapport médical, c'était à quelle heure au plus tôt le crime avait pu être commis. Qu'Arlena Marshall ait été trouvée morte à midi moins le quart, c'est ce qui a été dit au Dr Neasden, pas ce qu'il a dit à la police.

» Deux points encore restaient à éclaircir. Le témoignage de Linda fournissait un alibi à Christine Redfern. Oui, mais cet alibi ne reposait que sur la montre de Linda. Il suffisait de prouver que Christine avait eu par deux fois l'occasion de tripoter cette montre. Un jeu d'enfant. Le matin du meurtre, elle s'était trouvée seule dans la chambre de Linda – et il y avait de plus une preuve indirecte. En descendant de sa chambre, Linda avait peur d'être en retard, c'est ce qu'elle a déclaré, mais à l'horloge du salon il était à peine dix heures vingt-cinq. Quant à remettre la montre à l'heure, Christine l'avait évidemment fait quand Linda était allée se baigner.

» Et puis il y avait la question de l'échelle. Christine a toujours déclaré être sujette au vertige. Autre mensonge soigneusement préparé.

» Ma mosaïque était achevée – toutes les pièces s'ajustaient à merveille. Malheureusement, je n'avais pas l'ombre d'une preuve. Tout était dans ma tête.

» C'est alors qu'une idée me vint. Il y avait un tour de main, une assurance extraordinaire dans ce crime. Je ne doutais pas que Patrick Redfern recommencerait. Mais *avant*, au fait ? Peut-être n'était-ce pas là son coup d'essai. La méthode employée, la strangulation, collait au tempérament de Redfern – un homme qui tue par plaisir autant que par intérêt. J'étais persuadé, s'il avait déjà tué, qu'il avait utilisé la même méthode. J'ai donc demandé à l'inspecteur Colgate une liste de femmes assassinées par strangulation. Le résultat me combla d'aise. La mort de Nellie Parsons, retrouvée étranglée dans un petit bois désert, pouvait être ou ne pas être l'œuvre de Redfern – peut-être lui avait-elle simplement suggéré le lieu du crime ? –, mais celle d'Alice Corrigan m'apportait ce que j'attendais. C'était pour l'essentiel le même crime. Un meurtrier qui jonglait avec le temps, un meurtre perpétré non pas – en bonne logique – *avant*, mais *après* la découverte du corps. Un corps prétendument découvert à quatre heures et quart. Un mari couvert par un alibi jusqu'à quatre heures vingt-cinq.

» Penchons-nous un instant sur cet assassinat. D'après le dossier, Edward Corrigan arrive au café du *Grand Pin*, n'y voit pas sa femme et *sort* histoire de *faire les cent pas en l'attendant*. En réalité, bien sûr, il fonce au rendez-vous donné à Alice au lieu-dit Caesar's Grove – lequel, rappelez-vous, est tout proche –, la tue et revient au café. La randonneuse qui signale le meurtre est une très respectable jeune personne, professeur d'éducation physique dans un collège de filles réputé. Apparemment aucun lien n'existe entre Corrigan et elle. Il lui faut marcher un certain temps pour gagner le poste de police le plus proche. Le médecin légiste n'examine le corps qu'à six heures moins le quart. Comme dans le cas de Mrs Marshall, l'heure de la mort est acceptée sans discussion.

» Je me livrai enfin à une dernière expérience. J'étais intimement persuadé que Mrs Redfern était une fieffée menteuse, mais je devais en avoir le cœur net. D'où notre petite excursion à Dartmoor. Les personnes sujettes au vertige sont loin d'être à leur aise quand il s'agit de franchir une étroite passerelle au-dessus d'un torrent. Miss

Brewster, qui a vraiment le vertige, a failli se trouver mal. Mais Christine Redfern, qui ne se méfiait pas, a couru sur la passerelle comme en se jouant. Petit détail, certes, mais expérience concluante. Si elle avait fait ce mensonge inutile, elle pouvait en avoir fait d'autres. Entre-temps, Colgate soumettait à ses collègues du Surrey la photo de groupe prise par Mr Blatt. J'ai joué ma partie de la seule façon qui pouvait m'assurer la victoire. Après avoir endormi les défenses de Redfern, je l'ai brusquement attaqué et j'ai tout fait pour l'amener à perdre son sang-froid. Quand il a appris que nous l'avions identifié comme étant Corrigan, il n'a plus été capable de se contenir.

Poirot promena une main sur son cou douloureux.

– Ce que j'ai fait, dit-il, grandiose, était excessivement dangereux, mais je ne le regrette pas. J'ai réussi ! Je n'ai pas souffert en vain.

Il y eut un moment de silence, puis Mrs Gardener poussa un long soupir :

– Je vous dois un aveu, monsieur Poirot. C'était véritablement fabuleux de refaire toute l'enquête comme si nous étions, si je puis dire, dans votre tête. C'était aussi captivant qu'un cours de criminologie

– du reste, c'était un cours de criminologie. Quand je pense que ma pelote de laine magenta et notre conversation sur les bains de soleil ont joué un rôle dans cette affaire ! Je n'en reviens pas. C'est bien simple, je ne trouve même pas de mots. J'en reste encore une fois sans voix… et je suis sûre que Mr Gardener ressent la même chose, n'est-ce pas, Odell ?

– Oui, chérie.

– Mr Gardener, lui aussi, m'a été utile. Je souhaitais connaître l'opinion d'un homme sensé sur Mrs Marshall et c'est la sienne que j'ai sollicitée.

– Vraiment ? s'exclama Mrs Gardener. Et qu'as-tu dit, Odell ?

Mr Gardener toussota :

– Ma foi, chérie, je n'ai jamais fait grand cas d'elle, tu le sais...

– Voilà bien le genre de boniments que les hommes racontent à leur femme, répliqua Mrs Gardener. Et si je peux me permettre, je trouve monsieur Poirot ici présent bien indulgent, lui aussi, avec sa victime désignée, éternelle, etc. Ce qui est sûr, c'est qu'elle n'avait aucune espèce d'éducation et, puisque le capitaine Marshall n'est pas là, je peux bien vous dire que, personnellement, votre femme fatale m'a toujours fait l'effet de la reine des gourdes. Je l'ai souvent dit à Mr Gardener, n'est-ce pas, Odell ?

– Oui, chérie.

*

Linda Marshall et Hercule Poirot bavardaient sur la plage de l'anse aux Mouettes.

– Bien sûr, monsieur Poirot, je suis finalement plutôt contente de ne pas être morte, soupira-t-elle.

Mais c'est tout de même comme si je l'avais tuée.

Parce que c'est l'intention qui compte, non ?

– Absolument pas, répliqua énergiquement Poirot. L'intention est une chose, l'action en est une autre. Si vous aviez eu dans votre chambre, au lieu d'une figurine, votre belle-mère ligotée et impuissante, et à la main un poignard au lieu d'une épingle, vous ne l'auriez pas frappée en plein cœur. Une petite voix vous aurait dit : « non ». Il en va de même pour moi. Je fulmine contre un abruti et j'ai une bonne envie de lui flanquer un coup de pied, mais comme il n'est pas là, c'est à la table que je m'en prends, en me disant « cette table, c'est mon abruti, voilà pour lui ! ». Et si je ne me suis pas fait trop mal au pied, je me sens beaucoup mieux. Quant à la table, généralement elle n'en souffre guère. Mais si l'abruti était en face de moi, je ne lui donnerais pas de coup de pied. Fabriquer une petite poupée de cire et la transpercer de coups d'épingle, c'est idiot, oui, c'est puéril, oui, mais c'est également salutaire. Vous avez expulsé de vous la haine en la projetant sur la figurine. Et, grâce à l'épingle et au feu, vous avez détruit non pas votre belle-mère, mais la haine que vous lui portiez. Après, sans avoir encore connaissance de sa mort, vous vous êtes sentie purifiée, non ? plus légère, plus heureuse ? N'est-ce pas vrai ?

Linda hocha la tête :

– Si, c'est vrai. C'est exactement ça. Comment le savez-vous ?

– Bon, alors ne vous racontez plus des idioties, conclut Poirot. Et prenez le parti de ne pas détester votre prochaine belle-mère.

Linda sursauta :

– Vous croyez que je vais en avoir une autre ? Oh, vous parlez de Rosamund… Elle, ça va.

Elle réfléchit un instant, puis :

– Elle, elle est sensée, au moins.

Ce n'était pas là le qualificatif que Poirot aurait choisi pour miss Darnley, mais il comprit qu'aux yeux de Linda c'était le compliment superlatif.

*

– Dis-moi, Rosamund, demanda Kenneth Marshall, est-ce que tu n'aurais pas été imaginer dans ta tête folle que j'avais tué Arlena ?

Rosamund eut l'air penaud :

– Euh… si. Ça paraît délirant, n'est-ce pas ?

– Ça, tu peux le dire.

– Oui, mais aussi, Ken, tu es fermé comme une huître. Je n'ai jamais réussi à découvrir quels étaient tes sentiments pour Arlena. Je ne pouvais pas savoir, moi, si tu la voyais telle qu'elle était et si tu acceptais la situation le plus élégamment du monde, ou bien au contraire si tu… euh… si tu l'aimais aveuglément. Et je me suis fourré dans la tête que si la seconde hypothèse était la bonne, et si tu avais découvert qu'elle te trompait, tu aurais pu voir rouge. J'ai entendu pas mal d'histoires à ton sujet, figure-toi. Mine de rien, tu peux être assez terrifiant, parfois.

– Alors, d'après toi, je l'aurais saisie à la gorge et j'aurais serré jusqu'à ce que mort s'ensuive ?

– Euh… oui, c'est exactement ce que j'ai pensé. Et puis ton alibi n'avait pas l'air fameux, alors j'ai décidé de faire quelque chose et j'ai inventé cette histoire ridicule selon laquelle je t'avais vu à ta machine. Et quand j'ai su que tu avais confirmé m'avoir vu passer la tête… eh bien, ça m'a convaincue que tu étais coupable. Ça et le comportement bizarre de Linda…

Kenneth Marshall soupira :

– Mais tu ne comprends donc pas que, si j'ai raconté ça, c'était dans le seul but de donner de la consistance à *ton* histoire ? Je… je pensais que tu avais un fichu besoin qu'elle soit corroborée.

Elle le regarda fixement :

– Ne viens pas me dire que as cru que j'avais tué ta femme ?

Kenneth Marshall s'agita d'un air gêné.

– Bon sang, Rosamund, marmonna-t-il, tu ne te souviens pas comment tu as à moitié étranglé ce garçon un jour, à cause de ton chien ? Comment tu lui avais sauté à la gorge, et pas moyen de te faire lâcher prise ?

– Mais il y a des siècles de ça !

– Oui, je sais…

– Et pour quelle espèce de raison, s'il te plaît, aurais-je tué Arlena ? s'enquit-elle d'un air piqué.

Évitant soigneusement son regard, il se remit à marmonner – des mots inintelligibles, cette fois.

– Oh… Ken ! Quel monument de prétention tu peux faire ! Tu t'es imaginé que je l'avais tuée à ta place, par pur altruisme, c'est ça ? Ou alors peut-être histoire de t'avoir à moi toute seule ?

– Jamais de la vie ! s'écria Marshall avec indignation. Mais c'est ce que tu disais l'autre jour, tu sais bien, à propos de Linda et tout, et… et tu avais l'air de te soucier de mon sort…

– Ce n'était pas un air.

– C'est ce que je dis. Oh, écoute, Rosamund, je ne sais pas parler de ces choses – je n'ai jamais su parler de rien –, mais j'aimerais que la situation soit bien claire : je n'aimais pas Arlena... du moins, ça n'a pas dépassé les tout premiers jours... et vivre avec elle, c'était un avant-goût de l'enfer. Même pas un avant-goût de l'enfer. Même pas un avant-goût : l'enfer tout simplement. Mais j'avais sincèrement pitié d'elle. Pauvre Arlena, elle était gourde, tu n'imagines pas, la reine des gourdes. Les hommes, elle ne pouvait pas leur résister – elle en était tout bonnement incapable. Et, invariablement, ils la menaient en bateau avant de la laisser choir. Comment aurais-je pu lui porter le coup de grâce ? Je l'avais épousée, c'était à moi de veiller sur elle de mon mieux. Je crois qu'elle savait pouvoir compter sur moi, et qu'elle m'en était reconnaissante à sa façon. C'était... c'était quelqu'un d'assez pathétique, en fait.

– Ça va, Ken, dit doucement Rosamund. Je comprends, maintenant.

Sans lever les yeux sur elle, Marshall entreprit de bourrer méticuleusement sa pipe.

– Tu comprends tout, hein, Rosamund, dit-il à mi-voix.

Rosamund se mit à sourire, de son irrésistible petit sourire ironique :

– Tu vas me demander en mariage maintenant, Ken, ou bien tu es décidé à attendre encore six mois ?

La pipe de Marshall lui en tomba des lèvres et alla se briser sur les rochers en contrebas.

– Bon Dieu ! C'est la deuxième que je perds et je n'en ai pas d'autre sur moi. Rosamund ! comment peux-tu savoir que six mois me paraissaient un délai convenable ?

– Sans doute parce que c'est un délai convenable.

Mais je préférerais quelque chose d'un peu définitif maintenant, si tu veux bien. Parce que, dans l'intervalle, tu pourrais très bien tomber sur quelque nouvelle donzelle persécutée et te précipiter à son secours sur ton blanc destrier.

Il éclata de rire :

– La donzelle persécutée, cette fois, ça va être toi, Rosamund. Tu vas laisser tomber cette fichue maison de couture et nous allons vivre à la campagne.

– Est-ce que tu as seulement une petite idée de ce que je gagne avec cette « fichue maison de couture » ? C'est *mon* affaire. Je l'ai créée, je l'ai imposée, j'en suis fière ! Et tu as l'invraisemblable culot de t'amener la bouche en cœur et de dire « laisse tomber, chérie » ?

– Eh oui, j'ai cet invraisemblable culot.

– Et tu t'imagines que je t'aime assez pour obtempérer ?

– Si tel n'est pas le cas, décréta Kenneth Marshall, tu ne m'intéresses pas.

La voix de Rosamund se fit très douce :

– Oh, mon chéri, vivre à la campagne avec toi, c'est ce dont j'avais toujours rêvé. Et voilà qu'enfin, enfin… mon rêve devient réalité.

Composition réalisée par Chesteroc Ltd
Imprimé en U.E. par GGP Media

ISBN : 2-84634-371-3